악녀의 재구성
惡女 再構成

악녀의 재구성

ⓒ홍나래 · 박성지 · 정경민 2017

초판 1쇄 발행일 2017년 5월 2일

지 은 이 홍나래 · 박성지 · 정경민

출판책임 박성규
편집진행 유예림
편 집 현미나 · 남은재
디 자 인 조미경 · 김원중
마 케 팅 나다연 · 이광호
경영지원 김은주 · 박소희
제 작 송세언
관 리 구법모 · 엄철용

펴 낸 곳 도서출판 들녘
펴 낸 이 이정원
등록일자 1987년 12월 12일
등록번호 10-156
주 소 경기도 파주시 회동길 198
전 화 마케팅 031-955-7374 편집 031-955-7381
팩시밀리 031-955-7393
홈페이지 www.ddd21.co.kr

I S B N 979-11-5925-250-1 (93810)

이 도서의 국립중앙도서관 출판예정도서목록(CIP)은 서지정보유통지원시스템 홈페이지(http://seoji. nl.go.kr)와 국가자료공동목록시스템(http://www.nl.go.kr/kolisnet)에서 이용하실 수 있습니다.(CIP제어 번호: CIP2017009292)

악녀의 재구성

惡女再構成

한국 고전서사 속 요녀 욕망 읽기

홍나래
박성지
정경민

들녘

일러두기

- 인용한 글과 이미지는 모두 출처를 밝혔다. 이 중 일부 저작권자를 찾지 못하여 수록 허
  가를 받지 못한 것에 대해서는 확인되는 대로 통상의 기준에 따른 허가 절차를 밟기로
  한다.

마음을 포개다

머리말

우리들은 한국 고전문학을 공부했다. 고전문학 연구자들이 가지는 고충이야 여러 가지겠지만, 무엇보다 옛사람들의 정서를 쉽게 공감하기가 어렵다는 점을 꼽을 수 있다. 게다가 그 옛사람이 '여성'이라면 난감한 문제가 하나둘이 아니다. 우선 여성을 주인공으로 하는 텍스트를 만나기가 어렵다. 얼마 안 되는 텍스트마저도 지식인 남성이라는 필터에 걸러져서 여성의 모습을 있는 그대로 보여주지 못한다. 문자 권력을 쥔 지식인-남성의 시선을 거쳐 텍스트 표면에 부상한 여성들은 가부장 체제에 잘 적응해서 칭송받는 현모양처이거나, 아니면 이데올로기를 거스른 악녀, 혹은 음담패설의 대상일 뿐이다.

그럼에도 불구하고 여성, 여성의 일상을 조명해보려는 시도는 꾸준히 지속되었다. 이들은 '잘 보이지 않았던' 여성들의 일상을 복원하고, 남성 못지않은 뛰어난 역량과 지혜, 고고한 인품, 억척스럽게 삶을 꾸려나갔던 강인함을 부각시키려고 했다. 더 나아가 소소한 몸짓에서도 저항과 주체성의 의미를 부각시키거나, 『장화홍련전』의 '못된 계모'를 만들어낸 담론적 역학까지 세세하게 분석해내기도 했다.

우리들의 시도도 이와 크게 다르지 않다. 다만, 우리 눈에는 아름답고 지혜롭고 현명한 여성이 아니라 도대체 이해할 수 없을 정도로 기묘하거나, 욕망에 일그러지고 상처로 가득한 여자들이 자주 보였다. 이순지의 딸과 사방지의 관계는 21세기를 사는 현대인이 보기에도 기괴한 구석이 있었다. 강간당한 후 미쳐버린 여자는 어떻게 구제하면 좋을까? 상부살이 끼었는지 개가를 세 번이나 한 여자라면? 아들을 죽이겠다고 눈을 부라리는 귀신 앞에서도 '잡아갈 테면 잡아가라'며 태연자약하게 대꾸하는 황당한 어머니는? 그 기묘하고 일그러진 표정마저 '여성 주체성'을 위해서라면 소중하게 다루어야 할 지표임은 분명하다.

남의 눈과 입을 빌려서 가까스로 등장한, 그것도 기묘하게 일그러진 모습으로 잠깐 스치듯 지나가는 여성들을 포착하기 위해서 여성의 욕망, 그 마음자리부터 샅샅이 해부하는 전략을 구사하기로 한다. 어떤 생각에서, 무슨 마음으로 이런 행동을 했나. 우선 여성 내면에 있는 독하고 집요한 욕망의 실체를 인정할 필요가 있다. 동시에 여성을 관통하는 수많은 권력의 그물망을 찬찬히 헤집어봐야 한다. 여성은 욕망을 관철시키기 위해 자식을 죽이기도 하고, 자식 대신 죽기도 한다. 모성이 존재하기는 한 걸까? 1장에서는 주로 모성 이데올로기의 허구를 밝혔다. 남편 없이 임신했는데도 귀신이 그랬다고 한다. 열(烈) 이데올로기는 어디로 갔나? 2장은 열 이데올로기가 얼마나 기기묘묘하게 왜곡될 수 있는지 보여주고자 했다. 그렇다면 남편의 어진 아내는? '아내'의 자리를 탐색하는 3장에서도 상식을 뒤엎는 여성들이 심심찮게 등장한다. 어떤 면에서는 가장 익숙한 캐릭터들일지도 모르겠다. 정처 자리를 꿰차는 후처들, 뿐만 아니라 영혜빙은 동성혼을 통해 知己의 사랑을 말하였다. 이처럼 '여성 욕망'이라는 렌즈를 통과하면서 이데올로기는 크게 굴절된다.

    4장에서 우리는 '주체성'의 범례를 다루고자 한다. '여성주체성'은 근대 이후, 페미니즘의 세례를 받고 나서야 비로소 가능한 말이 아니다. 페미니즘과 거리가 먼 전근대에도 여성은 온갖 억압에도 휩쓸리지 않고 자기 삶을 개척해내는 군건한 내면과 이를 표현해낼 언어를 가지고 있었다. 누군가는 '서발턴은 말할 수 있는가?' 질문한다. 오, 이런! 우리에게 그들의 소리를 들을 귀가 없었을 뿐이다. 그들은 '주체성'이라고 말하지 않고 '복'이나 '팔자'라고 했다. 막내딸은 아버지의 집을 당당하게 뛰쳐나와 숯구이 총각을 남편으로 얻고 부자가 되었다. 누구와도 바꿀 수 없는 나만의 복, 나만의 생명력, 나의 운명. 하늘이 부여한 '내 복'이 있어서 어떤 위력 앞에서도 당당할 수 있었다. 이 복을 빌려 막내딸은 자기 주체, 그 권력감을 설파할 수 있었고, 덴동어미는 '팔자'라는 낡은 언어를 빌려 남편을 넷이나 잃고서도 누구보다 발랄하게 춤추고 노래할 수 있었다.

    여성 욕망은 현세에 그치지 않고 초월로 비상한다. 그녀의 분노는 죽음을 넘어서 신이 되는 데까지 뻗치고 있었다. 하룻밤 인연을 뒤로 한 채 도망가는 남자를 굳이 쫓아가다가 바다에 빠진 여자는 기어코 그 남자 가문의 신으로 좌정한다. 떠나간 남편을 원망하는 박제상 부인의 집요하고 독한 마음은 환상 속에 스스로를 가두다가 마침내 돌이 되었다. 그런데도 사람들은 그녀가 열녀라고 칭송하기도 하고 신으로 섬기기도 한다. 이여순의 종교적 권력은 세속권력과 교묘하게 겹치고 있다. 이처럼 5장은 여성 욕망이 죽음 너머 종교와 제의의 영역까지 침범해가는 정황을 살폈다.

물론 욕망을 읽어내는 작업이 덴동어미의 발걸음처럼 흥겹지만은 않았다. 상처 많고, 질기고, 독한 욕망들을 헤집어보아야 했고, 그 작업은 연구자의 자기 해부와 크게 다르지 않았다. 나도 들여다보기 싫은 마음속이 아닌가. 텍스트의 여성을 껴안고 달래면서 마음을 포개야 가능한 일이었다. 예상대로 텍스트를 읽어내는 과정은 어렵고 지루했다. 우선 각자가 여성 인물을 정해서 간단한 메모를 작성했고, 그렇게 쓴 글들을 함께 읽으면서 아이디어를 주고받았다. 이때 공동 작업은 꽤 유익했다. 우리들은 근 이십 년간 동문수학하면서 분석의 기준을 공유해왔다. 어떻게, 무슨 뜻에서 저런 기발한(?) 발상을 하는지 설명하지 않아도 잘 알아듣는다. 각자가 보여주는 개성과 통찰은 텍스트 이면에 내재한 인물의 복잡한 마음자리를 새롭게 짚어내는 데 확실히 좋은 도움이 되었다. 분석은 지루하고 답답했으나, 유쾌하고 유익한 시간이기도 했다. 텍스트 읽기는 분명 나, 우리 자신을 탐색하는 길이었기 때문이다.

이제 시선을 바깥으로 돌려보자. 이 책은 대한성공회 박태식 신부님 덕분에 빛을 볼 수 있었다. 신부님은 우리들에게 글을 쓰라고 충고

하셨고, 써온 글을 읽어주셨을 뿐만 아니라 들녘 출판사와 인연이 닿도록 해주셨다. 신부님이 아니었더라면 글쓰기를 완주했을지 의심스러울 정도다. 또 윤석남 작가님께 감사드린다. 일면식도 없는 저자들에게 책의 의도가 좋다며 작품을 표지로 쓸 수 있도록 흔쾌히 허락해주셨다. 아울러 똑똑하고 야무진 솜씨로 예쁜 책을 만들어준 유예림 편집자에게도 고마운 마음 전한다.

2017년 4월

박성지

차례

머리말
마음을 포개다 — 5

1장

모
성^母
으
로
부
터
의
탈
주

양사언의 어머니
죽음으로 이룬 신분 상승의 꿈 — 17

손병사의 어머니, 광주 안씨
귀신도 내 소신을 꺾을 수 없으리 — 31

곰나루 전설
인간 남성을 욕망한 곰 여성의 이야기 — 46

2장

열^烈
로
부
터
의
탈
주

이순지의 딸 이씨
여장남자 사방지를 끼고 살다 — 61

성몽정의 모친 김씨·성세창의 여종
꿈속의 성교나 귀신과의 교접으로 아들을 낳은 여인들 — 79

본부독살미인 김정필
가부장 시역 범죄를 일상의 범죄로 바라보게 하다 — 93

3장

양
처_良
의_妻
재
구
성

한명회의 후처
　정처의 지위를 차지한 첩 — 113

이기축의 처, 우씨
　위기는 기회, 살아남은 자가 승리하리라 — 124

방한림의 처 영혜빙
　동성혼으로 새로운 부부상을 꿈꾸다 — 139

4장

그
녀
、
주
체_主
로_體
서
다

고구려 왕후 우씨
　권력은 나의 힘, 평생 권력자로 살아남는 법 — 159

물 긷는 노비, 수급비
　정작 중요한 것은 보이지 않는다 — 172

춤추고 노래하는 덴동어미
　과부, 팔자가 기구한 여자일까? — 186

'내 복에 사는' 막내딸
　폭력과 증오 극복하기 — 202

5장

죽음을 넘어, 초超월越로

돌이 된 여인, 박제상의 처
  사랑의 환상, 그 집요함과 어리석음 — 219

광청아기
  나를 버린 자, 대대로 나를 섬기게 되리라 — 231

신립의 그녀
  여인의 분노가 탄금대의 비극을 만들다 — 242

이귀의 딸 이여순
  여인들을 매혹시킨 화족華族 영애令愛의 파란만장한 삶 — 256

분영
  이별 후 이야기 — 273

에필로그
  이야기를 대하는 두 가지 방식 — 287

감사의 글 — 303

찾아보기 — 307

1장

모성[母性]으로부터의 탈주

우리는 '어머니'라는 이름 앞에서 한없이 벅차기도, 숙연해지기도 한다. 정작 내 어머니는 짜장면에 탕수육까지 잘 드셨지만 "어머니는 짜장면이 싫다고 하셨어"라는 노랫말에 맥없이 코끝이 찡해지는 이유는 무엇일까. 아마도 내 어머니를 넘어 우리의 어머니라는 문화 원형이 작동하기 때문일 것이다. 자신을 위하기보다 자식을 위해 희생하고 헌신하며 모든 것을 바쳐 '나'를 완성시켜준 존재 어머니. 그런 어머니의 이미지는 막연히 고전적인, 즉 옛날 어머니, 그래서 원래의 어머니라는 고정적인 틀에 기대고 있다. 그렇다면 옛날 어머니들은 늘 자식을 최우선으로 삼았을까. 모성은 여성의 거부할 수 없는 가장 강력한 본성이자 욕망일까. 모성에 몰두할 때 여성은 비로소 이타적 존재로 찬란해지는가.

옛 이야기들에 자식을 위해 헌신하는 어머니들이 그리 자주 등장하지 않는다는 사실은 우리를 적잖이 당황시킨다. 아니, 자식을 위하는 어머니들의 이야기가 적은 게 아니라 '어머니' 이야기 자체가 거의 없다고 해도 과언이 아니다. 그러면 우리가 익히 잘 알고 있는 한석봉의 어머니 같은 이야기들은 다 어디로 갔단 말인가. 왜 이야기 속 어머니들은 자식에 무심하고, 때로 자식의 비밀을 발설해 위기에 빠뜨리며, 심지어 이런저런 이유로 자식을 죽이는가. 이는 아이라는 존재의 위상이 현대와는 사뭇 달랐던 시대적 이유도 작용한 결과일 테지만 강력한 효열(孝烈) 이데올로기와 남성 중심의 가부장제 사회에서 여성에게 우선적으로 요구되었던 정체성은 어머니보다는 며느리, 아내였기 때문이다. 아들을 낳아 대를 이어야 한다고 강요하면서도 모성을 우선적으로 인정하지 않았던 전근대 사회체제에서 '어머니'의 실종에 대한 실마리를 찾을 수 있다.

우리는 이 장에서 어머니이지만 어머니만은 아닌 여성들의 이야기를 다루고자 한다. 여성 인물은 어머니이면서 자기실현의 욕망을 지닌 한 인간이고, 소신을 굽히지 않을 수 있는 의지의 존재이며, 남성과의 진정한 결연 실패에 좌절한 여인이기도 하다. "태산이 높다 하되 하늘 아래 뫼이로다"라는 시구로 유명한 양사언의 어머니는 일견 가장 어머니다운 어머니, 즉 자식을 위해서라면 목숨까지도 내놓는 어머니 희생 서사의 아이콘으로 여겨진다. 하지만 그녀의 행위를 모성에서 기인한 희생으로만 읽어야 할 것인가. 오히려 그녀는 자식의 성공을 곧 나의 성공으로 등치시키는 현대의 열혈 엄마의 기원은 아닐까. 그녀의 이야기를 통해 자신의 욕망을 자식에게로 전이시키고 대리 실현시키는 양상으로서의 어머니 희생 원리를 살펴본다.

손병사의 어머니로 불리는 광주 안(安)씨는 훌륭한 자식을 둔 어머니이다. 그런데 이야기는 어머니가 자식을 어떻게 훈육시켰는가에 초점을 두지 않고 그녀가 얼마나 담대하고 자유로웠으며 자신을 있는 그대로 긍정한 소신파였는지를 보여준다. 그녀의 이야기에 따르자면 자식의 성장은 어머니가 자식에게 영향을 미치고자 노력하는 데서가 아니라 어머니가 한 인간으로서 자신을 바로 세우고자 분투할 때 자연스럽게 이루어진다.

✤

'곰나루 전설' 곰 여인은 금지된 대상을 욕망한 죄로 참담한 파멸을 맞았다. 곰나루 전설은 인간과 동물의 성적 결합이라는 소재를 신성한 방식이나 자극적인 음담패설로 다루지 않고 비장한 파멸의 전제로 제시하고 있다. 그리고 그 파멸의 중심에서 자식에 대한 곰 여성과 인간 남성의 상반된 의미 부여가 적나라하게 드러난다. 절망의 끝자락에서도 생에 대한 힘을 잃지 않게 해주는 존재가 어린 자식일수 있다는 미담의 대척점에 남성에게 버림받고 자식을 자기 손으로 죽여야 했던, 잔인하고도 가여운 곰 여인 이야기가 있다.

양사언의 어머니

죽음으로 이룬 신분 상승의 꿈[1]

그녀의 아들, 양사언

양사언(1517~1584)은 조선 전기 명필가 한석봉과 쌍벽을 이루는 서예가이자 형제 사준, 사기와 함께 중국의 소순, 소식, 소철에 비유되던 문인이었다. 양사언의 생애를 살펴보면 크게 현달하여 정치적으로 화려한 행적을 남기지는 않았지만 40여 년간 지방수령을 지내는 등 충실하게 미관말직을 수행했음을 알 수 있다. 특히 그가 지방 관리로 있을 때 올린 상소를 보면 백성들의 궁핍한 생활의 실상을 조정에 알리려 애쓰면서 그 어려움을 살펴 선정에 힘썼다는 사실을 알 수 있다. 또, 수십 년에 걸쳐 여러 지역의 수령을 지냈음에도 불구하고 세상을 떠난 뒤

---

1   이 글은 정경민, 「양사언 어머니 설화 연구—어머니 희생 서사를 중심으로」(『돈암어문학』 30, 돈암어문학회, 2016)를 바탕으로 작성하였다.

사재(私財)가 한 푼도 없었다는 기록은 그가 얼마나 청렴한 관리였는지 잘 보여준다. 특히 과거에 급제하여 지방관을 두루 역임한 그는 시와 문장, 글씨에 뛰어난 재주를 보였다. 그런데 그의 시와 문장은 유교적 이념을 따르는 사대부로서는 특이하게 방외인적인 기풍을 지녔다고 평가받는다.[2] 스스로 회양의 지방관을 자처할 정도로 금강산을 사랑하여 그 호도 '봉래'라 한 양사언은 선정을 베풀고 자연을 사랑한 목민관으로 이름이 났다고 전해진다.

그런데 역사적 기록에 의하면 이처럼 흠잡을 데 없는 사대부로 행세한 그가 이야기 모음집인 문헌설화집에서는 서얼 출신으로 등장한다. 구전되는 이야기에서는 주로 그의 신이한 행적을 소재로 삼고 있는데 반해 문헌설화에서는 그의 출생신분을 이야깃거리로 삼고 있는 것이다. 신분적 제약이 엄정했던 조선전기 사회에서 과거를 통하여 입신하고 관료로서 출세한 그가 실은 서얼 출신이었다는 이야기는 흥미롭지 않을 수 없다.

변방의 소녀, 지체 높은 양반을 만나다

양사언 출생설화는 그 어머니에 대한 이야기라고 할 수 있다. 실상 양사언은 이야기에 거의 등장하지 않는다. 이야기는 처음부터 그의 어

---

2   조동일, 『한국문학통사2』, 지식산업사, 1989, 401쪽.

머니인 여성 인물에 초점을 두고, 그의 아버지가 어머니를 만나는 데
서 시작된다. 양사언의 아버지인 영암군수 양희수가 먼 길을 다녀오는
길에 사람과 말이 몹시 피곤하였는데 농번기라 마을이 온통 비어 있어
말을 먹일 수조차 없었다. 그때 어떤 집의 한 계집이 나와 말을 먹이고
는 정갈한 솜씨로 음식 대접까지 하여 양군수의 눈길을 끈다.

> 양씨가 그 아이를 자세히 살펴보았는데, 행동거지와 용모가 단려(端麗)하
> 며 말씨도 맑고 명랑하여, 조금도 시골 여자다운 태가 없는지라, 마음속으
> 로 매우 기이하게 여기었다. 얼마 있지 않아 점심밥을 내오는데, 그 정결하
> 고 소담함이 결코 흔히 볼 수 있는 것이 아니었다.
> 밥을 차려 내오는데 산채와 채소가 말할 수 없이 정결하였다. 그녀가 응대
> 하는 것이 찬찬하면서도 슬기로운 데다 행동거지도 유순하고 정숙한 것
> 을 보자, 양공은 마음속으로 기이하게 여겼는데, 또 갑자기 음식을 갖추
> 어서 손님을 접대함에 모두 조리가 있는지라[3]
> 그녀의 나이를 물으니, 열여섯 살이라고 하였다. 그녀의 부모는 시골 사람
> 들이었다. 떠날 때 밥값을 주려고 하니, 그녀는 굳이 사양하고 받지 않으
> 며 말하였다. "손님을 대접하는 것은 사람 사는 집에서 마땅히 해야 할 일
> 입니다. 만약 값을 받게 되면 다만 풍속이 이롭지 못할 뿐만 아니오라 장
> 차 부모님의 꾸중을 면치 못할 것입니다."[4]

---

3   이희준 편찬, 유화수, 이은숙 역주, 『계서야담』, 국학자료원, 2003.

4   김동욱 옮김, 『국역 기문총화(중)』, 아세아문화사, 2008, 62-63쪽.

시골 소녀가 갑자기 찾아온 손님을 접대하는 법이 정갈하고 훌륭하여 양군수는 "기이하다"고 감탄하였다. 솜씨가 정갈할 뿐 아니라 사람의 도리나 풍속의 이로움을 들어 사례를 거절하는 예의를 갖춘 소녀는 자신의 소양이 부모님의 가르침으로 인한 것이라는 것까지 암시하여 신분이나 환경에 어울리지 않는 인격과 품성을 보여주었다. 이로써 소녀는 침착함과 담대함, 정숙함과 명민함 등 뛰어난 내적 자질을 드러냄과 동시에 정갈한 음식 솜씨와 조리 있는 말솜씨, 몸에 밴 범절 등 출중한 면모를 보여준다.

이처럼 변방 평민 소녀의 인물됨은 용모가 단정할 뿐 아니라 말투가 맑고 행동거지가 정숙하며 솜씨가 더할 수 없이 정결하다고 하여, 그 출중함이 반가의 교육을 잘 받은 처자에 비견해도 뒤지지 않음이 은근히 강조되고 있다. 바로 그 의외성에 양군수도 관심을 가지고 기특함을 칭찬하여 사례하고자 하나 소녀는 한사코 사양한다. 이에 양군수는 부채의 선추(부채고리에 매어서 늘어뜨리는 장식)를 선물로 주는데 희롱삼아 혼수에 쓰도록 하라고 하니 소녀는 붉은색 보자기를 깔고 예를 다해 받는다. 이 같은 소녀의 정숙한 행실은 양군수로 하여금 변방 시골집에 대체 어떤 노파가 살기에 이런 아이를 낳았는지 감탄하게 한다. 그리고 양군수는 제자리로 돌아가 곧 소녀를 잊었으나 소녀는 지체 높은 양반을 가슴에 새긴다.

첩이라도 양반의 여인, 그곳이 내가 있을 곳

소녀는 몇 년 후 혼인할 시기가 오자 자신은 양군수에게 예폐를 받았기 때문에 다른 곳으로는 시집을 갈 수 없다고 고집하여 결국 부모로 하여금 양군수를 찾아가게 만든다. 사연을 들은 양군수는 거듭 거절하였으나 소녀 아비의 간절한 청에 결국 소녀를 소실로 들이게 된다. 이때 양군수는 이미 환갑에 가까운 나이였으나 소녀에게 양군수의 많은 나이는 중요하지 않았다. 일방적인 고집으로 우연적인 만남을 혼인이라는 인연으로까지 끌어올린 소녀, 무엇이 소녀로 하여금 그렇게까지 늙은 양반의 첩이 될 것을 스스로 간구하게 하였을까?

앞서 드러난 소녀의 면면은 변방의 시골집 계집아이의 모습이라고는 생각하기 힘들 만큼 뛰어난 소양과 범절을 갖추었음을 보여주었다. 이는 양반가의 훌륭한 규수라도 갖추기 쉽지 않은 자질일 듯싶다. 갑작스런 손님의 방문, 그것도 평생 한 번 가까이서 볼까 말까 한 지체 높은 양반 관리의 방문에 당황한 기색 없이 대처하는 소녀는 분명 담대함과 성숙함을 갖추었다 할 만하다. 게다가 정갈한 솜씨와 단정한 외모까지 겸비했다니 지켜보는 사람이 기이하게 생각할 만큼 흔치 않은 시골 소녀의 모습일 것이다. 그리고 자신이 그렇게 변방 시골에 어울리지 않을 정도로 출중하다는 것은 누구보다 소녀 자신이 잘 알고 있었을 것이다. 그런 소녀에게 비슷한 출신, 비슷한 처지의 남자를 만나 그의 짝으로, 그렇게 변두리 시골의 이름 없는 아낙이 되어 평생을 살아야 한다는 것은 탈출구만 있다면 도피하고 싶은 현실이 아닐까. 그런데 소녀에게 양군수는 마침 부채의 선추라는 탈출의 열쇠를 쥐여주고 떠났다. 선추는 양군수가 대접에 대한 답례로 선사한 선물이었지만 소녀는 혼례에 앞선 예폐로 받아들였다. 사실 소녀의 면면을 볼 때 양군수가 예폐의 의미로 준 선물이 아니라는 사실을 간파하지 못했을 리는 없지만 말이다. 이제 소녀는 어떻게든 그 열쇠를 쥐고, 그 열쇠를 돌려 비루한 시골 아낙의 삶에서 벗어나 양반가의 문을 열고 그 안으로 들어선다. 비록 첩일지라도 양반의 여인, 그곳이 소녀가 생각하는 자신이 있을 곳인 것이다.

마침 양군수는 처가 죽고 홀아비로 지내던 터라 첩이 된 소녀는 여러 집안일을 두루 하면서 자신의 능력을 드러내고 가족의 일원으로 자리 잡을 수 있는 기회를 비교적 용이하게 얻었다. 설화는 양사언의 어머니가 음식과 침선에 능하여 양군수의 마음에 맞는 음식과 의복을 올리지 않은 적이 없어 극진히 남편을 섬기는 만큼 남편에게 인정을 받았고, 부지런하고 노복을 부리는 데 도리를 다하여 살림을 일으켰으며, 적자녀(嫡子女)를 사랑하고 어루만져 그 관계가 매우 돈독하였다고 서술하고 있다. 타고난 재주도 있었겠지만 최선을 다해 노력해서 자신의 역할을 다하고, 그럼으로써 나이 어린 변방 출신 첩이었던 소녀는 점차 집안 내 자신의 위상을 높여간다. 소녀는 이제 양반의 아내이자 어머니로 스스로 서고 집안의 인정을 얻어낸다. 남편에게는 사랑받고, 문중에서 인정받으며, 적자녀에게도 현숙한 서모로 대우받는다. 변방의 평민 출신이라는 신분적 제약만 아니라면 이제 양사언의 어머니는 양반가의 안주인으로 손색이 없는 인물임을 스스로 확인하고 또 대외적으로도 입증한 셈이다.

죽음으로 완결한 신분 상승의 꿈, 아들에게로

사언은 신색(神色)이 빼어나고 미목이 청수하여 선풍도골이었다고 한다. 또한 재주가 뛰어나 옛 신동에게도 부끄럽지 않은 학업 성취와 품격 있는 문장 실력을 보여주었다. 여기서 이야기는 두 갈래로 유형이 나뉜다. 양사언의 어머니가 어떤 방식으로 출중한 아들에게 양반의 신분을 선물하는지에 따라 말이다.

한 유형의 이야기는 양사언 어머니의 지략을 강조한다. 그녀는 양사언이 8, 9세가 되었을 때 자하동에 고대광실을 지어달라 청하여 아들만 데리고 분가하는데, 마침 잠행을 나왔던 왕이 비를 피해 그 집에 들렀다가 양사언을 보고 감탄하여 데리고 환궁해 동궁의 신하로 삼았다는 것이다. 그 후 양사언의 어머니는 다시 본가에 들어가 생을 마쳤다고 한다. 양사언 어머니의 이러한 행위들은 임금이 자주 잠행하는 길을 파악하고 그 길목에 눈에 띌 수 있도록 집을 지어 언젠가 왕이 자신의 집에 들러 자식들을 발탁할 것을 미리 알고 대비한 것이라 보아야할 것이다. 이렇듯 어머니의 예지력이 아들의 신분 상승을 위한 문제해결력으로 제시되었는데, 이야기의 전반부에서 보여준 여성 인물의 뛰어나지만 일상적인 능력이 이인(異人)의 경지로 확대, 강조되어 있음을 알수 있다. 이는 빼어난 용모와 재주를 지녔으나 자신의 출신 때문에 서얼이라는 굴레에 갇혀 세상에 쓰이지 못할 아들을 위한 어머니의 모성이 다소 비현실적인 국면으로 비약하면서 문제가 해결되도록 작용하고 있음을 보여준다. 아마도 이야기의 향유자들은 문제해결이 허구적차원에서 이루어졌다는 것을 인지하면서도 양사언처럼 재주 많은 아들을 낳은 어머니라면 신분이 평민이라 할지라도 신분을 초월하는 덕성과 능력, 강한 모성애를 가졌을 것이고, 그런 어머니라면 지감과 지략으로 아들의 신분 상승을 이루어낼 만하다는 개연성을 인정했을 것이다.

또 다른 유형에서는 양사언의 어머니가 자결로써 아들의 신분 상승을 이루어낸다. 사언을 낳고 몇 년 후 양군수가 작고하자 사언의 어머니는 부르짖어 울며 상복을 입고 모인 문중 앞에 나와 자신의 청을 들어줄 것을 호소한다.

> "제가 낳은 아들 하나가 사람됨이 그리 어리석지는 않습니다. 하오나 우리 나라 풍속에 천한 서얼로 태어나면 제아무리 어른이 될지라도 어디에 쓰이겠습니까? 여러 도련님들께서 비록 격의 없이 은혜와 사랑을 주고 계시지만, 제가 죽고 나면 서모의 복을 입으실 겁니다. 그리되면 적서의 구별이 현격한지라, 이 아이가 장차 어떻게 행세하겠습니까? 제가 오늘 자결을 하여 나리마님의 상중에 임시방편으로 함께 장례를 치른다면 아마도 적서의 구별이 없을 것입니다. 바라옵건대 여러 어른들께서는 곧 죽을 이 사람을 가엾이 여기시어 저승에 한을 품고 가지 않게 해주십시오."[5]

사언의 어머니는 재주 많은 아들 사언이 천한 어머니의 신분이 드러나면 출사할 수 없음을 강조하며 지금 자결할 테니 남편의 상(喪)에 묻혀 자신의 신분이 드러나지 않도록 비밀을 지켜줄 것을 문중에 간구한다. 사언 어머니의 호소를 들은 여러 사람들은 좋은 도리를 상의하

---

5   김동욱 옮김, 『국역 기문총화(중)』, 아세아문화사, 2008, 316-317쪽.

여 서얼의 흔적을 없게 할 것이니 죽겠다는 뜻을 거두라고 만류하지만, 사언의 어머니는 한번 죽어서 치유함만은 못할 거라며 말을 마치자 바로 양군수의 관 앞에서 자결한다. 이에 여러 사람들이 슬퍼하여 죽은 사람의 부탁을 저버릴 수 없다고 하고 적자 형들이 친형제처럼 대해 전혀 적서의 구별이 없었다고 한다.

양사언 어머니의 호소는 적자녀를 중심으로 한 문중의 호의나 일상적 배려로 해결될 수 없는 신분문제를 역설하고 있다. 신분제도는 공고한 사회 시스템이다. 그러므로 양사언 어머니가 자신의 죽음으로써 자식의 서얼 신분을 비밀에 붙이려 한 행위는 미천한 집안 출신이자 양반가의 소실로서, 그리고 무엇보다 공고한 사회구조의 부조리에 대해 문제를 제기하거나 영향력을 행사할 수 없었던 무력한 한 여성으로서 할 수 있는 최선의 방책이었을 것이다. 가족들에게 안주인으로서의 능력과 됨됨이를 인정받고도 가족 제도 안에서의 지위는 소실에서 벗어날 수 없었듯이 자신의 아들 또한 그 재주를 인정받더라도 세상에 쓰이지 못할 것을 양사언의 어머니는 누구보다 잘 알았을 것이다. 그녀가 죽기 전 남긴 호소의 말에는 상복(喪服)으로 미봉하여 대외적으로 자신의 아들이 서얼임을 감추고, 문중이 모두 모인 가운데 자신의 뜻을 들어줄 것을 약조받음으로써 가문 내에서 양사언이 적자와 동등하게 대우받는 것이 용인될 기회는 당장의 자결, 단 한 번뿐이라는 절박함이 절절하게 묻어난다. 그리하여 좋은 도리를 상의하여 서얼의 흔적을 없게 하겠다는 여러 사람의 만류와 약조에도 불구하고 자식의 신분을 상승시킬 수 있는 가장 확실한 방법, 즉 자신의 죽음을 스스로 선택한 것이다.

양사언의 어머니는 남편이 살아 있을 때 남편에게 총애와 신뢰를 받았지만, 자식의 신분문제를 거론하지 않았다. 사대부인 남편이 아무리 첩을 인정하고 아꼈다고 해도 엄정한 신분제도를 어지럽히면서까지 사언을 적자로 자리매김하게 할 의지를 남편에게 구하기는 힘들다는 것을 인식하고 있었던 탓이다. 대신 사언의 어머니는 정성으로 남편과 가문을 돌봄으로써 자신보다 나이가 많은 적자녀와 적장자의 부인에게 두터운 신임을 얻었다. 사실 남편이 죽고 나면 첩인 양사언의 어머니와 그의 자식들은 적장자의 처분에 따르도록 되어 있다. 적장자가 그간의 노고를 인정하여 약간의 가산을 나누어주면 그것을 가지고 따로 기거하면서 살아가야 할 것이다. 양사언의 어머니에게 그런 삶은 의미가 없었다. 평범한 촌부로 살기를 거부하고 첩이 되더라도 양반과 혼인하여 양반가의 여인으로 살고자 했던 양사언 어머니의 정체성은 이미 양반에 닿아 있다. 게다가 자신에게는 비록 어리지만 신동인 아들이 있지 않은가. 아들이 신분의 제약에서 벗어나 사대부로서 출세할 수 있다면 자신은 이름난 사대부의 어머니라는 이름을 갖게 된다. 이제 아들의 신분을 바꿔치기만 하면 된다. 그래서 그녀는 죽음을 택했고 그녀의 아들은 양반의 적자 행세가 가능해졌다.

이야기에서 양사언의 어머니가 보여준, 아들의 장래를 위한 적극적이고도 극단적인 자기희생 행위는 처절할 만큼 애절한 모성애의 발현으로 흔히 수용되고 있다. 즉 양사언 어머니의 자결은 자식을 위한 모성 행위의 정점이자 좋은 아내, 인정받는 문중의 며느리에 이어 훌륭한 어머니로 여성 정체성을 완성하는 마지막 단계를 의미한다. 게다가 그녀는 이제 양반의 어머니가 되었으니, 드디어 양반 여성이 된 것이다.

그녀가 양반과의 혼인과 자식의 출세를 통해 궁극적으로 얻고자 한 것은 무엇일까? 물론 재주 많은 아들이 어미의 미천한 신분 때문에 발이 묶여 세상에 나아가지 못함이 안타까워 자신의 희생을 감수하더라도 자식의 앞길을 열어주고 싶었을 것이다. 그런데 그녀를 자기 소멸로까지 이끈 것이 숭고한 모성, 그 하나였을까? 그녀에게 신분 상승이란 자기완성의 다른 이름이 아닐까? 어릴 때부터 양반보다 더 양반 같았던 그녀. 그녀에게 지체 높은 양반 남성과의 조우는 자신의 정체성이 이름 없는 촌부로는 확립될 수 없다는 사실을 확인시켜준 강렬한 경험이었을 것이다. 그렇기 때문에 그 남성이 나이가 얼마나 많은지는 중요하지 않다. 이미 그녀에게는 그 남성만이 자신의 정체성을 확립할 수 있는 유일한 창구이기 때문이다. 이야기에서 양사언의 어머니는 소녀 시절부터 양반가에 귀속되고자 하는 욕망을 숨기지 않았다. 그러나 자신의 재주와 노력에도 불구하고 신분의 굴레를 벗어날 수는 없었다. 그렇다면 자신의 욕망을 대신 실현시킬 수 있는 대상에게 욕망을 투영시키기라도 해보아야 할 터이다. 따라서 빼어난 재주의 아들을 둔 어머니의 신분 상승에의 욕망이 아들에게 전이되는 것은 지극히 자연스럽다고 하겠다.

조선시대 여성에게 아버지, 남편, 아들은 사회적 신분과 지위를 결정, 부여해주는 존재가 아닌가. 부모로부터 태생적인 신분을 부여받고 태어나지만 이에 변화를 가져올 수 있는 유일한 기회는 혼인이고, 여성으로서 자신을 완성하는 것은 어머니로서일 것이다. 양사언의 어머니는 평민으로 태어났으나 양희수와의 혼인으로 양반가의 소실이 되었고, 죽음으로 아들의 신분 상승을 완결하여 이름난 양반 관리 양사언의 어머니로 역사에 남았다. 그녀는 물리적으로 소멸했으나, 그 소멸을 통해서 이름을 얻고 역사적 존재로 환생한 셈이다. 양반으로서의 자기 완성, 그녀에게는 죽음으로만 허용되었던 것이다.

다시 그녀의 아들, 양사언

조선시대는 유교적 명분과 신분계층에 의한 지배체제로 출범하였다. 신분제도는 건국 초기에는 비교적 융통성이 있었으나 왕자의 난 이후 서얼 출신인 정도전이 실세(失勢)하고 나서 명문화되었다. 그 후 서얼 출신으로서 재상을 역임하면서 사화로 국정을 뒤흔든 유자광이 죽은 뒤에 서얼차별법은 더욱 엄격해졌다. 양사언이 살았던 시기는 바로 유자광이 죽은 직후로, 서얼 차별이 가혹하게 시행되던 때이다.

양사언과 유사한 신분적 제약을 지닌 인물들, 즉 유자광, 신유한, 소설 속 홍길동 등에 대한 이야기에서는 출생 부분에 기이한 태몽, 자연현상의 이변 등 신이한 요소가 배치된다. 반면 양사언 설화에는 이러한 신이한 요소가 없다. 이는 이 설화가 초월적 세계의 도움보다는 인간의 지혜와 노력을 강조하고 있기 때문일 것이다. 그리고 그 인간의 지혜와 노력은 오롯이 양사언 어머니의 지혜와 노력을 지시한다. 양사언 어머니는 자결로써 자식을 신분적 제약에서 풀어준 전무후무한 사례로 남으며 남다른 모성의 발현자로 주목받아왔다. 서얼 차별이 유독 가혹했던 시기에 아들을 둔 미천한 신분의 어미로서 비록 미봉이고 속임수일망정 자식을 양반의 신분으로 끌어올릴 수 있는 기회에 죽음으로써 응답한 양사언 어머니. 그녀는 아들 양사언에게 어떤 어머니로 남았을까?

유교적 가부장제의 가치관을 개인적인 덕성으로 내면화하고 있는 양사언의 어머니가 자기 욕망과 자식에 대한 모성을 실현하는 방식은 제도에 저항하고 대결하기보다는 순종하고 영합함으로써 사회에 편입하는 것이었다. 개인적으로 제도에 순응하여 사회에 편입하는 양사언 어머니의 해결방식은 결과적으로 신분제의 혼란을 초래할 수 있는 전복의 시도이자 실행이다. 그래서인지 아들 양사언에 대해서는 이후에도 그가 서얼 출신인지 아닌지를 두고 논란이 끊이지 않았다. 어머니의 희생이 결과적으로 양사언이 신분을 속여 행세했다는 세간의 조롱을 막지는 못한 것이다.

어쨌든 양사언은 어머니의 바람대로 세상에 나가 여러 지방의 관리를 두루 역임하고, 어질고 공정한 목민관으로 이름을 높였다. 후에 그 공로를 인정받아 통정대부(通政大夫)의 관계(官階)를 받았다 하니 관리로서 백성들의 신임을 받았을 뿐 아니라 공적으로도 인정받았음을 다시 한 번 확인할 수 있다. 그러나 그는 평생 관직에 있으면서도 자처하여 중앙에서 멀리 떨어진 지역에 부임하였고, 사대부로서는 특이하게 작품들에 도가적 기풍을 보이는 등 전형적인 사대부와는 다소 거리가 있는 행적을 남겼다. 그리고 유독 서얼 출신들과 가까이 교류했다는 점 역시 그의 신분에 대한 세간의 풍문을 키우는 데 일조하였다. 따라서 어머니가 양반으로서의 신분을 남겨주었으나 양사언의 인간적인 번뇌를 해소하지는 못한 듯하다는 평은 설득력이 있어 보인다. 그리고 양사언이 떨칠 수 없었던 인간적인 번뇌의 한가운데에 그의 어머니가 있었을 것이다. 양사언에게 어머니는 고마움이든 미안함이든, 트라우마 그 자체가 아닐 수 없을 테니 말이다.

> 태산이 높다 하되 하늘 아래 뫼이로다
> 오르고 또 오르면 못 오를 리 없건마는
> 사람이 제 아니 오르고 뫼만 높다 하더라
>
> -양사언

참고문헌

강혜선, 「양사언의 삶과 시세계」, 『한국한시작가연구』 5, 한국한시학회, 2000.
김대숙, 「양사언설화 연구」, 『이화어문논집』 7, 이화여자대학교 이화어문학회,
        1984.
홍순석, 『양사언 문학연구』, 강남대학교 출판부, 2001.
홍순석, 『양사언의 생애와 시』, 강남대학교 출판부, 2001.

손병사의 어머니, 광주 안씨

귀신도 내 소신을 꺾을 수 없으리

못 말리는 그녀, 손병사의 어머니

구전으로 전해오는 것 중에 밀양 지역 일직 손(孫)씨 가문 며느리인 손병사 어머니라는 여성에 대한 이야기가 있다. 병사(兵使)는 병마절도사의 준말로, 조선시대 각 도(道)의 군사적인 지휘를 효율적으로 하기 위해 설치한 종2품 서반(西班) 관직을 뜻한다. 병사가 일곱 나왔다고도 하고 아홉 나왔다고도 할 정도로 뛰어난 무신을 많이 배출한 손씨 집안은 밀양 지역에서 이름난 집안인데, 이 집안에 관한 이야기는 며느리이자 아내, 어머니인 '손병사의 어머니' 혹은 광주 안씨로 집약된다. 뛰어난 무신들인 손씨 남성들의 용맹함을 드러내는 무용담은 이야기로 전해지지 않는 반면 집안의 한 여성에 대한 이야기가 풍성하게 전해지는 이유는 이 여성이 그야말로 '못 말리는' 성격의 소유자이기 때문이다. 아무도 말리지 못한 그녀, 손병사의 어머니는 과연 어떤 여성이기에 이야기 세계의 관심을 독차지했을까.

손병사 어머니의 남다른 활달함은 혼인 전 소를 타고 다녔다는 예사롭지 않은 등장에서 이미 감지된다. 시아버지가 며느릿감을 구하러 친분이 있던 정승 집에 갔는데 해가 저물 무렵 한 처녀가 소를 타고 꺼떡꺼떡 들어온다. 분명 정승 집안 딸이라는데 그 모습은 영락없이 머리만 길게 땋아내린 왈패다. 소에서 내린 왈패 처녀는 자신을 태우고 돌아다니느라 벌건 등에 땀을 흘리는 소의 모습을 보고 "이놈의 소가 땀을 흘리면 흘렸지 피땀을 흘리고 있다"며 등짝을 탁 내리친다. 처녀를 유심히 살피던 시아버지는 그 행실의 정숙하지 못함을 꼬집는 대신 큰사람의 기운을 꿰뚫는다. 처녀는 이러한 왈패 기질 탓에 두 여동생이 먼저 시집을 갈 때까지 혼인을 하지 못한 처지였지만 그날로 손씨 집안 며느릿감으로 점지되었다. 그런데 시아버지에게는 마음에 쏙 드는 며느릿감이었건만 정작 신랑에게는 그 매력이 통하지 않았다. 신랑과의 첫날밤에도 그녀의 못 말리는 기행은 계속되었기 때문이다.

첫날밤에 들어온 처녀는 신랑은 가만히 앉아 있는데 자기가 먼저 준비된 술상을 갖다 끌어다 놓고 "주연(主人) 없는 공사가 있나?"라면서 술을 한 잔 탁 먹더니 신랑에게도 한 잔 자시라고 했다. 신랑이 쳐다보니까 대번에 겁이 났다. 얼떨떨해서 술을 받는 신랑 손이 딸딸딸딸 떨리니 이를 본 신부가 "평생 해로하고 살 사람이 뭐가 그리 겁이 나서 떠시오?"라고 물었다. 이에 신랑이 먹던 잔을 놓고 마시지 않았다. 겁이 난 신랑은 각시 옷을 벗겨줘야 하는데도 손을 대지 못했다. 신랑이 우두커니 앉아 있으니 신부가 스스로 옷을 척척 벗어서 병풍 위에 걸어 놓고, 반듯이 누워 씩씩대며 자기 시작했다. 신랑도 따라 살짝 누웠으나 잠이 오지 않더니 한 가지 꾀가 떠올라 신부의 속곳가랭이를 들추고 똥을 싸 놓았다. 각시가 몸부림을 치다가 엉덩이가 따뜻해서 일어나 보니 구린내가 났다. '아이 참, 내가 아무리 술이 취했지만 똥 쌀 리가 있나?' 싶었다. 종을 불러 똥 꼬랭이가 밖으로 향해 있다는 것을 확인한 후, "그러면 그렇지. 내가 아무리 술에 취했지만 똥을 쌀 리가 있나? 각시는 다홍치마 때 다스린다고 하더니 남자는 남자다." 하였다.[6]

첫날밤 거리낌 없이 술을 마시고 술잔을 권하는 신부의 대범함에 놀란 신랑은 술잔을 든 손을 달달 떨다가 결국 술을 마시지도 못했다. 범상치 않은 신부가 겁이 나 족두리도 벗겨주지 못하는 신랑 앞에서 신부는 자신이 스스로 옷을 벗고는 누워 씩씩대며 잠들어버렸다. 상황이 이쯤 되자 신랑은 겁이 났던 마음을 진정하고 반격에 나선다. 첫날밤 신부가 술에 취해 똥을 싼 사건이라면 두고두고 신부를 꼼짝 못 하게 할 빌미가 되리라. 신랑은 신부가 똥을 싼 것처럼 꾸몄지만 이내 신부의 지혜에 자신이 꾸민 일임이 드러나버린다. 야심찬 신랑의 짓궂은 장난을 도량 있는 신부는 남성다움으로 긍정했지만 신부의 지혜와 재치에 막혀 반격에 실패한 신랑은 상객으로 따라온 아버지를 졸라 무작정 집으로 도망치듯 돌아가버린다. 손병사 어머니의 타고난 분방함, 대담함, 거침없음에 시아버지는 큰 인물이라며 며느릿감으로 그녀를 인정하였다. 하지만 남편은 질려서 그 길로 집으로 돌아갔다고 하니 여성 인물의 동일한 면모에 대한 시아버지와 남편의 상반된 평가를 엿볼 수 있다. 신랑의 갑작스런 줄행랑에 집안 식구들과 시아버지는 영문을 몰

---

6   『한국구비문학대계 8-4』 김영숙 구연본 '밀양 손씨 집안 며느리'를 필자가 정리

라 허둥댔지만 정작 소박을 당한 꼴이 된 신부는 태연하다. 이미 혼례를 마친 신랑이 도망친다고 뛰어봐야 손바닥 안이라는 듯이.

앞서 언급했듯이 일직 손씨 집안은 대대로 무신들을 배출해낸 집안으로 알려져 있는데, 이 이야기가 집중적으로 전승되는 경상남도 밀양 지역의 현지 답사와 『일직손씨대동보(一直孫氏大同譜)』라는 일직 손씨 가문의 족보를 확인한 연구에서 이야기 속 손병사의 어머니가 손명대(孫命大)공의 부인 광주 안씨임이 확인되었다.[7] 이야기 속 손병사 어머니는 17세기 후반에서 18세기 중반을 살았던 인물로, 그의 아들 진민공(鎭民公), 손자 상룡공(相龍公), 그 후대 양석공(亮錫公)이 모두 무과에 합격한 무신들이어서 손병사 어머니는 병사 남편을 모시고 진민공과 상룡공을 낳고 길러냈다고 할 수 있다. 병사의 아내이자 어머니, 또 손자까지 무신으로 길러낸 인물, '손병사 어머니'로 불리는 이 여성은 스스로 양반가의 자손임을 강조하면서도 유교적인 가치관을 내면화한 현모양처와는 거리가 멀다는 점에서 흥미롭다. 이런 인물의 의외성이 이야기를 풍성하게 하는 원동력이 되지 않았을까. 시대를 막론하고 반전 있는 여자(또는 남자)는 사람들을 끌어당기는 힘이 있는 법이니 말이다.

---

7   정상박, 『전설의 사회사』, 민속원, 2000, 198-199쪽.

왈패 며느리의 요란한 시집 입성기

일정 기간이 지나고 손병사 어머니는 시집으로 신행길을 나선다. 아마도 양반가인 두 집안은 신중하게 길일을 골라 신행날을 정했을 것이다. 그런데 손병사의 어머니는 신행길을 가면서도 영남루의 경치 구경을 하겠다며 신행 날짜를 지키지 않았다. 하인들이 걱정되어 갈 길을 재촉하자 "하늘이 정한 좋은 날은 따로 있지 않다. 비 안 오고, 날 따시고, 바람 안 불고 그런 날이 좋은 날이다"라며 유람을 실컷 한다. 심지어 유흥을 즐기는 데 동원한 기생들의 놀음채를 신행날 시집에 도착한 뒤 시아버지에게 지불하라고 당당히 요구하기까지 한다. 혼인 후 시집에 처음 들어가는 신행날 날짜도 지키지 않고 제멋대로 놀다가 갔을 뿐 아니라 기생 놀음채까지 내달라는 며느리의 범상치 않은 등장에 시집 어른들은 고개를 저으며 며느리 잘못 봤다고 근심에 싸인다. 물론 이야기는 실제 여성 인물의 일화에 전승자들의 상상력이 덧보태져 구성되었겠지만 시대적 배경이 이미 유교가 지배적 사회 이념으로 자리 잡은 시기임을 고려할 때 그녀가 예사롭지 않은 파격적 여성 인물이라는 것을 확인할 수 있다.

그런데 새 며느리의 거침없음은 이 정도에 그치지 않는다. 시댁에 들어온 날 신부는 예단을 신당에 먼저 올리라는 시부모의 요구에 시집에서 조상을 모시는 사당 이외에 신을 모시는 신당이 따로 있음을 알게 된다. 게다가 시집에서는 조상신이나 집안 어른보다 신당에서 모시는 귀신을 우선적으로 섬기고 있었다. 왈패 며느리의 등장 전까지 집안의 신참자는 신당에 먼저 인사를 드리고, 혼수 같은 귀한 물품 역시 신당에 먼저 바쳤다. 그러나 손병사의 어머니는 이를 단호하게 거부한다.

신당이 집안에 원한을 품고 죽은 귀신을 모시기 위한 것이라는 내력을 듣고는 양반가에서 사귀(邪鬼)를 모실 수는 없다고 손수 불을 질러 없애버렸다. 귀신의 위력에 두려움을 느껴 집안의 무탈함과 안녕을 위해 이제껏 정성으로 신당을 모셔온 시집 식구들은 집안에 재앙이 닥칠 것이라고 불안해하면서 며느리를 원망한다.

새 며느리는 시집에서 가장 서열이 낮은 존재이다. '벙어리 3년, 귀머거리 3년, 장님 3년'이라는 말로 집약되는 며느리 처신술은 이질적인 시집 구성원들과 한 가족으로 거듭나기 위해 잘 살펴보고, 잘 새겨들으며, 잘 생각한 뒤에 말해야 실수가 적고 적응이 빠르다는 지혜의 언술로 이해한다고 해도, 일방적인 수용과 동일시라는 폭력적 방식으로 며느리의 적응을 제한한 가부장제 가족질서의 편벽됨을 보여준다. 그리고 이러한 편벽된 가족질서는 새 며느리가 시집에서 갖는 지위를 그대로 드러낸다. 그러므로 통상적 며느리의 처신술과는 상반되는 손병사 어머니의 행위는 저항을 넘어서 전복이라 할 만하다. 그렇다면 전복적 사건의 원인, '왕신단지'로 대표되는 문제의 신당은 어떤 존재일까. 다음 화자의 논평과 청중의 반응을 참고해볼 만하다.

옛날에는 왜 저, 왜 큰, 뭘한 집이는, 뭘한 집이는 왕신(王神)단지가 있었어. 왕신단지. [청중 : 그렇지.] 왕신단지가 익구, 우리네 촌 집이두 뭘하자머넌 토주단지가 있었어. [청중 : 그려, 토주단지.] 왜 두, 저 거시기 짚이루다가, 뒤뜰에 해 세우구 [청중 : 그려.] 해 세우구 그럭했지. 그거 삼신전대라구 그러지 그거. 하구 했는데. [청중 : 그 왕신단지라능 게 참 무서웅거여.] 왕신단지라능 것은 이제 뭐냐 하면은, 왕신단지 있는 디루는 딸을 여우지 않었어요. 그렇게 했는디, 왕신단지 있는 디, 왕신단지 있는 디루 암만 부자란대두 시집을 보낼라니 누가 가느냔 말여. 안 가지.[8]

이야기의 화자와 청중들은 예전에는 집에 왕신단지나 토주단지를 짚으로 쌓은 단 위에 모셔두는 집들이 더러 있었는데 그런 집으로는 아무리 부자여도 딸을 시집보내지 않는다고 했다. 그러면서 왕신단지라는 게 참 무서운 거라고도 한다. 이처럼 신당이라는 것은 철폐하기에는 두렵지만 그렇다고 모시는 것 자체를 기꺼이 할 수 있거나 정당화하기도 어려운, 그야말로 이러지도 저러지도 못하는 딜레마 그 자체인 것이다. 따라서 외부자의 시선으로 본 신당을 모시는 시집의 행위는 나약한 두려움을 드러내는, 명분이 서지 않는 관행이라 할 수 있다. 손병사 어머니는 이러한 관행에 자신이 동참해야 함을 거부함과 동시에 다른 이들도 더 이상 귀신에 미혹되어 끌려다니지 않도록 신당 자체를 뜯어 없애버렸다. 이야기에 따라서는 마을 전체에서 모시는 목신(木神)에 대한 배례를 거부하고 목신으로 군림하던 고목을 베어버리기도 한다. 새 며느리의 단호함으로 인한 파장은 한 집안을 넘어 마을 공동체 전체를 출렁대게 한다. "수백 년 동안 지켜져 내려온 것이니 너도 따르라"는 어른들의 말에 손병사 어머니는 묻는다. "목신이란 게 있을 수가 있습니까?" 또 신당의 내력을 듣고는 가만 생각을 해본 뒤 말한다. "내가 절을 할 필요가 없다. 나는 이런 데 절을 할 존재는 아니니까 불 처질러버려

---

8   『한국구비문학대계 4-6』 전세권 구연본 '왕신단지를 둘러엎은 며느리'

라." 이렇듯 보이는 것도 보지 않은 듯, 들리는 것도 듣지 못한 듯, 말하고 싶은 것도 가슴에만 묻어두라는 며느리 삼계명 따위로 그녀를 가둘 수는 없었다. 스스로 옳지 않다고 판단되는 일은 묵과할 수 없고, 이해할 수 없는 논리에는 질문을 던지며, 따를 수 없는 명령은 분명하게 거절한다. 시집의 관습, 가치관의 일방적인 수용과 내면화로 동화를 강요받고 이에 순응함으로써 화합을 이루기에는 그녀의 자의식이 너무 강했다. 진심으로 받아들일 수 없다면, 정면 돌파. 기 센 며느리의 신행 첫날은 이렇게 요란했다.

이처럼 이야기는 손병사 어머니의 왈패적 행위와 기이한 인물 됨됨이에서 시작하여 귀신과의 갈등을 자초하고 대결을 감행하는 국면으로 연결되면서 긴장을 고조시킨다.

귀신과 맞선 그녀, 아들들을 잃다

신당에 불을 지른 후 손병사 어머니에게 귀신이 찾아온다. 그리고 "나를 모시지 않으면 네 아들들을 잡아가겠다"는 귀신의 엄포에 그녀는 "그러라"고 의연히 답한다. 그 후 어린 아들이 죽었다. 귀신은 다시 찾아와 자신을 모시라고 재차 요구하지만 손병사의 어머니는 이번에도 거절한다. 그랬더니 둘째 아들이 죽었다. 귀신은 그 후 또 찾아왔으나 셋째 아들은 대인(大人)이라 잡아갈 수 없다며 자신이 떠나겠다고 하고 물러간다. 셋째 아들은 자라서 병사(兵使)가 되었다.

귀신과의 대결을 두려워하지 않고 맞서 신당을 철폐하는 며느리의 이야기로『청구야담』소재 권상유의 딸(權尙游女) 이야기가 있다. 손병사의 어머니와 마찬가지로, 권상유의 딸이 시집을 가서 보니 시댁에서 신당에 신을 모시고 있었다. 시집은 살림이 부유하고 대대로 현달했으나 남자들이 명이 짧아 모두 일찍 죽고 양대 두 노부인만 있었다. 가산이 기울 정도로 신당을 극진히 모셔온 것을 알게 된 권상유의 딸은 노부인들과 종들이 모두 겁을 냈으나 신이 벌을 내리면 자신이 받겠다며 신을 위한 제물들과 신당을 불태웠다. 그러나 여러 사람의 걱정과는 달리 이후 집안은 무사했다. 두 이야기는 귀신과 맞선 용기 있는 여성 인물에 대한 이야기라는 점에서 공통점이 있다. 그런데 권상유의 딸이야기에 귀신의 실체를 확인하는 내용은 없다. 노부인들은 집안 남성들의 반복된 단명을 막아보고자 하는 간절함과 또 다시 이어질 단명에 대한 막연한 두려움에서 신당을 유지, 삶과 가문을 보존하고자 했다. 그리고 권상유의 딸은 삶의 어려운 국면에서도 미혹되지 않는 지혜와 용기, 뛰어난 판단력으로 두려움의 대상에 맞섰다. 그리고 그녀의 행위는 양반가의 딸로 유교 이데올로기를 학습하고 체화한 결과였다. 이는 사대부가 여성으로서의 정체성에서 기인한 것으로, 현실적 문제에 대해 지성에 입각하여 대처하는 여성 문제해결력의 새로운 모델을 보여준다. 야담에서는 상층의 이데올로기를 근거로 삼는 특성이 있으므로 권상유의 딸 또한 유가적 이념을 자기 판단과 소신의 잣대로 두었다.

그런데 손병사의 어머니는 신당을 불사른 이후 사정이 좀 달랐다. 귀신은 실체를 드러내 그녀 앞에 나타났고, 아들들을 대상으로 협박했고, 그녀가 불복하자 아들들을 데려갔다. 그게 귀신의 실제 힘인지 아닌지는 모른다. 하지만 일련의 사건들이 우연적으로 발생했다 하더라도 필연적 귀결로 받아들일 만한 상황이 벌어진 것이다. 그러나 그녀는 뜻을 굽히지 않았다. 이야기에서는 귀신이 잡아갈 무렵 아들들은 돌 전후한 시기라 가장 예쁘고 사랑스러운 때였다는 것을 강조하여 손병사 어머니의 선택이 그만큼 어려웠음을 부각시키지만, 이야기 속 그녀는 오히려 "내 자식을 왜 네가 죽이냐? 네가 잡아갈 자식이라면 차라리 내 손으로 죽이겠다."며 귀신 앞에서 자신의 손으로 아들을 죽이기까지 한다. 손병사 어머니의 이런 행위에 시집 식구들의 원성은 높아졌지만 그녀는 묵묵히 제 할 일만 하였다. 그리고 안타까워하거나 잃은 아이에 대한 연민을 보이는 법은 없었다. 결국 귀신은 물러갔고 셋째 아들은 병사가 되었다지만 그녀는 어떻게, 무엇을 믿고 그리도 용감할 수 있었을까?

그녀의 용기와 자식의 죽음, 운명일까?

손병사 어머니 이야기에서 시집에서 모시고 있는 귀신은 집안 조상에 대한 원한으로 신력을 발휘하기 시작한다. 서울에 다녀오던 손씨 가문 남성이 노잣돈을 보탤 겸 재미 삼아 굿판에서 화랭이 노릇을 하였는데 한 무녀가 그에게 반하였다. 이름과 거처를 묻는 무녀에게 "밀양에 사는 손무배"라고 답해주고는 곧 잊었는데, 무녀는 그를 마음에 품고 잊지 못해 밀양에 찾아와 무작정 그를 찾았다. 어렵사리 그를 찾은 무녀는 그가 실은 양반가의 남성이며, 자신에게 장난삼아 이름을 꾸며댔다는 것을 알았으나 마음을 접지 못하고 그 앞에 섰다. 그러나 그는 무녀를 알아보지 못했고, 인연을 고하는 그녀를 외면하였다. 무녀는 그 길로 뒤뜰로 가서 자결하였는데 그 후 집안에 송사와 병환이 그치지 않았다. 혹시나 하는 마음에 무녀를 위한 제를 지냈더니 집안이 편안해져 그 이후 손씨 집안에서는 무녀를 위한 신당을 마련하고 그녀를 위했다.

시집 식구들은 귀신에 대한 집안 조상의 잘못된 행동이 원한을 살 만했고, 그 결과 귀신이 그 집안에서 영향력을 행사해 질병이나 우환 등을 불러오기도, 잠재우기도 한다고 믿는다. 따라서 시집 식구들이 귀신을 섬기는 것은 꽤 설득력이 있을 뿐 아니라 유일한 대처 방안으로 보인다. 사정이 이러한데도 손병사의 어머니가 과감하게 귀신을 거부할 수 있었던 것은 집안의 신참자로서 외부에서 이식된 존재이기 때문일 것이다. 시집 식구들은 귀신의 존재와 역사에 대해 직접, 혹은 간접적으로 공동의 기억을 공유하고 있다. 경험과 학습을 통해 공유된 귀신에 대한 기억은 공동의 기억으로 넓혀지고 세대를 거듭하면서 단단해져 하나의 신앙으로까지 자리 잡게 되었을 것이다. 하지만 손병사의 어머니는 귀신에 대한 기억이 없기 때문에 믿음을 공유하지 않았고, 그래서 귀신으로부터 자유로운 존재이다. 믿음의 대상은 믿는 자들에게만 그 영향력을 발휘할 수 있는 속성을 지니는 바, 손병사 어머니는 귀신의 영향력 밖에 서 있는 셈이다. 그럼에도 불구하고 자신이 믿는 바, 믿지 않는 바를 가감 없이 행위로 드러낸다는 것은 쉬운 일이 아니다. 이제 '출가외인'으로서 '시집 귀신'이 되어야 하는 기혼 여성, 더구나 갓 시집온 새 며느리라면 더욱 그러하다. 그러나 손병사의 어머니는 순응의 삶 대신 투쟁의 삶을 택했고, 자신의 선택에 흔들림이 없었다.

귀신은 자신을 섬기지 않는 집안의 신참자에게 자신의 능력을 입증하고 그가 두려워하도록 만드는 데 가장 강력하고 효과적인 방법이 그 자식의 목숨을 거두어 가는 것이라는 것을 간파하고 위협했다. 그런데 귀신은 대결에서 패배하여 떠나면서는 손병사 어머니에게 죽은 두 아이의 목숨을 앗아간 것은 자신이 아니라 그 아이들의 운명이었다고 하면서 신은 사람을 잡아갈 수 없다고 맥없이 고백한다. 이야기 안에는 어느새 운명론의 커다란 틀이 자리 잡는다. 그러면서 손병사 어머니는 자식들을 위기에 방치하고 죽음에 이르게 한 비정한 어머니라는, 혹시라도 제기될지 모를 의혹과 비난에서 벗어나게 된다.

손병사 어머니가 자식을 건 귀신과의 대결에서 물러서지 않았던 것이 자식들의 운명을 미리 알고 있었기 때문인지, 아니면 적어도 귀신이라는 존재가 사람의 수명을 관장할 만한 능력이 없음을 알고 있었기 때문인지 이야기는 말해주지 않는다. 그녀가 알고 있었던 것은 그저 자신이 "큰 인물을 낳을 몸"이라는 것이다. 신행길에 시아버지 앞에서 오줌을 대차게 누면서도 당당하고, 하인들이 요강에 소변보는 소리가 하도 우렁차 키득거릴 때도 "큰 자식을 낳을 몸인데 이 정도 소리도 안 날까"라고 호통칠 수 있었던 것은 모두 대인을 낳을 몸이 무엇이 부끄러워 감추고 가려야 하는가 하는 자의식에서 비롯된 것이었다. 그렇다면 그녀는 어느 자식이 큰 인물이 될지 미리 알고 있었을까?

그녀에게 어느 자식이 큰 인물이 될지 미리 알고 있다는 것은 별로 중요해 보이지 않는다. 왜냐하면 큰 인물이 될 자식이라면 자신이 그런 존재임을 그녀에게 보여야 하고, 그래야 그녀의 자식으로서 인정을 받을 수 있기 때문이다. 두 번이나 자식을 잃었음에도 귀신의 힘을 인정하지 않고 세 번째 자식을 또 다시 내주는 손병사 어머니의 행위는 그녀의 신념이 얼마나 강고한 것인지 단적으로 보여준다. 즉 자식을 잃는 과정은 역설적으로 그녀가 자식을 얻고 어머니가 되는 과정을 압축적으로 제시한다. 출산과 양육의 주체로서 그녀는 무조건 자신보다 자식을 먼저 앞세우기보다 자기 자신의 합리적 신념을 지킴으로써 한 인간으로서 존엄성을 포기하지 않았고, 그러면서 진정으로 강한 어머니가 될 수 있었다. 그리고 스스로를 믿고 긍정하는 어머니 아래 자식은 훌륭한 인물로 성장했다.

여성도 어머니이기 전에 인간, 그러나 다시 어머니로

손병사의 어머니는 규범과 기존 질서에 수동적으로 얽매이지 않고 주체적으로 담대하게 결정하고 행동할 때마다 그러한 자기 행위의 작동 원리로 양반의 도리, 즉 성리학적 이념을 내세웠다. 그러나 이념에 사로잡혀 있고 지성에 입각하여 사고하고 행동하는 인물이라고만 보기에 그녀는 너무 자유롭고 제멋대로이기까지 하다. 그녀는 귀신과 대결할 수밖에 없는 이유에 대해서도 표면적으로는 양반가의 품위와 성리학적 이념을 이야기했지만, 정작 그녀의 깊숙한 내면에는 귀신을 넘볼 만한 막강한 자의식이 소용돌이치고 있었고 그 강한 자의식이 생래적 생명력과 만나면서 남다른 용기를 생성해냈다.

그녀가 누차 강조하고 있듯이 "양반가의 여성"인 그녀에게 가문의 대를 이어갈 인재를 낳아 기르는 것은 존재의 이유이자 사명이다. 그럼에도 그녀는 존재 실현과 사명 완수를 위해 눈앞의 자식을 지키려고 스스로 인정할 수 없는 가치를 수용하고 타협하지 않았다. 대신 자기 자신을 먼저 지켜내고 바로 세우기를 택했다. 그리고 그 과정에서 자식 둘을 잃었으나 마침내 큰 자식을 얻었다. 이야기는 혹시 그녀가 자식의 죽음 앞에 흔들렸을지 모를 마음의 갈등이나 남몰래 자책하며 흘렸을지 모를 눈물에 대해서는 말해주지 않는다. 이야기를 하는 사람도, 듣는 사람도 그녀의 단호함과 용기에 "여자라도 대인"이라고 찬사만을 쏟아낸다. 이는 이야기의 서사가 그녀의 선택과 행위에 '반(反)모성'의 혐의를 전혀 두지 않고 오롯이 주체적인 여성 인물의 강한 어머니 되기로 수렴되고 있음을 드러낸다. 또 이야기의 전승자들은 여성 인물에 대해 온전히 긍정함으로써 그녀의 선택과 그에 따른 결과를 지지한다. 때로는 예전에는 육아법이 나빠 어느 집이나 아이들이 곧잘 죽었다며 손병사 어머니의 아이들이 죽은 것이 혹 그 때문인지도 모르겠다고 이야기의 구연자가 그녀를 위한 변을 대신하기도 한다. 이러한 이야기 전승자들의 해석은 아들들의 죽음이라는 부담스러운 사건에 대한 합리적인 이해를 도모하고 그 죽음을 방조한 여성 인물에 대한 책임 추궁이나 비난을 차단한다. 당대의 취약한 의학 수준이라는 서사 외적 정황이든 운명론이라는 서사 내적 장치든, 이야기와 이야기의 전승자들은 그녀가 비범한 여성이며 그 비범함이 손병사라는 인재를 낳을 수 있었던 원동력이었음을 훼손하지 않도록 작용하고 있다. 그만큼 이 이야기가 구축하고 있는 여성 인물의 성격은 분명하고 공고하다.

이야기에서 이 여성에 대한 찬사의 근거는 결국 인재 아들에 두어졌다, 적어도 표면적으로는. 하긴 이야기가 인재 아들로 귀결되지 않았다면 이 여성의 면모들은 긍정적 기호로 수용되기 어려웠을 것이다. 이는 결국 어머니, 특히 어머니로서 여성이 자기 존재를 확인하고 위상을 세울 수 있었던 시대적 규범을 보여주는 것이다. 그러나 이야기를 잘 따라가다 보면 이야기의 중심은 인재 아들 출산에 있다기보다 여성 인물의 비범함에 있고, 그 비범함은 귀신도 압도하는 막강한 자의식에 있음을 알 수 있다. 그리고 그 자의식은 상층의 규범이나 이데올로기를 내면화하면서 형성된 것이 아니라 날것 그대로의 생명력에 기반을 두고 있다.

이처럼 손병사 어머니는 길들여지지 않은 분방함 그 자체이면서 양반의 도리를 설파하고, 시부모의 뜻을 따르지 않고 자신의 의지대로 귀신과 대결하다 아들들을 잃었지만 결국 가문을 빛낼 큰 인물을 낳았다는 점에서 모순과 역설의 존재라 할 만하다. 그리고 그녀가 보여준, 귀신 앞에서조차 굴하지 않는 소신은 독특한 여성을 넘어 독보적 여성상을 제시하고 있다.

참고문헌

한국학중앙연구원(한국정신문화연구원), 『한국구비문학대계』, 1980-1988.

서대석 엮음, 『우리 고전 캐릭터의 모든 것 2』, 휴머니스트, 2008.
정경민, 「구비설화의 어머니 형상을 통해 본 모성과 여성 인식 연구」, 이화여자 대학교 대학원 박사학위 논문, 2015.
정상박, 『전설의 사회사』, 민속원, 2000.

곰나루 전설

인간 남성을 욕망한 곰 여성의 이야기

두 인물, 두 가지 독해의 가능성

곰 여성이 인간 남성을 납치하여 자신의 동굴에 가두고 동거하였다. 둘 사이에 자식이 둘(혹은 셋) 태어났다. 곰 여성이 방심한 사이 인간 남성은 탈출을 감행하였고, 뒤늦게 이를 알게 된 곰 여성이 자식들을 데리고 나가 돌아올 것을 간구하였다. 그래도 남성이 돌아오지 않자 곰 여성은 자식들을 죽이고 자결하였다. 후에 사람들이 그 자리에 곰을 위한 사당을 세워 제를 지냈다.

이야기 하나.

한 곰 여성이 인간 남성을 강제로 자신의 굴로 데려왔다. 곰 여성은 인간 남성이 불편하지 않도록 매일 사람이 먹는 음식을 가져다 주고, 이불이며 옷가지 등을 구해다 주었다. 둘은 남녀의 정을 나누게 되었고, 둘 사이에는 자식이 둘(혹은 셋) 태어났다. 곰 여성은 자식도 둘이나 두었으니 이제는 인간 남성이 떠나지 않을 거라 생각하여 사냥을 나갔다가 돌아오는 시간도 여유를 가지게 되었고, 인간 남성이 답답할까 봐 동굴 입구의 돌문도 조금 열어주었다. 인간 남성은 곰 여성이 외출한 틈을 타서 도망을 나와 강을 건너는데, 이를 알게 된 곰 여성이 자식들을 들고 나와 울며 돌아오라고 소리쳤으나 남성은 돌아오지 않았다. 곰 여성은 남성이 돌아오지 않자 그에게 보이는 강가에서 자식들을 찢어 강물에 빠뜨려 죽이고 자결하였다(혹은 자식들을 죽이고 산으로 돌아갔다).

이야기 둘.

한 남성이 나무를 하러 산에 갔다가 암곰에게 붙들려 동굴로 잡혀갔다. 남성은 암곰이 가져다주는 대로 먹고, 입으며 동굴 안에서 지냈는데 곰이 늘 동굴 입구를 바위로 막아 도망갈 수 없었다. 그러다 동침을 하게 되었고 자식들을 낳았다. 죽으면 죽었지 이렇게 살 수는 없다고 생각한 남성은 곰이 방심한 틈을 타서 도망쳤다. 강을 건너 인가로 돌아가는데 암곰이 새끼들을 들고 따라와 울부짖었다. 남성은 아랑곳하지 않고 계속해서 도망쳤다. 이에 암곰은 새끼들을 죽이고 자신도 물에 빠져 죽었다(혹은 새끼들을 죽이고 산으로 돌아갔다).

누구의 시선을 따라 읽느냐에 따라 교묘하게 달라지는 두 가지 독해의 가능성. 여기에서 이 이야기의 비극은 시작된다.

짐승과 인간의 성적 결합

짐승과 인간의 성적 결합에 대한 해석은 신화적 모티프에서부터 음담의 요소까지, 텍스트의 성격에 따라 다양하게 이루어질 수 있다. 특히 곰 여성과 인간 남성의 결연은 우리에게 '단군신화'를 떠올리게 하는 한편, 전형적인 민담 자료인『어우야담』수록 '암곰설화'와 동일한 설정임을 확인시켜준다. '단군신화'에서 곰 여성과 환웅의 결합이 단군이라는 영웅의 탄생을 담보하는 신성성을 제공했다면, '암곰설화'에서는 암곰과 인간 남성의 결합에 음담의 성격이 강화되었다. '암곰설화'에서는 인간 남성이 곰에게 발견된 위기의 상황을 모면하고자 암곰을 성적으로 흥분시켜 만족시켜주었다는 부분이 강조되는데, 둘 사이에 자식은 없고 강제로 암곰과 동거하게 된 이후 남성은 속임수로 탈출에 성공하고 암곰은 결국 자결한다. 또 곰이 죽은 후 남성은 동굴에 가서 재화를 가져다가 부자가 되어 잘살게 되었다고 하여, 주인공이 기지로 위기를 모면하고 부귀를 얻어 행복해진다는 전형적인 민담의 공식을 따르고 있다. 그렇다면 흔히 '곰나루 전설'이라 불리는 위 이야기의 성격은 어떨까.

'곰나루 전설'에서 곰 여성과 인간 남성의 결합은 자식들을 죽이고 곰 여성도 자결하는 비극적 사건의 발단이 된다. 사실 많은 이야기에서 인격화된 동물(짐승)은 신성성을 담지하고 있는 한편 자연, 본능의 영역을 의미한다. '곰나루 전설'의 곰 여성 역시 자연적 존재이며, 존재 자체가 본능적 욕망의 덩어리이다. 그런데 욕망의 대상이 성적 파트너로서의 인간 남성이므로 그 욕망의 성격이 섹슈얼리티의 문제에 집중되어 있음을 알 수 있다. 괴력의 짐승인 곰은 인간이 힘으로 대적할 수 없는 강자이다. 특히 강을 건너야 사람들이 사는 인가에 닿을 수 있는 고립된 산속이라는 자연적 공간에서는 존재의 위계를 결정하는 데 있어 신체적 힘이 절대적이다. 신체로서만 자기 존재를 증명하는 자연에서 인간은 맹수에 비해 조금도 우월한 존재가 아니다. 오히려 상대적으로 왜소하고 열등한 존재일 뿐이다. 먹고사는 생존의 전제조건마저 스스로 충족시키기 어려울 정도이니 말이다. 문명이나 문화가 침범할 수 없는 동굴 속에서 곰 여성의 일방적 욕망은 인간 남성에게는 피할 수 없는 폭력이 된다. 곰 여성은 인간 남성을 통해 성적 욕망을 충족시켰고, 인간 남성은 그 대가로 목숨을 부지했다. 생존의 욕망이 극한 상황을 버티게 한 것이다.

그런데 이러한 몸과 몸, 욕망과 욕망의 부딪힘과 넘나듦의 문제에 감정이라는 또 다른 문제가 얽히기 시작한다. 몸의 부딪힘이 마음의 동요로 이어지면서 둘 사이의 관계는 힘으로 확정된 위계에서 점차 대등한 관계로 변화되어간다. 둘의 기묘한 동거가 지속되면서 둘 사이에는 괴력의 짐승과 나약한 인간의 관계에서 여성과 남성의 관계로 조금씩 비틀려가는 움직임이 감지된다. 적어도 곰 여성의 행위와 태도는 그렇다. 곰 여성은 어느새 인간 남성을 자신의 짝으로 대하고 있었다. 곰 여성은 인간 남성을 위해 인간들이 먹는 음식을 밤낮으로 구해 오고, 이불이나 옷을 가져다주는 등 남성이 불편하지 않도록 자신이 할 수 있는 최선을 다해 극진히 보살핀다. 먹는 것, 입는 것, 잠자리의 기본적인 생존을 위한 조건들이 충족된다면 인간 남성도 동굴 안에서 살 만하리라, 기대하면서. 상대를 위해 입맛에 맞는 요리를 구해 오고 잠자리를 보살피며 옷가지에 신경을 쏟는 곰 여성의 모습은 이미 맹수가 아니다.

자기 남자에게 애정을 쏟는 여느 여자의 모습이다. 어느새 곰 여성은 자신의 신체적 힘으로가 아니라 정성과 마음으로, 애정으로 인간 남성을 붙잡고자 하고 있었다. 그러나 곰 여성이 제공해준 편의도 남성에게는 생(生)의 충분조건이 되지 못했다. 암곰의 정성에도 불구하고 남성은 인간 세계로의 회귀만을 꿈꿨고 탈출의 기회를 엿보았다. 이계(異界)의 존재에 대한 암곰의 욕망은 이미 자기 파멸로 귀결될 비극적 운명의 다른 이름이었던 것이다.

인간 남성의 도주와 곰 여성의 자식 살해

동굴 안에서 생활하면서 곰 여성과 인간 남성 사이에는 자식들이 태어났다. 자식이 둘 혹은 셋 태어나면서 그만큼의 세월이 흘렀다. 그 함께한 세월에 대해 곰 여성은 가족의 탄생이라는 이름을 붙였지만, 남성에게 그 세월은 암곰이 자신을 믿고 감시를 소홀히 할 날이 오기만을 기다리는 인고의 시간이었다. 무엇보다 곰 여성이 이제 인간 남성이 더 이상 도망을 치지 않으리라 확신하게 된 것은 둘 사이의 자식들 때문이었는데, 암곰에게 자식들은 인간 남성 역시 자신의 세계에 뿌리내리고 살 것이라 믿을 수 있는 안전장치였기 때문이다. 암곰에게 자식이란 남녀 둘 사이의 일방적이고 폭력에 의한 관계를 상호적이고 애정에 기초한 관계로 자동 변환시켜주는 그 무엇, 달콤한 마법의 존재였던 것이다. 하지만 남성에게 곰과의 사이에서 낳은 자식은 자식이 아니었다. 암곰이 그에게 아내가 아니듯이.

자식들의 존재로 관계의 안정성을 확신한 암곰은 안심하고 외출을 하기 시작했다. 남성이 혹 답답할까 하여 동굴 문도 살짝 열어두었다. 그런데 그 틈을 타서 남성은 도망쳤다. 돌아와 남성이 사라졌다는 걸 안 곰 여성은 황급히 남성의 뒤를 쫓아 강가로 달려갔다. 남성을 돌아오게 하기 위해 암곰은 필사적으로 자식을 들고 흔들며 강을 건너는 남성을 불렀지만 남성에게 아버지로서의 정체성은 없었다. 남성이 자식들을 보고도 돌아오지 않자 그제야 곰 여성은 깨닫는다. 둘 사이의 자식이 둘의 관계에 있어 얼마나 미약한 존재인지. 남성의 도주에 자식들은 전혀 영향을 끼치지 못했고, 처음부터 고려 대상이 아니었다. 인간 남성에게 곰 여성과의 자식은 사랑의 결실이 아니라 혐오의 대상일 뿐인 것이다. 그 절망적인 각성의 순간, 암곰에게도 자식들은 무의미하고 불필요한 존재가 되었다. 곰 여성은 처절하게 울부짖으며 자식들을 찢어 죽이고 자신도 목숨을 끊거나 산으로 돌아갔다. 예나 지금이나 배우자의 인정과 지원을 기대할 수 없을 때 많은 자식들이 엄마에 의해 살해되거나 버려지듯이 암곰의 자식들 또한 엄마의 손에 죽었다.

　암곰의 자식 살해는 자식이란 존재의 위상, 그 민낯을 드러낸다. 암곰은 자식이 남성과의 관계에 있어 대체할 수 없을 만큼 강력한 친밀함의 전제조건이 될 것이라 기대했지만 실상은 반대였다. '곰나루 전설'은 부모와 자식의 관계가 단지 부부관계에 종속되는 양상을 보여준다. 인간 남성에게 자식은 그저 혐오스러운 암곰의 복제된 존재일 뿐이었고, 인간 남성을 붙잡을 수 없다면 암곰에게 자식은 무용지물이었다. "자식 때문에 산다"는 부부들의 푸념 섞인 논리는 적어도 이 이야기에서는 무력했던 것이다.

'곰나루 전설'의 변이형들은 부모-자식 간의 관계에 있어 누굴 내 자식으로 인정할 것인가, 어느 쪽을 내 부모로 삼을 것인가 하는 선택의 문제를 보여주고 있어 흥미롭다. '곰나루 전설'에는 자식이 아버지와 함께 탈출하는 변이형들이 있는데 이때 아들이 아버지보다 도주를 강렬하게 원하고 계획한다는 점이 부각된다. 아들이 도주를 결심하는 것은 부모의 결연 과정을 알게 되면서부터 시작되는데, 사정을 알게 된 아들에게 곰은 '어머니'가 아닌 '괴물'일 뿐이다. 아들이 도주를 주도적으로 계획하는 경우 아버지는 머뭇거리며 쉽게 동의하지 못하는 우유부단한 모습을 보이는데, 이 변이형의 경우에만 유일하게 남성은 곰 여성과 함께 지낸 시간에 대한 복잡한 감정을 드러낸다. 떠나기에는 연민이 남고, 남기에는 여전히 이질적인 어정쩡한 마음. 아들이 자라 도주를 감행할 정도의 시간이라면 동굴에서의 삶 자체를 부정하기에는 켜켜이 쌓인 감정들이 남성의 몸에도 차올랐을 터이다. 이러지도 저러지도 못하는 남성을 아들은 적극적으로 설득한다. 온몸으로 곰의 자식임을 거부하고 강을 건너가 온전한 인간으로 살고자 하는 아들은 도주의 실패를 우려하여 여동생은 동굴에 남기고 아버지와만 동행한다. 그리고 그 대가로 남겨진 여동생은 곰 여성의 손에 죽게 된다.

곰 여성의 자결

'곰나루 전설'에서 곰 여성은 자결한다. 인간 남성이나 남성의 조력자에 의해 징치되지 않는다. 이는 짐승과 인간의 결합을 주요 모티프로 삼는 다른 이야기들과는 변별되는 지점이다. '곰나루 전설'처럼 짐승에 의한 인간의 납치, 성적 결합과 자식 출산, 인간의 탈출 등으로 이어지는 이야기로 호랑이가 인간 여성을 납치한 이야기가 있다. 이 이야기에서 호랑이는 남성으로, 인간은 여성으로 설정되는데 이는 '곰나루 전설'과는 성별 배치가 뒤바뀐 양상이다. 또 인간 여성의 탈출이 자의에 의해 실행되기보다는 여성을 찾아온 오빠나 남동생, 남편 등에 의해 이루어지며, 호랑이의 죽음도 여성의 남성 조력자들에 의한 살해라는 점역시 '곰나루 전설'과는 다르다. 이 이야기에서 대결 구도는 남성-남성 사이에 일어나고, 호랑이에 대한 처단 역시 납치된 여성에 의해서가 아니라 이질적 존재의 여성 납치를 용서할 수 없는 집단 내 남성들의 분노에 의해 행해진다.

반면 앞서 살펴보았듯이 '곰나루 전설'에서는 제3자가 개입하지 않는다. 사건의 전개가 곰 여성과 인간 남성의 관계에 오롯이 집중되어 있다. 인간 남성이 떠나자 자식들을 죽이고 자결하는 곰 여성의 최후는 억제되지 못한 여성 섹슈얼리티의 위험성을 경고하고 있는 것처럼 보인다. 그렇다면 이 이야기에서 드러난 여성 욕망의 실체는 무엇일까. 곰 여성은 자신의 성적 욕망에 대해 솔직했다. 아니, 솔직했다는 표현은 어울리지 않는다. 여성이기 이전에 곰은 자연적 존재로서 본능의 지배에 순응하는 것이 당연하다. 본능의 영역 안에서 곰 여성은 자신의 성적 욕망을 충족시킬 상대로 인간 남성을 손에 넣었다. 그런데 성적 욕망을 표출함에 있어 그 지향이 이질적인 존재를 향했고, 동족이 아닌 대상에 대한 성적 지향은 자기 파멸로 이어졌다. 그 행위는 본능에서 출발했으나 곧 마음이 움직였다. 그녀는 인간 남성을 힘으로 제압하여 가둬두기만 해도 되었겠지만 어느새 잘해주고 싶어졌다. 편안히 지내게 해주고 싶었고, 남성 스스로 자신과의 관계에 뿌리내리길 기대했다. 곰 여성의 성적 욕망은 어느새 애정 욕망으로 옮겨 간 것이다. 이제 곰 여성은 인간 남성의 몸과 함께 마음을 얻고 싶어졌다. 그리고 둘 사이의 자식들은 인간 남성의 몸과 마음을 함께 붙들 수 있는 매개체가 될 것이기에 안심했다. 하지만 인간 남성의 마음 따위는 움직이지 않았다. 자신은 그저 납치된 것이고, 유린된 것이며, 그러므로 그에게 그 상태로 목숨을 연명하는 것은 진정한 삶이라고 할 수 없었다. 일방적인 그녀의 정성과 애정은 그에게 전달되어 닿지 않았다. 남성의 도주는 그에게는 당위였겠지만 여성에게는 극복할 수 없는 배신이었다. 온몸으로 자신을 부정하는 남성을 눈앞에서 확인한 그녀가 자결 말고 무엇을 할 수 있었을까.

닿을 수 없는 것, 가지기 힘든 대상, 나보다 나은 존재에게 마음이 가고, 그 마음을 쉽게 멈출 수 없는 것은 욕망의 속성일 것이다. 나를 보지 않는 그 사람에게 자꾸 끌리는 것. 그 눈길을 거두기는 쉽지 않다. 특히 남녀 사이에 균형이 깨진, 그것도 여성의 일방적인 욕망의 서사가 해피엔딩으로 마무리되기란 얼마나 어려운 일인지. '곰나루 전설'에서 곰 여성은 여성의 성적 욕망을 있는 그대로 드러내고 추구하다가 자식을 자기 손으로 죽이고 스스로 목숨을 끊고 말았다. 이는 곰 여성에게 가장 비극적인 최후일 것이다. 그렇게 곰 여성의 성적 욕망은 처벌받았다. 때로 욕망은 존재를 살게 하는 생명력의 원천이 된다. 또 때로는 좌절의 끝에서 죽음을 택하게 만들기도 한다. 욕망이란 처음 생겨난 그 자리에 그대로 붙어 있지 않고 이리저리 옮겨 붙어 존재 자체를 집어삼키기도 한다. 곰 여성은 인간 남성을 욕망한 대가로 그렇게 사라졌다.

참고문헌

조현설, 「웅녀·유화 신화의 행방과 사회적 차별의 체계」, 『구비문학연구』 9, 한국구비문학회, 1999.

2장

열 ^烈
로부터의 탈주

구전되는 이야기에는 '열불열녀(烈不烈女)'나 '이부열녀(二夫烈女)'라 일컬어지는 여성 인물이 있다. 열녀이면서 동시에 열녀가 아니라니. 한 술 더 떠서 두 남편을 둔 열녀라니. 도대체 어떤 여성에 대한 이야기인지 궁금하지 않을 수 없다. 이야기는 대체로 이렇다. 아내는 죽을병에 걸린 남편을 살리기 위해 일부러 후부(後夫)를 얻어 후부와의 자식을 본부의 약으로 삼아 남편을 살리고 자결한다. 죽게 된 남편을 살렸으니 열녀인데, 그 과정에서 다른 남자와 살았으니 열녀가 아니라는 것이다. 또 자신을 탐해 남편을 몰래 죽이고는 거짓으로 자신을 속여 함께 산 후부가 본부의 살인자임을 알게 된 여성은 후부를 죽인다. 이야기 속 아내는 두 남자와 살았지만 남편의 원수를 갚았다는 점에서 두 남편을 둔 열녀로 불리게 되었다. 이 이야기들은 우리에게 묻는다. 진짜 열녀가 되려면 어떻게 해야 하는가? 열녀가 될 수만 있다면 사람을, 자식을 죽여도 되는가? 누구를 위한 열녀 만들기 프로젝트인가?

사실 근대를 한참 지나 포스트모던이라는 용어조차 너무나 익숙한 시대에 살고 있는 지금, 열녀에 대해 논하는 것은 이미 식상하거나 지루한 일로 치부된다. 게다가 열녀를 미화하면 남존여비의 부조리한 과거에 대한 낭만적 향수를 자극하는 교묘한 꼼수로 배격되고, 열녀에 대한 폄하는 여성의 몰주체성을 일반화시킬 위험이 있어 불편하다. 성적 주체로서 여성의 자발적 선택과 행위들이 각광받고 소위 '나쁜 여자'가 '착한 여자'보다 매력적이라 통하는 이 시대에 열녀는 그 익숙함에 있어서는 진부한, 그러나 그 성격에 있어서는 오히려 낯선 이름일 것이다.

이 장에서 우리는 남편의 죽음 이후 평생을 눈물로 수절하거나 혹은 자결한 열녀들, 즉 우리들의 문화적 기억 속에서 열녀라는 기표 아래 자연스럽게 연상되는 여성들의 이야기를 다루지 않는다. 대신 '정절 이데올로기'라는, 여성의 온몸을 칭칭 감았던 강력한 힘과 관련해 열녀라는 이름 아래 수렴되지 않는 여성들을 불러오려 한다. 모래를 쥔 손에 힘을 주면 줄수록 손가락 사이로 빠져나가는 모래알이 늘듯이 강력하게 작동되는 이데올로기에도 부합하지 않는 사례들은 발생하기 마련 아니겠는가.

조선 세조대의 명문가 이순지의 딸은 과부가 된 후 사방지라는 노비에게 여자 옷을 입혀 오랫동안 내연관계를 맺은 전무후무한 스캔들을 일으킨다. 사대부 여인들이 간통 사건으로 중형을 받던 시대, 이씨뿐만 아니라 복장도착자인 데다가 감히 쳐다볼 수 없는 신분인 여성과 간통한 죄로 엄벌을 받아야 할 사방지가 무사할 수 있었던 것은 죽음을 두려워하지 않고 그를 구명한 이씨가 있기 때문이었다. 그녀는 아버지, 아들을 비롯해 가문 전체에 불명예와 비웃음을 안기면서도 끝까지 사방지와의 관계를 포기하지 않았다. 사방지의 입장에서 그녀는 열녀이리라. 이름 높은 양반가의 여성으로서 수절로 고고한 생을 완성하지 않고 자신의 욕망에 그토록 집요하고 솔직할 수 있었던 것은 무엇 때문이었을까.

두 번째 이야기는 가부장들의 이야기판에서 훼절(毁節)이 아닌 것으로 떳떳하게 인정받은 묘한 임신 사건들에 대한 것이다. 빛의 감응으로 인한 잉태, 신화 속 이야기만은 아니다. 남녀의 성적 결합이 아닌 신이하고도 환상적인 방식에 의한 임신과 출산 이야기들은 이야기의 전통 속에서 무수히 반복된다. 귀태(鬼胎)나 몽교(夢交) 등이 그 대표적인 예이다. 인지(人智)가 발달했고 성 윤리가 엄격했던 조선사회에서 몽교와 귀태 같은 비합리적인 임신 과정을 용인하고 다양한 이야기들 속에 적극 수용한 연유를 살펴보면서 이야기의 문화정치적 의의를 곱씹어볼 것이다.

마지막으로 1924년, 17세의 남편을 쥐약으로 독살해 재판을 받게 된 김정필 사건을 다룬다. 함경도 사건이라 김정필은 지방재판소에서 사형을 선고받았지만 신문 언론에 의해 간부를 두고 본부를 살해한 음란한 미인으로 묘사되면서, 경성에서 이루어진 복심재판은 인산 인해를 이루며 본부독살미인 신드롬을 일으키게 된다. 시대가 변화해서 개가를 논한다 해도 열절(烈節)이 여성의 최고 미덕이던 시대였기에 남편 살해는 단순한 범죄가 아니라 윤리의 근간을 뒤흔드는 악(惡), 용서받지 못할 죄였다. 그런데 왜 사람들은 열녀이기는커녕 남편을 죽인 그녀를 그토록 옹호했을까? 정말 그녀가 절세미인이었기 때문일까? 간부, 독살, 미녀라는 자극적인 키워드로 점철된 그녀의 이야기를 들어보면서 어떻게 이데올로기적인 열(烈)보다 여성 개인의 사연에 대중이 연민을 느끼게 되었는지 따라가보자.

여장남자? 양성인간? 그 해괴한 논란의 중심에 서다

세조 8년인 1462년, 사노비 출신의 사방지라는 인물이 사대부 집안의 과부 이씨와 오랫동안 내연관계를 맺은 일로 소문이 나 조정이 떠들썩해졌다. 양반과 천인이 일으킨 상간(相姦) 사건이 오랫동안 사람들 입에 오르내리게 된 것은 이씨가 조정 대신 이순지의 딸이기 때문만이 아니라 여장을 하고 여자들 속에서 생활하며 그네들과 동침했던 사방지라는 남자의 괴이한 종적 때문이었다.

남자로서 여장을 하고 간통을 한 사방지의 엽기적인 행각은 『조선왕조실록』의 기록과 함께 서거정, 김종직과 같은 당대 거인들의 문집에

---

1   이 글은 다음 논문을 풀어 쓴 것이다. 홍나래, 「사방지 스캔들로 본 욕망과 성, 그에 대한 질서화 방식」, 『구비문학연구』 38집, 한국구비문학회, 2014.

서도, 더하여 박지원, 이덕무, 이규경 등 조선후기 대표적인 지식인들에 의해서도 기억되고 있다. 물론 점잖은 그들의 관심은 스캔들 자체보다 양성인(兩性人)이 아닌가 의심되는 사방지의 성적 정체성에 있었고, 이에 촉발되어 『강호기문』, 『봉헌별기』, 『계신잡지』 등 중국 문헌들을 부지런히 찾아 유사한 사례를 제시하며 이러한 인물의 분류와 처치 기준을 세우고자 했다.

사방지에 대한 현대 연구자들의 시각 역시 전승자들의 것과 별반 다르지 않았다. 여장남자라는 독특한 행태를 조선 전기사회에서 풍속과 다르게 옷을 입어 기강을 문란하게 한 복요(服妖) 현상의 하나로 주목하거나,[2] 정절 이데올로기를 강화하기 시작한 조선사회의 이면을 드러낸 한 사례로 언급하거나, 사방지의 양성성에 대한 진위를 검토하여 여장남자로 인식된 이유를 실패한 내시로 추정하거나 하는 식이다.[3] 오늘날에도 사방지가 양성인이라는 사실에만 주목하거나 당대 음란한 여인들의 스캔들로만 치부하는 경향이 여전하다. 1988년에는 매력적인 여배우 이혜영이 사방지로 분한 영화 〈사방지〉(송경식 감독)가 연소자관람불가 등급을 받고 개봉되기도 했다.

그러나 당대 사방지를 양성인으로 판단 내려서 이에 대한 조치의 전범을 마련하기까지 논의를 지속시킨 동력은 무엇보다 간통녀로 지목된 이씨였는데, 그녀에 대한 논의는 미미하다. 이순지의 딸이자 정인지

---

2   정예희, 「조선시대 '服妖'에 관한 연구」, 단국대학교 석사학위논문, 2008.

3   정용수, 「女裝男子 사방지의 진실과 허구」, 『대동한문학』 제24집, 대동한문학회, 2006.

의 사돈이라는 막강한 배경으로 인해 그녀의 성추문을 조정에서 왈가
왈부하게 되었지만, 양성인에 대한 논란을 불러일으키며 사법적 전범
을 마련하기까지 오랜 기간 조정 관리들을 분노하게 만들고 논의를 지
속시키게 된 데에는 사방지를 구명하고 그를 자기 곁에 두려고 한 이씨
의 집념 어린 노력이 있었다. 그러므로 이런 이씨의 존재를, 단지 사방
지에 매혹되어 실절하게 된 일개 음란한 과부로 보아 지나치기에는 아
쉬운 점이 많다. 이씨는 어떤 사람이기에 자신의 욕망을 숨지기 않고
사람들의 이목에도 전혀 개의치 않았을까? 사방지에 대한 소문과 이씨
의 행보를 살펴보자.

괴이한 소문

『조선왕조실록』에 의하면 세조 8년 1462년 4월 27일 사방지를 국
문했던 일을 시작으로, 1467년 4월 5일 이순지가 사망한 후 이씨가 또
다시 사방지와 추문을 뿌리자 세조가 그를 외방 노비로 소속시키면서
5년간 사대부들을 찜찜하게 만들었던 사방지 사건은 일단락을 맺는다.
우선 『조선왕조실록』에서 정리한 사건의 기록은 다음과 같다.

처음 김귀석(金龜石)의 아내는 이순지(李純之)의 딸이었다. 일찍이 과부가
되었는데, 그 일가 연창위 안맹담(安孟聃)의 종 사방지(舍方知)라는 자는
턱수염이 없어 모양이 여자와 같은 데다가 재봉을 잘하여 여자 옷을 입고
일찍이 한 여자 중을 통간하였다. 여자 중과 이씨는 이웃하였으므로 사

방지가 인연이 되어 이씨의 집에 들어갈 수 있게 되었는데, 마침내 사랑하고 가까이 친해짐을 보고는 좌우에 있으면서 음식도 그릇을 같이 하고, 앉고 눕는데도 자리를 같이 하며 의복도 빛깔을 같이하니 모두 사치스럽고 화려하기가 극도에 달하였다. 노비가 섬기기를 집 주인과 같이 하여, 이웃 마을에서 비록 알더라도 이씨는 달리 부끄럽게 여기지 않으니, 추잡한 소리가 퍼지어 대관이 이를 규찰하였다. 임금이 승정원으로 하여금 안험하게 하고, 사족을 더럽히고 욕되게 함은 옳지 못하다 하여 석방하려고 하니, 길창군 권남(權擥)이 치죄하기를 힘껏 청하므로, 명하여 사방지를 의금부의 옥에 내려 핵실하게 하고, 이어 이순지의 구처에 붙이니, 이순지가 엄호하여 징치하지 아니하고 시골집에 두었는데, 이씨가 온천에 목욕함을 칭탁하고 따라갔다. 이순지가 졸함에 미치자 사방지는 다시 이씨의 집에 들어가 처음과 같으므로, 헌부에서 안찰하고 여의(女醫)로 하여금 증험하여 보게 하였더니, 과연 그러하였다.

- 『세조실록』 1467. 4. 5.[4]

『조선왕조실록』과 당시 조정에 있었던 서거정(『필원잡기』)과 김종직(『점필재집』)의 기록을 중심으로 사방지 사건을 재구성해보면, 사방지는 종으로 어렸을 때부터 그 어미가 여자 옷을 입히고 화장과 재봉을 가르쳤다고 한다. 턱수염이 없고 외양이 여성스러웠으나 그래도 남성이었기 때문에 나이가 찬 후 고모인 김연의 처와 간통을 했고, 관계가 하루 이틀이 아니라고 할 만큼 지속적이었음에도 임신이 되지 않자 그는 자신이 불임 상태임을 알게 되었다. 여자 옷을 입고 여성들 속에서 키

---

4   한국고전종합DB. 이하 『세조실록』 출처 모두 동일.

워진 그는 사춘기 때 성정체성에 혼란을 겪은 듯하다. 그래서인지 비구니가 되어 승복을 입음으로써 무성적인 존재로 보이고자 했으나, 이마저도 그를 둘러싼 여인들에 의해 불가능해지고 만다. 비구니가 된 사방지는 여승 중비의 집을 왕래했는데, 이 집에 드나들다 지원, 소녀 등 많은 여시(女侍)들과 정을 통했기 때문이다. 사방지는 그들과 바느질과 여공을 함께 하고 친밀하게 감정적으로나 성적으로 교류했기에 오래도록 여장을 하며 비밀을 지킬 수 있었다. 그러다 이웃인 이씨의 눈에 띄었는데, 『조선왕조실록』에서 그녀를 언급할 때마다 가산이 넉넉하다고 할 만큼 소문난 부자인 데다 권력가였던 이씨는 사방지를 곧 자신의 곁에만 두고 자기와 동일한 빛깔로 그의 옷을 화려하게 맞추어 입히며 10년간 함께 지냈던 것이다.

여자 옷을 입고 여성들 속에서 지내며 여러 여성들과 성적인 관계를 맺었다는 사실에서 조정 대신들은 그의 남성적인 특징, 특히 성기의 유무와 크기에 관심을 보이기도 했다.

> 그와 평소에 통해왔던 한 비구니를 신문하기에 이르렀는데, 비구니가 "양도(陽道, 남자의 성기를 뜻함)가 매우 장대했다."고 하므로, 여의 반덕에게 그것을 만져보게 한 결과 과연 그러하였다. 그러자 상이 승정원 및 영순군(永順君) 이부(李溥), 하성위 정현조(鄭顯祖) 등으로 하여금 여러 가지로 조사를 하게 하였는데, 하성위의 매(妹)가 바로 이씨의 며느리가 되었었으므로, 하성위 또한 놀라 혀를 널름거리며 말하기를 "어쩌면 그리도 장대할 수가 있단 말입니까."고 하였다. 그러자 상이 웃고는 특별히 더이상 추문하지 말도록 하면서 이르기를 "순지의 가문을 오멸시킬까 염려된다." 하

고, 사방지를 순지에게 알아서 처벌하도록 하니 순지가 사방지에게 장 10
여 대만을 쳐서 기내에 있는 노자의 집으로 보내버렸다.
- 김종직, 『점필재집』[5]

정현조에게 영순군 이부와 승지(承旨) 등과 더불어 가서 보게 하였는데, 머
리의 장식과 복색은 여자였으나 형상과 음경·음낭은 다 남자인데, 다만 정
도(精道)가 경두(莖頭) 아래에 있어 다른 사람과 조금 다를 뿐이었다.
-『세조실록』 1462. 4. 27.

사방지는 어릴 적 엄마가 여아로 생각했고 성장해서는 여성들과
상간할 수 있었지만 이들을 임신시키지 못했으며, 그의 신체를 검사한
일행들이 정도가 경두 아래 있다고 말한 데에서 선천적인 요도기형, 즉
남성호르몬 작용이 감소하여 발생한 요도하열(hypospadia)로 그 사정
을 짐작해볼 수도 있다.

하지만 사방지 개인의 성정체성 문제나 신체적 특성이 당시 스캔
들의 핵심은 아니었다. 사방지는 생물학적으로 남성인 데다 노비였기
때문에 여자 옷을 입고 자기 친족이나 사대부 여성과 음간했다는 것이
문제였다.

---

5   한국고전종합DB.

조선시대 음행(淫行) 백태 사방지 스캔들

조선 왕조는 군주제와 신분제를 공고히 하며 법 제도를 정비했는데, 지도층의 도덕적 우월성을 강조했던 만큼, 역사서를 편찬하면서도 이전 시대의 성적 문란함에 대해 줄곧 비판하였다. 지배층의 도덕성 과시는 이 계층에 속한 여성들의 정절 강조, 개가 금지와 일탈된 성에 대한 엄벌로 나타났는데, 특히 사족(士族) 여인과 종의 성관계는 풍속을 해치고 신분질서를 범하는 행위로 일벌백계되었다. 정종 때에는 사대부 여인들이 간통사건을 벌이다 유배형을 받았고, 태종 때에도 제석비라는 과부가 중과 간통하여 참형을, 세종 때에도 관찰사를 역임했던 이귀산의 처가 간통으로 참형당했다. 조선초기에는 전대의 분방한 생활이 어느 정도 지속되어 사대부 여성들의 간통사건이 빈번하게 발생하고 이에 대해 관용을 베풀자는 입장이 옹호되기도 하였지만, 그렇다고 간통한 여성이 책임을 완전히 피할 수는 없었다. 세종 때 39명과 간통한 감동은 변방의 관비로 보내졌고 이후로도 조정에서 언급된 사대부 간통녀들은 모두 줄줄이 법률에 따라 처벌받았다.

궁에 있는 여성들도 예외는 아니었다. 세종은 궁녀 소쌍에 집착한 왕세자비 순빈 봉씨를 폐서인으로 만들었고, 세조 역시 환관을 유혹한 후궁 소용 박씨를 종의 신분으로 강등시킨 후 그녀가 다시 젊고 수려한 세조의 조카 귀성군 준(李浚)에게 연서를 보내자 교형에 처해버리기도 한다(1465년). 모범을 보여야 할 왕실 여성들은 외간 남자와의 실질적인 간통이 아니더라도 물의를 일으킬 때 더욱 무거운 처벌을 받게 되었다.

물론 이러한 성 윤리가 일반인이나 천인들에게 요구된 것은 아니었다. 조선사회는 사족 여인에게는 엄격한 성 윤리를 강조하지만, 천민 계층의 성은 주인에 의해 좌우되어 강제적 짝짓기가 일반적이었고 잡혼이라 비하된 노비들의 성관계에서는 아비를 알 수 없는 사생아도 수두룩했다. 그래서 살인이나 폭력, 소생자의 귀속 문제가 아닌 천인의 일반 간통은 아예 처벌 대상에서 논외로 취급하였다. 그러나 이러한 예외와 타협 조건에서도 강상죄, 즉 노비로서 사족 여인을 간통한 경우와 근친상간은 제외되었다. 간통의 기본 형률은 장 100대이지만 사대부여인과 상간한 노비라면 대개 형을 받기도 전에 신문 과정에서 맞아 죽었다.

> 요인(妖人) 복대(卜大)가 복주(伏誅)를 당하였다. 복대는 문주(文州) 사람인데, 여복을 입고 박수 노릇을 하며 어리석은 백성들을 혹란시켰다.
>
>   - 『태조실록』 1398. 4. 14.[6]

근년에 어떤 사내가 10여 세부터 눈썹을 그리고 얼굴에 분을 칠하고 여인의 언서체를 배웠는데 소설을 잘 읽었고 음성이 여자와 같았다. 홀연 거처를 알 수 없더니 여자 옷으로 바꾸어 입고 사대부가에 출입하면서, 진맥을 안다고 하거나 방물장수로 칭하거나 또는 소설을 읽는다고 하였다. 또 비구니들과 계약을 맺어 불공을 드리고 기도하는 것을 도왔다. 사대부가 부녀들이 한번 그를 보면 사랑하지 않을 수 없어서 함께 머물러 동침하며 음행을 저질렀다. 장붕익 판서가 이를 알고 발설하며 난처한 일이 많을까

---

6   한국고전종합 DB.

두려워하여 입에 재갈을 물려 죽였다. 대개 재상가에서 욕을 당한 사람들은 하는 일 없이 호화롭고 사치스럽게 사는 여인들이었다.

- 구수훈(1685~1767)의 『이순록』[7]

의복은 신분사회에서 남녀와 귀천을 구분하는 질서였기에 유교적 도덕왕국을 지향한 조선에서는 복식에 대한 논의가 활발하였다. 특히 초기에는 의복에서 신분의 분별이나 남녀의 구분이 모호하다는 건의가 지속적으로 제기되면서 복식을 정비해갔는데, 태조 때 이미 복식위반자인 복대가 사형당했고, 세종 대에는 넷째 아들 임영대군이 남복을 입힌 여자 둘을 궁으로 들이다 적발되어 관련자들이 벌을 받고 여인들은 장 100대에 제주도로 내쫓겨 관비가 되었다. 사대부들은 복식위반자와 양성성을 보이는 인간은 나라가 음란해질 징조라며 극형으로 다스릴 것을 건의하였고, 『이순록』과 같이 그들의 이야기 세계에서 이런 인간들은 모두 죽임당함으로써 세계의 질서는 유지되었다. 사방지는 남성이면서도 여자 옷을 입고 생활한 복식위반의 죄까지 더해진 상황이었으니 이래저래 죄를 피할 길은 없었다.

---

[7] 『패림』 9권(탐구당, 1969)에 수록된 『이순록』 중에서 해당 부분을 현대어로 옮김.

사방지를 향한 이씨의 집념과 힘

그러나 사방지의 경우에는 모든 처치가 이전처럼 진행되지 않았다. 스캔들을 일으킨 이씨는 『조선왕조실록』 어디에서도 그녀에 대한 처벌을 언급하지 못할 정도로 세조 정국에서 막강한 위상을 점유하고 있었다. 이씨의 아버지 이순지(1406~1465)는 조선의 뛰어난 천문역법학자로 세종과 세조가 깊게 신뢰한 신하였고, 이씨의 며느리는 정인지(1396~1478)의 딸이었다. 정인지는 세조의 등극을 도운 정난공신이자 세조의 유일한 딸 의숙공주를 며느리로 삼아 당대 최고의 권력을 누린 왕의 최측근이었다.

이씨는 자신의 행복을 우선시해서 가족들의 명예보다 사방지에 대한 사랑에 고집스러울 만큼 집중했다. 그녀가 자기중심적이고 욕망을 거리낌 없이 추구한 데에는 집안 환경도 한몫했을 것이다. 이씨의 아버지인 이순지는 젊어서 출사하였으며 슬하에 6남1녀를 두었으니, 이씨는 여섯 남자 형제들에게 둘러싸인 유일한 딸로 자라면서 존중받고 자신의 욕망을 표출하는 데에 거침이 없었던 것으로 보인다. 또한 김구석과 혼인하여 일찍 과부가 되었지만 아들 김유악을 낳아 자손이 귀한 강릉 김씨 집안을 잇고 있으며, 정인지의 딸을 며느리로 받아들이면서 이순지와 정인지 집안을 잇는 귀한 인물이 되었다. 즉 일찍 과부가 되었기 때문에 아내로서 남편에게 맞추는 역할을 오랜 기간 수행하기보다 외동아들 김유악을 키워 정인지의 딸을 며느리로 들이며, 이순지와 정인지 집안의 고리이자 자손이 적은 김씨 집안에서 어머니로서의 권력을 행사하게 된 것이다. 이씨의 아버지와 여섯 형제들, 아들과 그 처남들이 모두 정계에 진출해 있고, 더욱이 사돈인 정인지는 김유악 부부와 가까이 살면서 딸의 말에 사헌부를 소송하는(예종1년, 1469. 6. 27.) 등 친밀하게 지내고 있었다.

> 하성위(河城尉) 정현조에게 명하여 전교하기를, "그를 승정원(承政院)으로 하여금 살펴보게 하라." 하고, 정현조에게 영순군 이부와 승지 등과 더불어 가서 보게 하였는데, 머리의 장식과 복색은 여자였으나 형상과 음경·음낭은 다 남자인데, 다만 정도(精道)가 경두(莖頭) 아래에 있어 다른 사람과 조금 다를 뿐이었다. 승지 등이 아뢰기를, "이것은 이의(二儀)의 사람인데, 남자의 형상이 더욱 많습니다."
>
> — 『세조실록』 1462. 4. 27.

> 임금이 추구하여 치죄하지 않고 드디어 사방지(舍方知)를 이순지에게 부쳤는데, 이순지는 잘 제어하지 못하고 도리어 그 일을 송사하니, 사람이 모두 비루하게 여기었다.
>
> — 『세조실록』 1465. 6. 11. 이순지 졸기

> 이순지가 여러 재상(宰相)에게 말하기를, "헌부(憲府)는 어찌 혹심합니까? 그 근거는 바로 쓸데없는 군말이고 진실이 아닙니다." (중략) 이씨(李氏)의 집은 돈이 넉넉하고, 한 아들이 있으니 이름은 김유악(金由岳)이다. 하동군(河東君) 정인지의 사위가 되어, 일찍이 그 어미에게 울면서 간하였으나, 마침내 용서를 받지 못하였다.
>
> — 『세조실록』 1467. 4. 5.

무엇보다 이씨는 항간의 소문이나 조정의 탄핵 논쟁 따위에 겁을 먹는 인물이 아니었다. 온 나라에 소문이 돌고 사방지가 잡혀갔을 때에

도, 그녀는 간통죄나 스캔들로 처벌받을 것을 두려워한 것이 아니라 사방지를 무사히 되찾으려고 가족들을 총동원한 것으로 보인다. 이순지의 졸기에서 짐작할 수 있듯이, 이순지는 딸의 추문이 사실이 아님을 재상들에게 호소하고 다녔고, 딸의 편을 들며 사방지에 대해 조정에 송사까지 넣어 웃음거리가 되었다.

자신의 인맥을 동원하여 간통사건을 초법적으로 해결하려고 한 이씨의 행보는 공신과 친인척 간의 결속을 다지고 이들의 이익을 우선시한 세조의 통치방식으로 인해 어느 정도 효과를 거둘 수 있었다. 계유정난으로 정권을 잡게 된 세조는 집안과 권력의 연합을 중요하게 생각하여 공신들과 혼인관계로 결탁하였고, 휘하에 정난공신 좌익공신 적개공신 등을 책훈하여 정치적 우군을 확보하고 이들과 연회도 빈번히 열면서 그 자제들을 우대하는 편당적인 정책을 시행하였다.

사방지에 대한 기록 어디에도 여성의 성기가 있다는 말은 없고 후대 실록의 언급에서도 "사방지라는 남자를 집에 두었다" "과연 남자였다"고 지적하듯이 당시 사람들이 보기에 성인인 사방지는 여성복색을 한 남성, 복장도착자였다. 따라서 처음 사방지에 대한 고발은 남성임을 확인한 후 여장을 하고 간통한 것을 벌주자는 것이었으나, 사방지 스캔들을 간통으로 다루지 않으려고 한 세조는 부마이자 이씨의 사돈인 정현조에게 신체검사를 다시 하도록 명하였다.

또한 세조는 사방지에 대한 신체검사 보고나 서거정이 예시로 든 『강호기문』의 이야기를 들을 때 몇 번이나 웃으며 사건을 희화화시켜 간통죄의 엄정함을 비껴가도록 유도했다. 더하여 애초에 이씨의 여종 소근소사가 신문 과정에서 몇 대 맞게 된 당연한 관례부터 지적하여 사헌부 관리를 파직시키거나 구금하며 수사에 압력을 가했다. 세조는 이 사건을 최소화하고자 이씨의 집안을 거론했을 뿐만 아니라 "간통현장에서 잡은 것이 아니다" "추국이 그른 것이 아니라 먼저 편벽된 마음을 세웠기 때문이다" "전해들은 말을 어찌 다 믿겠는가?"라며 법집행의 기본 요건이 갖추어지지 않았음을 언급하고, 더하여 "사방지는 병자다" "남자 같으나 실은 성년이 되지 않은 사람"이랬다가 "인류가 아니다"라며 대상을 규정짓기에 이른다.

세조(世祖)는 일이 애매하다 하여 이를 용서하고, 나를 돌아보며 말하기를, "경의 의사는 어떠하냐." 하니, 나는 대답하기를, "신이 소시 때에《강호기문(江湖記問)》을 열람하였는데, 강회(江淮) 사이에 한 비구니(比丘尼)가 수(繡)를 잘 놓았으므로 양가(良家)에서 딸을 보내어 배우게 하였더니, 돌연 임신을 하였습니다. 부모가 이를 힐책하니, 딸은, '비구니와 더불어 날마다 서로 잠자리를 같이하자 성(性)의 감각이 있는 것 같더니 드디어 이에 이르렀습니다.' 하였습니다. 양가에서 지방관에 호소하여 비구니를 자세히 조사해 살펴보니, 음양(陰陽)의 두 생식기가 모두 없었습니다. 지방관이 장차 이를 관대히 용서하려 하자, 한 늙은 할미가 말하기를, '소금물로 양경(陽莖, 자지) 뿌리 위를 적신 다음 누런 개를 데려다가 이를 핥게 하면 양경이 튀어나옵니다.' 하므로, 지방관이 시험하니 과연 그러하였습니다. 지방관이 판단하여 말하기를, '천도(天道)에 있어서는 양과 음이요, 인도(人道)에 있어서는 남자와 여자이다. 이제 이 비구니는 남자도 아니며 여자도 아니니, 인도의 바른 것을 어지럽히는 자이다.' 하고 마침내 죽이니, 강회 사람들이 모두 통쾌하게 여겼다 하오니, 대개 천하의 사리(事理)가 무궁함이 이와 같사옵니다." 하였더니, 세조는 웃으며 말하기를, "경은 부디 억지로 무슨 일을 밝히려고 하지 말라." 하였다.

- 서거정, 『필원잡기』[8]

　　조선후기 이덕무의 『청장관전서』에서도 "언젠가 한 야사를 보니 사방지는 남녀의 성기를 모두 가진 사람이라 하였는데, 여기서는(『점필재집』) 다만 남자가 여복을 한 것이라고 말한 것이다"라고 언급했듯이, 사방지에 대한 당대 진술 어디에도 그가 양성인이라는 사실은 없다. 그럼에도 불구하고 왕이 중심이 되어 그를 양성인으로 몰고 가니, 서거정을 비롯한 대다수의 사대부들은 복장도착자나 양성인 어느 경우라도 나라가 음란해질 징조이므로 극형으로 다스려야 한다고 주장하면서 중국 문헌에 나타나는 양성인 사례들을 전범으로 내세웠다.

　　서거정의 예시는 영문도 모른 채 임신하게 된 순진한 처녀, 남근을 숨기는 비정상적이고 기만적인 신체 구조와 괴기한 증명 과정, 이를 통해 인요(人妖)에 대한 처형의 타당성을 설파하고 있다. 신체를 변형시켜 남성임을 숨기고 여인들을 겁탈하는 기괴한 상상력은 사방지의 경우와 동떨어지지만, 후대 어숙권(『패관잡기』)이나 이긍익(『연려실기술』)의 문집에서는 "사방지의 불알은 늘 살 속에 간직되어 있었다"며 『강호기문』에 소개된 중국 사례를 오히려 사방지의 신체적 특징으로 변이시키기까지 하였다. 이는 사방지에 대한 소문이 애초의 사실보다 성기에 대한 특이한 관심 속에 발전하게 된 것으로, 여성들이 한번 이들에게 매혹되

8　　한국고전종합DB.

면 떨어지지 않는다는 여장남자 소문들로 이어졌으며, 대개 장붕익 판서나 김이교 정승처럼 실존 인물이 경험한 실화라며 조선후기 이야기판에 떠돌게 되었다.

이씨의 노력 덕분에 사방지에 대한 국문이 불허되면서 풀려나오자 그녀는 근신하기는 고사하고 곧장 사방지를 집으로 데려와 대간(臺諫)들의 분노를 샀다. 이순지가 형식적으로 때리고 한양에서 가까운 경기도 노비의 집으로 사방지를 보낸 것도 딸의 성정을 알기 때문이었다. 과연 이씨는 온천행을 핑계 삼아 사방지를 만나러 갔고 이순지가 사망하자 아예 집으로 다시 불러들였다.

복식위반에 사대부 여인을 범한 사방지가 목숨을 건지고 최소한의 처벌만 받은 데에는 왕인 세조의 뜻이 전적으로 작용했다지만, 그일이 가능했던 기저에는 사방지에 대한 이씨의 집착과 열정이 있었다. 이씨는 사람들의 시선에 굴하지 않고 사방지에 대한 애정을 거침없고 엽기적으로 표현하였다. 그녀는 사방지에게 여자 옷을 입혀서 여종들 사이에 두었으며 식사를 함께 하고 어디를 가나 동행하며 동침했다. 사방지의 옷은 화려하고 극도로 사치했다는데, 소문난 부자인 이씨가 자신과 동일한 빛깔로 옷을 맞추어 입혔기 때문이었다.

조선초기 여성들은 복식 규정을 어기고 사치스럽게 치장한다거나 혹은 원삼에 흉배까지 붙여 관복처럼 보이는 옷을 입고 시내를 돌아다녀 문제가 되기도 했다. 이는 당시 여성들에게도 부와 권력과 같은 사회적 가치나 개인의 기질을 신체를 통해 표현하고자 하는 욕망이 있었기 때문이었다. 세조비인 정희왕후나 그 며느리 소혜왕후는 정치에 적극 개입하면서 봉제사접빈객 같은 일 외에도 국정운영과 같은 남성 영역에 대한 욕망이 여성들에게도 있음을 보여주었다. 왕실 여성뿐만이 아니다. 왕권교체나 한글 반포와 같은 정치와 문화의 변동기에 여성들도 다양하게 자신의 욕망을 표출했으리라 생각해볼 수 있는데, 이씨는 애욕 대상을 점유하고 자신의 성적 욕망을 자유롭게 표현한 경우였다.

이순지 사후 다시 한 번 사방지와 스캔들을 일으킨 이씨를 신숙주, 심회, 홍윤성 등이 문제 삼고 서거정 역시 사방지를 죽여야 한다고 이르자, 결국 세조는 그를 신창현(충남 아산)에 외방 노비로 영속시키고 조정에서의 논의를 종결시켰다. 간통 혐의나 연애편지 사건으로 종친 여성들이나 후궁들도 사형당하던 시기에 사방지를 끝까지 붙들고 있었던 그녀의 행동은 목숨을 건 결단이었다. 아들 김유악이 울면서 설득했지만 이씨는 듣기는커녕 끝내 아들을 용서하지 않았다고 한다. 아들은 모친이 자중하기를 눈물로 호소했을 터이고, 이씨는 사방지를 자기 곁으로 데려오지 못하는 아들의 무능을 질책하며 분노했으리라 짐작된다. 온 나라 사람들의 손가락질에도 사방지를 향한 그녀의 마음과 행동은 십여 년 동안 한결같았고, 이에 아들과 아버지, 형제들과 사돈 집안 역시 어쩔 수가 없었다.

딸의 스캔들로 이순지는 말년을 불명예스럽게 보냈고 급기야 병을 얻어 사망했으며 세월이 흘러도 김유악과 그 아들은 조정에서 비웃음을 당했지만, 결국 당시 논의된 양성인에 대한 처치가 하나의 전범이 되어 후대에 영향을 미치게 되었다. 명종 대에는 임성구지란 자가 남녀의 성기를 모두 갖추어 시집도 가고 장가도 간 해괴한 사건이 보고되었는데, 사간원에서 죽이라고 간언했으나 사방지의 전례를 따라 외진 곳에 살게 하였다. 오늘날에도 당대 희귀한 스캔들로 사방지를 기억하는 대중이 많은 데에는 이 사건을 비극적인 결말로 끝나지 않게 한 이씨의 힘이 지대하다. 여인들의 희롱, 변태, 인요라는 세간의 혐오에도 이씨는 십여 년 동안 사방지의 든든한 울타리가 되어주었다. 입이 더러워진다, 비르루하다는 비난 속에 누군가를 온몸으로 감싸 안을 수 있었던 이씨는 가족들에게는 나쁜 딸이고 나쁜 엄마일지라도, 병자이자 음란한 괴물 심지어 양성인 담론에서조차 천인 사방지를 지켜낼 수 있었던 인물이다. 그녀는 당시 사대부들에게 경각심을 불러일으킬 정도로 성정체성이 모호하던 사방지를 매력적이고 비밀스러운 인물로 지켜 낸 용감한 여인이다.

비단 장막 깊은 곳에 몇 번이나 몸을 숨겼나	絳羅深處幾潛身
치마 비녀 벗고 보니 진실이 문득 드러났네	脫却裙釵便露眞
조물주는 예전부터 변환을 용납하기에	造物從來容變幻
세간에는 도리어 이의를 겸한 사람이 있다오	世間還有二儀人

남녀를 어찌 번거로이 산파에게 물을 것 있나	男女何煩問座婆
요망한 여우가 굴을 파서 남의 집 패망시켰네	妖狐穴地敗人家
가두에는 시끄러이 하간전을 노래하는데	街頭喧誦河間傳
규방 안에서는 양백화를 슬피 노래하누나	閨裏悲歌楊白華

- 김종직, 『점필재집』[9]

---

9   한국고전종합DB.

참고문헌

정두희, 「대간의 활동을 통해 본 세조대의 왕권과 유교이념의 대립」, 『역사학보』
  제130집, 역사학회, 1991.

정예희, 「조선시대 '服妖'에 관한 연구」, 단국대학교 석사학위논문, 2008.

정용수, 「女裝男子 사방지의 진실과 허구」, 『대동한문학』 제24집, 대동한문학회,
  2006.

최승희, 「세조대 국정운영체제」, 『조선시대사학보』 5, 조선시대사학회, 1998.

홍나래, 「사방지 스캔들로 본 욕망과 성, 그에 대한 질서화 방식」, 『구비문학연
  구』 38집, 한국구비문학회, 2014.

성몽정의 모친 김씨·성세창의 여종

꿈속의 성교나 귀신과의 교접으로 아들을 낳은 여인들[10]

도깨비의 장난

1912년 경상북도 선산군에 사는 장또임이란 아낙의 집에 몇 년 전부터 돌이 날아들고 원인 모를 불이 나는 등 누가 봐도 도깨비의 소행이라 여겨지는 사건들이 발생하면서 동네 사람들이 수군거렸다. 하지만 순사가 그 집과 여인을 조사한 결과 도깨비 때문에 기절까지 했다던 장씨가 사실은 무녀와 짜고 해괴한 소문을 날랐던 것임이 밝혀졌다. 장씨는 왜 집에 불을 지르고 돌을 던지며 도깨비를 탓한 것일까? 그리고 도깨비는 왜 불을 지르고 돌을 던지며 집 안을 기웃거리는 것일까?

---

[10] 이 글은 다음 논문을 바탕으로 작성하였다. 홍나래, 「조선시대 귀태(鬼胎) 소재 설화의 문화사회적 의의와 한계」, 『한국고전여성문학연구』 제28집, 한국고전여성문학회, 2014.

나의 친우 성번중(成蕃仲)의 집에 일찍이 귀신의 장난이 있었는데, 초저녁 종이 울릴 무렵에 은은히 서산(西山)의 수풀 속에서 나와 돌을 던지기도 하고 불을 붙여 와서 한 여종을 능욕(凌辱)하여 임신이 되었는데 마치 사람과 접촉하는 것 같았다. 민가에 이따금 이러한 환난을 만나는 수가 있으니, 의원들이 말하는 바 귀태(鬼胎)라는 것이 이것으로, 백방으로 막으려고 애써도 되지 않는다.

- 김안로, 『용천담적기(龍泉談寂記)』¹¹

1525년 김안로가 지은 『용천담적기』에는 친구 성세창(1481~1548, '번중'은 성세창의 字)의 집에 귀신이 나와서 돌을 던지고 불을 지를 뿐만 아니라 민망하게도 여인을 임신시키고 달아난 사건이 실려 있다. 더하여 당대 사람들이 원인 모르게 돌이 날아들고 불이 나는 것, 심지어 임신까지 시키는 것을 도깨비의 고약한 장난으로 여겼다는 사실도 언급했다. 이물들 중에서도 인간 세상에 자주 침범하는 도깨비는 어두운 고갯길을 걷는 남자들에게는 씨름을 하자거나 고기를 달라고 조른다거나 이리저리 물건이나 사람을 옮겨놓으며 혼을 빼놓는다고 했다. 운 나쁘게 도깨비들에 홀린 사람들은 3년 안에 죽는다는 말이 퍼졌는데, 이는 동네에서 갑자기 죽은 이들이나 시름시름 앓던 이들의 사연과 맞물려 꽤나 신빙성이 있었다. 도깨비 때문인지 자꾸 원인 모르게 불이 나는 집은 흉가가 되기도 했는데, 재산 피해를 보는 것만큼이나 최악의 상황은 집안 여인들이 쥐도 새도 모르게 도깨비에 겁탈당해 아이를 배

---

11   한국고전종합DB.

는 경우였다.

그만큼 사람들에게 도깨비는 흉흉한 대상이었다. 아이가 어떻게 생긴다는 것쯤이야 이미 과학적으로 밝혀졌지만, 간간히 들리는 소문 속 귀태는 섣불리 부정하기도 힘들었다. 빗자루에 생리혈이 묻으면 도깨비가 된다는 말은 초경을 시작한 소녀들을 위협했고, 어둑해지면 들과 산에 번쩍이는 불빛들은 도깨비가 실제로 있다는 증거로 보였다. 갑작스러운 우환, 산불, 피, 겁간, 임신에 대한 막연한 공포심이 해가 진 밤이 되면 마을의 경계에 퍼졌다. 여성이나 심약한 사람들은 밤에 마을 밖으로 돌아다니지 않아야 했다.

정말 도깨비가 아이를 갖게 하는 것일까? 사정을 봐주지 않는 도깨비장난 같은 일이 이성적이고 냉철한 조선시대 정가의 한복판에서도 풍문으로 돌고 있었다.

신성한 탄생을 둘러싼 의문들

광해군 시절 벼슬에서 물러나와 국내외 문화와 인물에 대해 방대한 자료를 정리하던 이수광(1563~1628)은 창녕 성씨 집안 성몽정(成夢井, 1471~1517)의 사연이 고민이었다. 중종반정의 공신이자 이후 대사헌·공조참판을 역임한 성몽정은 부모가 꿈속에서 사랑을 나눈 후 탄생했다고 알려졌는데, 특별한 일인 만큼 책에 실어야겠지만 자칫 이를 잘못 썼다가는 성씨 집안을 모독했다고 오해받을 수도 있기 때문이었다.

『박물지』에 의하면 사사(思士)는 아내와 잠자리를 하지 않아도 교합의 감응이 일어나며 사녀(思女)는 남편 없이도 임신한다고 한다. 또 『물류상감지』에는 아내나 남편 없이도 서로 감응하면 만나 교접하지 않아도 아이를 낳을 수 있다고 한다. 세간에 성아무개의 모친은 꿈에 남편을 만나 아이를 낳았다고 전하니 어쩌면 위와 같은 경우가 아닌가 한다.

　　　　　　　　　　　　　　　　　　　　- 이수광, 『지봉유설』[12]

　조선후기『매옹한록』(박양한 저) 같은 책에서는 이 인물을 성몽정이라고 당당하게 밝히고 있지만, 성몽정 사후 100년 이내에 편찬된『지봉유설』에서는 성씨 첫 글자만 기재되었다. 아마도 당시에는 그의 이름을 밝히기가 난감했기 때문이리라. 꿈속에서 임과 만나 사랑을 나누고 아이를 갖게 되었다는 것은 햇빛을 쬐고 주몽을 낳은 유화나 스님이 머리를 세 번 쓰다듬자 세쌍둥이를 임신했다는 당금애기만큼 신화적 사건인데, 신화의 시공간으로부터 훌쩍 떨어진 17세기 조선에서 이런 일을 믿으라니 말이다.

　창녕 성씨 집안에서 내려오는 문집에 따르면, 성몽정의 아버지 성담년이 중국에 사신으로 간 사이 부인이 임신을 했기에 시어머니가 부끄러워 그녀를 친정으로 돌려보냈다고 한다. 그런데 성담년이 돌아와 친정에 있는 아내를 데려와서는 서로 "모년 모월 모일 밤 꿈에 부부가 우물가에서 만났다"는 글귀를 맞춰 집안사람들의 의심을 풀었다는 것이다. 이에 아이의 이름을 꿈 몽(夢)자에 우물 정(井)자를 써서 몽정이

12　　　이수광,『지봉유설』, 남만성 역주, 2001.

라고 했는데, 신비롭게 태어난 만큼 이후 집안을 빛낸 인물이 되었다는 이야기이다. 사실 이 탄생 비화는 실제로 일어난 일이 아니라 가문에서 만든 신화였다.

몽교라는 특이한 이력이 가문 내에서 전승된 데에는 할아버지 성희, 아버지 성담년, 그리고 성몽정을 통해 창녕 성씨 집안 사람이 연이어 중앙 정치에서 높은 관직을 받게 되고, 창녕을 중심으로 성씨 집안 인물들이 지방관으로도 여럿 벼슬하게 되면서 명문 집안이 된 역사와 연관된다. 창녕 성씨는 중앙과 지방에서 벼슬하는 친인척들이 많아지자 가문을 중심으로 뭉쳐서 집안의 여러 인물들을 효자로 추천하여 국가로부터 정려받도록 했다. 조선사회는 가족 윤리를 국가로 확장시키며 강조하였기에 효자와 열녀로 인정받으면 개인뿐 아니라 집안과 마을의 자랑이 되었다. 곧 지역 유지이면서 효자를 다수 배출한 집안은 도덕적으로도 우월한 권위를 지닐 수 있었다.

성씨 집안은 여기에서 더 나아가 공신으로 가문이 힘을 실어준 성몽정에 대해서는 이름에서 연상된 신이한 탄생 이야기를 제작하여 인물의 격을 높이고자 했다. 그래서 성담년이 가지도 않은 중국 사신행을 설정하고 꿈속 우물가에서 부인과 만났다는 등 온갖 신화적인 요소들을 섞어서 이야기를 만들었다. 고려에서 왕건 집안을 신성화할 때 왕건의 3대조 진의(辰義)가 중국에서 온 귀인과 동침하여 작제건이라는 걸출한 아들을 얻었다고 한 것처럼, 조선에서 중국은 문화와 힘의 상징적 공간이었기 때문이다. 웬만한 인물들에게도 멋진 태몽이 있으니 중종반정 공신 성몽정을 한층 더 높이려던 의도였다.

물론 문제는 그가 너무 당대의 인물이라 주변에서 기억하는 사람들이 많다는 점이었다. 하지만 존경하는 조상을 기리고자 한 성씨 가문의 의지적인 노력과 막강한 권력에 영향을 받아 성몽정의 환상적인 이야기는 도리어 실재로 인정받기에 이른다. 성몽정은 반정공신으로서 영달했을 뿐만 아니라 집에서 돌본 어린 매제 상진(尙震, 1493~1564)이 명종 대에 영의정에 오르면서, 성씨 가문과 그 인척 세력들은 계속 정계에 포진하게 되었다. 창녕에서도 가문이 명예와 권력으로 끈끈하게 결집된 상황에서, 아무리 이성적인 사대부라 하더라도 그들이 만든 중시조 신화를 허황하다며 웃어버릴 수만은 없었을 것이다.『지봉유설』에서 몽교와 유사한 중국의 사례들을 제시한 것은 현실화되는 신화에 대한 저자 나름의 이해와 배려이기도 했다. 이처럼 조선중기 신이한 탄생을 둘러싼 시선은 신성에 대한 열망과 이성에 의한 의심으로 복잡하고 미묘했다.

그런데 이수광 같은 박학한 선비가 감응에 의한 임신을 인정하는 듯하니, 귀태와 같은 인물이야기가 새로운 활로를 찾게 되었다. 성몽정은 대중적으로 유명하지 않았기에 양반들 사이에서 회자되었지만, 19세기 말에서 20세기 초에 이르면 몽교로 태어난 위인이 이산해(李山海, 1539~1609)로 바뀌어 민간에까지 널리 퍼지게 된 것이다. 이산해가 주인공이 된 까닭은 조선후기 청나라로 가는 연행사들이 산해관(山海關)을 거쳤기 때문에 그 이름으로 연상된 데다가, 이산해란 인물이『토정비결』의 저자 이지함의 조카이면서 출세와 문장력으로 대중들에게 더 잘 알려졌기 때문이다. 이산해 역시 그의 부친이 중국 사행을 다녀왔다는 기록이 없다고 하니, 이 이야기 역시 인물에 대한 그럴싸한 뒷이야기였다.

아버지 지번이 사신이 되어 명나라에 가다가 산해관에 이르러 부인과 잠자리를 같이하는 꿈을 꾸고는 그것을 기억해 두었다. 그날 밤에 부인도 또한 같은 꿈을 꾸고 공을 낳으니 이로써 이름을 '산해'라 지었다. 공은 한낮에도 그림자가 생기지 않았다고 하며 일흔 넷에 죽었다.

- 강효석, 『대동기문』 권2 [13]

이산해의 탄생담은 꿈속에서 부부가 만나 아이를 임신했다고 하여 성봉정 이야기와 동일하게 보이지만 미묘하게 변화된 부분이 있다. 바로 그림자가 없었다거나 뼈가 흐물거려서 임금이 산삼을 하사했다거나 시신을 넣은 관에 물만 가득해졌다는 등 영적 잉태의 증거가 덧붙여진 것이다. 대중들은 이야기에서 실명을 거론해도 눈치를 볼 정관계 인사도 유력한 집안도 가까이에 없었다. 그럼에도 불구하고 이야기 세계에서 수긍할 만한 증거가 필요했다는 것은 이런 사건이 대중들에게 진실로 인정받아야 했기 때문이다.

몽교로 임신한 성봉정의 어머니는 잉어가 허리를 치고 임신했다는 충주 어(魚)씨 시조모나 조개에 감응하여 임신했다는 창녕 조(曺)씨 시조모의 경우와 같지만, 조선중기 사대부들이 이를 사실로 믿을 수는 없었다. 다만 성씨 집안에서 중시조의 위상으로 전승되기에 다른 이들은 조심스럽게 언급하며 배려하는 정도였지만, 주인공이 이산해로 변이되고 이야기가 민중으로 퍼지면서 몽교는 본격적으로 세속화되었다. 이때 몽교는 성공한 조상을 추증하려는 신화적 의도보다 도깨비에 이

---

13   강효석 편저, 『쉽게 풀어쓴 대동기문』 上, 김성언 역주, 국학자료원, 2001, 568쪽.

어 '남편 없이 가능한 임신 사례'로 대중화된 것이다. 그러다 보니 어떤 상황에서도 당당했던 신화 속 주인공들에 비해 괴이한 임신의 증거가 겹겹이 필요하게 되었다. 그림자가 없다거나 뼈가 흐물거렸다란 귀태로 태어난 아이들에 나타난다는 증상이었고 민간에서도 어느 정도 통용된 설이었다.

그렇다면 가부장 혈연의식과 정절 이데올로기가 전 사회에 자리잡게 된 조선후기 사회에서 몽교가 대중적으로 인정받아야만 했던 이유는 무엇일까?

문화적 환상장치로서의 귀태

조선은 유교적이고 도덕적인 왕조국가를 지향하였다. 그래서 나라의 기틀을 다듬으면서 무엇보다 법과 함께 성 윤리를 재정비하였다. 성종 때에는 두 번 혼인한 여성의 자손들을 관리로 등용하지 않겠다는 '재가녀자손금고법'을 시행하여 과부의 개가를 사실상 막았고, 어우동이 유명한 간통사건을 일으켜서 교수형을 당한 이후, 중종 대부터 사대부 여성들의 간통은 법률로도 사형 처분이었다. 여성의 성 문제는 사대부 집안 전체의 도덕적 지표가 되었기 때문에 설혹 문제가 생기면 은밀히 집안에서 살해하기도 했다.

물론 이런 성 규범을 모두가 지키라는 것은 결코 아니었다. 개가 금지나 엄격한 정절의식은 신분을 구분 짓는 기준이었다. 그래서『속대전』에서는 '사족 부녀라도 빈궁하여 구걸하는 자는 상인이나 천인과 같으니 비록 간통을 하더라도 벌을 주지 않는다'고 할 정도였다. 지배층은 신분이 낮거나 가난하여 자존감을 지킬 수 없는 사람들은 성적으로 문란할 것이라고 여겨서 성 윤리도 차별적으로 적용시켰다. 그런 이유로 양반들은 여자 종을 강간하는 것이나 노비들에게 강제로 짝짓기를 시키는 것도 비도덕적이라고 생각하지 않았다.

그런데 사회 전체가 신분 상승을 욕망하여 성 윤리까지 모든 계층으로 확산되면서 문제가 심각해졌다. 신분제가 동요되던 17~18세기에 양반 수가 급격히 증가하더니 19세기에 이르자 절대 다수가 양반이 되었다. 그러다 보니 여성의 정절 개념도 대다수 사람들에게 일반화되었고, 양반층에서는 도덕적인 우월함을 강조하기 위해 남편을 따라 죽는 열녀들까지 양산하게 되었다.

남성들의 성적 욕망을 자연스럽게 받아들이고 특히 권세 있는 남성이 하위 여성을 폭력적으로 취하는 것도 인정하는 사회였기 때문에, 정절이 전 사회로 이념화되어가는 과정은 과부를 비롯한 힘없는 여성들에게 더욱 모순적이고 비극적일 수밖에 없었다. 조선후기 『심리록(審理錄)』, 『검안(檢案)』, 『추관지(秋官志)』 등 범죄 수사 자료를 통해 보더라도 현실에서는 무뢰배들이 여성을 겁탈하는 사건이 빈발했고 수절과부를 보쌈하는 행위도 성행했다. 과부보쌈은 개화기 일본인이나 선교사에 의해서도 고발될 정도로 마을 사람들이 공모하기까지 하였다. 결국 개가를 엄금하고 정절을 칭송하는 이면에는 보호받지 못하고 침해되는 성이 존재할 수밖에 없었으며, 양인 이하 다수의 여성들이 그 피해자였다.

우리나라의 자식이 있는 과부들은 자식의 앞길에 방해가 있을까 저어하여 남모르게 간통, 자식을 낳아 밤에 내다 버리는 예가 이루 열거할 수 없을 정도입니다. 신의 어리석은 생각으로는 재가를 금지하여 실행(失行)함으로써 풍화(風化)를 손상시키게 하는 것보다는 차라리 재가를 허락하여 각기 제 곳을 얻게 하는 것이 나을 것 같습니다.

- 송시열, 『송자대전』 제207권[14]

선조 때 조헌(趙憲)이 세간에서는 간통해서 생긴 아이를 버리는 예가 허다하므로 차라리 개가를 허락하라고 주장하였고, 정조 때에는 강치휴(康致休)가 개가 금지야말로 폐해라며 상소를 올리는 등 뜻있는 학자들이 혼외출생자나 성 문제를 지적하기도 했지만, 그때마다 제도권에서는 미풍양속이라며 더 이상 논하지도 않았다. 청상과부의 문제뿐만 아니라 실제로는 간통이나 강간, 보쌈 등이 빈번하게 발생했는데도 제도적인 성 윤리는 갈수록 경직되는 상황에서 규범을 어긴 사람들을 모두 제거할 수도 없는 노릇이었다.

이처럼 법과 제도에서 더 이상 답을 낼 수 없을 때, 귀태란 문화적 측면에서 찾은 해답이었다. 물론 드러내놓고 공론화할 수는 없었지만 적어도 제도권에서 살아갈 수 없는 인물들을 공동체가 용인하도록 하기 위한 어떤 장치가 필요했던 것이다.

도깨비의 작란(作亂)과 같은 개별적인 경험사례로 떠돌던 귀태 소문이 조선후기에는 설화의 주요 소재로 발전하게 된다. 햇빛이나 달빛

---

14   한국고전종합DB [중봉(重峯) 조 선생(趙先生) 행장]

의 감응으로 혼인 첫날밤에 아들을 낳은 신부를 남편이 이해하고 받아들이자 그 가문이 대대손손 성공했다는 교훈적인 이야기가 있는가 하면, 죽은 아들에게서 손주를 볼 수 있다는 사자생손혈(死者生孫穴)에 아들의 시신을 매장하여 애꿎은 처녀가 혼령에 의해 임신한 후 대를 이어 갔다는 명당에 얽힌 이야기도 있다. 이와 같은 이야기들은 조선후기 인기리에 전승되던 것으로, 때로 정태화(鄭太和) 집안이 그래서 복이 넘친다거나 명당 터를 쓴 집안이 회덕 송(宋)씨나 윤태사 집이라는 등 증거를 거론해가며 진실임을 강조하기도 한다.

그렇다면 귀태 이야기 속 주인공은 누구인가? 문면에서는 아비 없이 태어났다고 의심받는 아이이다. 하지만 서사는 아이를 받아들이는 문제를 넘어 위기에 몰린 여성에게 생존의 이유를 부여하고 있다. 신비로운 임신 사건이란 성에 무지했거나 자신의 의지와 무관했던 상황을 여성의 입장에서 적극적으로 변명한 것이자, 개인의 피해에 대해 사회적 책임을 요구한 것이기도 하다. 실제로 당대 여성들은 집에 도깨비불을 놓으며 주도면밀하게 귀태의 정황을 만들기도 했다. 결국 귀태란 가부장 이데올로기가 극단적으로 실현되었을 때, 성적 피해자인 여성과 그 가족을 보호하는 사회적 안전장치로 기능했던 것이다. 공동체는 신이한 탄생이라는 신화적 모티프를 귀태로 세속화하면서 신앙/과학/윤리적 측면에서 진실이라 주장하며 적극적으로 전승시켰던 것이다.

근대 매체와 환상의 균열

원인 모를 불이 나 낮에 여러 채의 집을 태우는 일이 자주 있고, 또 집에 아무도 알지 못하게 돌아 날아 들어오는 일이 흔히 있다. 요즘에도 종종 일어나는데, 조사를 하여도 원인 및 경과가 분명하지 않다. 이 귀신은 부인을 집적거리기도 하는데, 여기에 응하면 부자가 되고 팔로 밀치면 빈핍한 사람이 된다고 한다. 이것은 처음에 어떤 사람이 간통을 변명한 것에서 시작된 것이다.[15]

경찰 간부로 재직하던 이마무라 도모(1870~1943)는 1914년 『조선풍속집』을 출간했는데, 조선인들은 원인 모를 불이나 날아드는 돌, 부인을 집적거리는 이물을 믿지만 이는 그저 간통을 변명한 것이었다고 소개하였다. 도깨비와 같은 속신을 조사한 이들은 일본인 관리나 학자들뿐만이 아니었다. 신문에서도 도깨비불에 대한 소문이 돌면 이를 기사화했는데, 처음에는 원인을 밝히지 못했다는 사례들이 보고되었지만, 점차 경찰의 조사를 통해 방화범이 잡혔다는 소식을 전하게 된다. 또한 기자들은 용의자들을 미친 여자, 변태적인 소녀, 탐욕스러운 무당으로 표현하였다.

앞서 꾸준히 도깨비가 출몰한다는 장여인의 집도 순사가 조사를 하면서, 이런 사태가 도깨비가 아닌 여인의 자작극임이 밝혀졌다. 사실

---

15   이마무라 도모, 『조선풍속집: 제국의 경찰이 본 조선풍속』, 홍양희 역, 민속원, 2011, 364-365쪽.

장여인은 어린 남편에게 시집온 과년한 처자로, 시어머니와 친하게 지내서 사람들은 화목한 장여인의 집안을 부러워했다고 한다. 그러나 평소 그녀를 아껴주던 시어머니가 사망하자 시아버지는 갑자기 젊은 며느리를 여인으로 보기 시작했다. 장여인은 시아버지의 집요한 요구를 거절하려고 했으나 힘없고 갈 곳 없는 며느리일 뿐이었다. 결국 시아버지를 고발할 수도 없었던 어린 여인은 무녀의 도움을 받아 도깨비의 장난을 꾸미게 된다. 근 2년간 장여인의 집에는 원인 모를 불이 나고 때로 그녀는 날아온 돌에 맞아 기절하기도 했다. 시어머니의 저주일 것이라며 굿도 하고 시모의 시신을 화장해서 다시 장사 지내기까지 하면서, 그녀는 시아버지의 마음을 돌리려 했다. 하지만 집안에 흉흉한 일이 연속되어도 시부의 은근한 압력이 지속되었는지 장여인의 집에 도깨비가 출몰한다는 소문은 점점 커져만 갔다.

마침내 소문을 조사하게 된 순사에 의해 도깨비 사연의 전모가 밝혀져서 장여인은 방화범으로, 그녀를 도운 무녀는 사기탈취죄로 검거되었다. 하지만 도깨비가 나타날 수밖에 없었던 부끄럽고 원통한 맥락은 그 어디에서도 위로받을 수 없게 되었다. 주위의 시선과 압력 속에서 홀로 도깨비를 간절히 불렀던 젊은 여인의 심정은 그저 간통을 숨기려 했다거나 임신했을 경우 둘러대려던 핑계라고 간단히 설명되었다. 이를 도운 사람들은 음흉한 사기꾼이고 이를 용인한 사람들은 배운 것이 없어 무지했다고 비판당하기에 이른다.

이처럼 문화적 맥락을 제거한 근대의 시각에서 귀태는 기가 막힌 현상일 뿐이었다. 그래서 관리나 순사, 지식인이나 매체에서는 숨죽이며 도깨비불을 놓아 생존을 도모하던 여인들을 음란한 사기꾼으로, 이런 문화적 장치를 지닌 조선을 미신과 무지의 장소로 고발하며 세련된 근대사회로 나아가자고 했다. 성적 피해자에 대한 문화적 실천이었던 귀태라는 환상은 이처럼 깨어질 수밖에 없었다. 그렇다면 현대사회에서는 도깨비불을 놓으며 맘 졸이던 여인들이 과연 사라졌을까? 법과 제도, 사회적인 시선 속에서 상처 입고 소외된 사람들에겐 신화와 전설의 위로가 아직도 필요하다. 오늘날 우리는 이들을 보듬기 위해 더 용기 있게 막힌 제도와 선입견에 맞서야 할 것이다. 인간을 더 이상 의지하지 못해 도깨비까지 불러낸 시대에 비해 조금이라도 나아진 사회에 살고 있다면 말이다.

참고문헌

김종대, 『한국의 도깨비 연구』, 국학자료원, 1994.

박주, 「한국사상(韓國思想) 사학(史學): 조선시대 창녕(昌寧)지역의 효자, 효녀, 열녀」, 『한국사상과 문화』 vol 67, 2013.

조창희, 「조선후기 무뢰배에 관한 연구」, 『국제문화연구』 제22집, 청주대학교 국제협력연구원, 2004

황인덕, 「아계(鵝溪) 사행몽교탄생(使行夢交誕生)담 연구」, 『충청문화연구』 vol 5, 2010.

무라야마 지준, 『조선의 귀신』, 김희경 역, 동문선, 1990.

이마무라 도모, 『조선풍속집: 제국의 경찰이 본 조선풍속』, 홍양희 역, 민속원, 2011.

본부독살미인 김정필

가부장 시역 범죄를 일상의 범죄로 바라보게 하다[16]

패륜 범죄와 스캔들 제조기

1924년 7월 17일 〈매일신보〉와 〈동아일보〉는 함경북도 명천군 하가면에 사는 스무 살 새색시 김정필(金貞弼)이 죽과 엿에 랏도링이란 쥐약을 타서 17세의 남편을 독살했다는 소식을 전했다. 아내로부터 음식을 받아먹은 남편은 복장에서 피를 다량 쏟은 후 사흘을 앓다 죽었는데, 남편의 증세가 쥐약 중독과 같음을 의심한 의사와 시댁 식구들에 의해 김정필은 곧 잡혔고, 서에서 조사하자 혼인하기 전 친척 오라비되는 김옥산이란 자와 정을 통했던 사실도 드러났다. 청진 지방법원에서는 그녀에게 사형을 선고했고, 그녀는 재심을 청구하여 경성 복심법

---

16   이 글은 다음 논문을 바탕으로 작성한 것이다. 홍나래, 「조선후기 가부장 살해 소재 설화의 문화사회적 의미」, 『구비문학연구』 제42집, 한국구비문학회, 2016.

자연생각이이남편을업시하고다른 리상덕 남편과 살어 보랴고 주야로 생각하얏는데 금년오월무일에 우연히동리청년들의 이약이하는 소리중에 「랏도령」이라는 쥐잡는약은 사람의 생명까지 쌔앗는독약이라는 이약이를 귀결에듯고 무서운생각을품고 그이튿날에 동리사람을식혀 그약을사다가,주먹밥과,앗에다가 그「랏도령」을석거 노코 이십삽일에 그남편을 청담게불러가지고 하는말이「그대가항상알코 잇는위병(胃病)과림병(痳病)을 곳치려면 이약을먹으라 그약은 나의오촌이먹고 신효하게 나은 것이니 안심하고 먹어도조흔것이라」하야 주먹밥을먹이엿는데 그것을먹은남편은두역을하여도토하매다시먹이어 드뎌 금년오월 이십칠일에 사망케하얏다 이사실로 김정필이는 지난달이실록밀에 청진(淸津)다방 법원에서 이십세의 청춘으로 사형선고를 밧고 경성복심법원에 그가치공소한것이라더라

원으로 올라오게 되었다.

〈매일신보〉에서는 "사형에 선고된 패륜파강(悖倫破綱)의 악귀 – 친척의 오래비와 간통하고 자기의 남편을 독살하얏다"고 보도하면서 1920년대 식민지 조선에서 이따금씩 잊지 않고 출몰하는 본부살해 사건의 전형적인 모습으로 이를 서사화하였다. 여인이 성격이나 배운 것 어느 하나도 잘난 것 없는 남편과 혼인하게 되자 보다 이상적인 남자와 혼인하고자 남편에게 독약을 먹인 패륜적인 사건이라는 것이고, 더욱이 혼전에 정절을 지키지 못하고 간부까지 두었으니 음란한 여성의 전형적인 본부살해 사건이었다.

다만 같은 날에 기사를 낸 〈동아일보〉는 "본부독살미인 사형불복"이라는 자극적인 제목을 붙이고 살인자 김정필을 방년 스물의 꽃 같은 미인이라고 소개했다. 그런데 이러한 선정적 제목이 효과를 보았는지 8월 2일 총독부 기관지인 〈매일신보〉에서조차 이 사건을 다시 언급하면서 김정필은 근처에서 가장 이름 높은 미인으로 누구든지 그 용모에 흠선을 마지않는 이로, 이와 달리 남편은 얼굴이 추하고 성질이

本夫毒殺美人
死刑不服
주먹밥과 엿에
독약을 석거먹이인

밤년 스룸이라는 꼿가튼
이십세의 청춘녀자

자긔남편을 독살하고 재판소에
서 사형선고(死刑宣告)를 밧은
사건은 작일에 경성복심법원으
로 넘어왓는데 그범인은 지명동
함북명천군(咸北明川郡)
下加面池明洞 룩백삼십팔번디
김정필(金貞弼) (二○)이라는 녀
자이다 그는 금년사십에 지명동
에사는 김호철(金浩哲) (九)에
게로 시집을갓는데 원래품행이
단정치못하야 시집오기전에 자
긔와 열두촌되는 그동리 김옥산
(金玉山)이와 수상차 청을통한
일쓰지잇든바 항상자긔 남편된 김호
철이 가살골이 꼽지못하고 또무식
하며 성질이우둔한것을 크게비관
하야 일종의 번민을늣기여 오든중

출처: 〈동아일보〉 1924년 7월 17일 자 기사

못난 것이 근처에서 유명할 뿐만 아니라 성적 결함이 있고 위병(胃病)이
있었다고 설명하였다.

1919년 3·1운동 이후 일제가 식민지 지배를 문화정책으로 전환시
키면서 총독부 기관지가 된 〈매일신보〉 외에도 〈조선일보〉, 〈동아일보〉
와 같은 민간 신문이 간행되고 있었는데, 사람들은 변화하는 시기 새로
운 정보와 사건들에 굉장히 민감했으며 근대적 문명을 전달하고 계몽
하는 매체로써 신문을 신뢰했다. 연이어 신문들에서 미인·남편살해·사
형불복이라는 설명을 늘어놓자 조용히 묻혔을 사건에 사람들의 시선이
몰리게 되었다.

더욱이 첫 기사로부터 한 달 후인 8월 16일, 〈동아일보〉는 전날 법
정에서 김정필이 재심을 받는 상황을 "법정에 선 절세미인(法定에立한
絶世美人)"이란 제목을 붙여 사회면에서 비중 있게 다루었다. 또한 혼인
전 사통의 문제는 강제로 당한 것이었으며 살인을 인정한 이유는 순사
가 때렸기 때문이며 시부모가 못된 인간이라는 김정필의 말을 그대로
전달하면서, 일본인 재판관 아래에서 통역관이 제대로 전달을 못 했을

뿐만 아니라 피고의 가정을 자세히 조사하지 않고서 시부모 측 인물만 증인으로 채택된 점을 지적하며 피고를 동정하기까지 하였다. 그리고 재판 현장에 입추의 여지없이 사람이 몰렸다고 하면서 여인이 죄인인지 아닌지 매우 주목할 만한 사건이라고 언급하여 마치 지각 있는 사람이라면 마땅히 관심을 가져야 할 사안으로 포장하였다.

이제 며칠 후에 나올 최종 판결만 기다리던 김정필 사건에 기름을 부은 것은 청년 변호사 이인(李仁, 1896~1979)이었다. 대한민국 초대 법무부장을 역임한 이인은 1922년 일본변호사시험에 합격하여 1923년 경성부에 개업한 청년 변호사로 첫 변론에서 의열단 사건의 변호를 맡는 등 당시 열혈 인권 변호사로 주목받는 청년이었다. 그런 훌륭한 인물이 그녀를 위해 무료로 변론을 맡겠다고 선언하면서 대중의 호기심은 절정에 이르게 되었다. 그는 당시 본부살해 사건이 각처에서 빈번하게 발생하는데 법조인의 입장에서 이러한 사건을 모르는 척 지나칠 수 없다고 생각했다. 이인이 시대적인 사명감으로 무료 변론을 하겠다고 표명한 후 증인을 모으고 재판장에게 공판 재개를 신청하자, 법원은 공판을 이례적으로 다시 재개하였다. 복심법원에서도 검사가 사형을 구형하고 이를 언도하기 불과 며칠 앞두고 벌어진 일련의 과정 때문에 다시 맞게 된 그녀의 공판은 이제 조선의 모든 사람들이 손꼽아 기다리는 전국적인 행사가 되었다.

복심판결의 결과가 어찌될지 미루어진 상태에서 방청객을 중심으로 언론사와 판사, 변호사에게 피고를 동정하는 편지들이 날아들기 시작했다. 처음에는 경성복심법원에 선 김정필의 모습에 강렬한 인상을 받았던 방청객의 동정 편지가 신문사에 전달되었다는 정도만 알렸지

보고십흔사진　第五回發表

◇春園李光洙氏　본인은 항상리광수씨의 키쒸
（葉書）를읽어독하고 은근히경모합니다 씨의사진을뵈여주시
오（先着開城北本町四六○李兌傑）
◇記者　춘원리광수씨에대한이야기는 요컨 독자거자란에
그대개를말하엿스니잘아실듯합고만둡니다 사진만 보
아주시오 두눈에재사다운광채가잇슴니다
◇毒殺美人金貞弼　긔자친생 안녕하시오 부부
를독살한든 미인이라는소문이팡장하든 독살미인김정필의
사진을 한번보고십소 （先着市內昌信洞七○李元雜）
◇記者　합긔명원（明川ㅣ출생으로 자긔보다 나어린남편을
죽인김정필은 여러분이다아는바와가치 무죄를주당하든듯것
이 절구십오년천고를밧고 지금서미묘불우소에수감되여잇
습니다 그런때이사진은재판당시에 법뎡에쎠박은것입니다

출처: 〈동아일보〉 1925년 10월 23일 자 기사

만, 이내 〈동아일보〉(1924. 9. 8.)는 신문 한 면을 할애하면서 일본어 투서
를 국한문으로 번역하여 싣기도 했다. 이는 일본인 요시다(吉田) 재판
장을 설득하기 위해 조선의 교양인이 일본어로 정중히 의혹을 제기한
투서를 다시 한글로 번역하여 실은 것이었다. 투고자는 김정필의 음색
과 낯빛, 용모에서 의혹을 찾을 수 없었기에 '남편이 랏도링을 왜 먹었
을까?' '혹시 누군가가 실수로 먹였을까?' 아니면 '아버지에게 혼날까
봐 십 대의 남편이 거짓말을 한 것일까?' 질문도 해보고 '남편이 평소
먹던 약이 중독으로 이어진 것은 아닐까?' 등등 온갖 가설을 세워보기
도 하다가, 다른 사람에게 쥐약을 사 오라고 한 정황은 살인자의 자세
가 아니라며 김정필을 옹호하기도 했다.

　　신문이나 변호사 앞에 편지를 투고한 이들은 시집와서 생전 처음
랏도링으로 쥐를 잡는 모습을 보고 친정집에도 보내고자 사놓았을 김

정필의 처지에 공감하며 가난한 친정과 부자 시집을 비교해서 동정하기도 했으며 심지어 자신이 도둑질을 하러 몰래 들어갔다가 누군가를 모함하려는 당시 상황을 들었는데, 지금 다시 생각해보니 김정필을 음해하려는 시집 식구들의 이야기 같았다는 소설 같은 내용을 보내기도 했다. 살인자를 처형하라는 동네 사람 60명의 진정서가 도착하면, 곧이어 지역 유지인 시부모가 압력을 가해 받아낸 것이라는 반박 기사가 나오는 지경이었다. 바야흐로 그녀의 공판과 판결은 사람들이 편을 가르고 온갖 추리를 맞추어보는 드라마 같은 현장이 되었고, 김정필을 옹호하는 투서 속에서 때로 이런 사건에 투서하는 건 부끄러운 일이라는 반박 투서까지 난무하였다. 신문은 줄기차게 이러한 사실들을 가감 없이 보도하면서 독살미인 신드롬을 키웠다.

드디어 재판이 재개된 10월 10일, 법원 앞은 3·1운동 후 33인에 대한 공판 때만큼 사람이 모여 인산인해를 이루었다. 검사의 구형과 변호사의 열변, 증인들의 증언이 이어졌고 재판의 면면은 신문을 통해 낱낱이 보고되었다. 〈경성일보〉와 〈동아일보〉는 김정필의 사진을 함께 실었고 이는 해가 지나도 여러 신문지상에 '보고 싶은 사진'으로 우려 써졌다.

김정필 살부사건이 이토록 열광적인 관심을 받은 것은 그녀가 과연 절세의 미인이었기 때문일까? 신문은 특정한 사건과 인식들을 이슈화하며 담론을 키워갔는데, 1920년대의 두드러진 변화는 바로 미인에 대한 탐구와 노골적인 형상화였다. 1910년대부터 미용에 대한 기사들이 증가하고 『조선미인보감(朝鮮美人寶鑑)』(1918)처럼 기생들의 미모를 품평하더니, 1920년대에는 해외의 미인대회나 여배우들의 모습을 소개하고 미인이 되는 노력과 방식들을 선보여 일반 여성들을 자극하며 독자들의 흥미를 끌었다. 오늘날에도 미인이라는 제목으로 인터넷 검색창을 도배하는 다수의 기사들처럼 당시 〈동아일보〉가 '미인'이라고 제목을 뽑은 데에는 실제보다 자극적인 제목으로 사람들의 관심을 불러일으키고자 한 의도가 컸다. 1920년대 미인에 대한 관심이 과열되자 오죽하면 "요새 같이 재판소 기사 없는 때 미인이나 만들어 놓고 울려 먹세그려"(이서구, '엉터리없이 만들어내는 신문기자의 미인제조비술', 〈별건곤〉, 1928년 8월호)라 하여 김정필이 미인으로 소문났다거나 "風便에 들으니 自殺만하면 모다美人이라드군요"(〈동아일보〉 1929. 10. 6.)라고 자조적인 유머를 올릴 정도였다.[17]

오늘날에도 김정필이 신드롬을 일으켜 사형에서 무기징역으로 또 모범수로 계속 감형되어 12년 만에 가석방된 이유가 단지 미인이어서라고 보는 경향이 있다. 하지만 독살 미인 사형수라는 자극적인 단어들이 초기에 김정필에 대한 대중들의 관심을 불러일으켰다고는 하지만 이를 수개월간 지속적으로 또 시간이 지나서도 궁금한 사건으로 기억하는 데에는 보다 특별한 무엇이 있었기 때문이다. 사람들은 김정필을 통해 무엇을 보았던 것일까?

17   〈별건곤〉과 〈동아일보〉에 실린 김정필에 관한 기사에 대해서는 다음 책을 참고했다. 이영아, 『예쁜 여자 만들기』, 푸른역사, 2011.

마음속 살인자와 구여성 김정필의 초상

가부장 사회에서 다른 어떤 살인사건보다도 주목받은 것이 본부살해였다. 부부간 갈등 속 최악의 결과라 할 수 있는 살인사건에서도 남편이 아내를 살해할 경우 자살로 위장하기도 상대적으로 쉬웠고, 그렇지 않더라도 부모나 동기에게 패악하던 아내를 벌하다가 우연히 벌어진 사건이라거나 죽은 부인도 남편의 처벌을 원하지 않을 것이라는 변론을 받으며 감형되었다. 하지만 아내에 의한 남편살해의 경우 왕, 아버지, 남편, 주인의 가부장 신분질서를 위배하는 강상죄로 치죄되었다. 조선후기까지도 본부살해는 능지처사였고 정상을 참작할 만하면 목을 베는 참형으로 방식만 한 단계 낮출 뿐이었다.

고담에 관심 있던 사람들은 이와 유사한 이야기들에 익숙해 있었다. 조선시대 박영(朴英, 1471~1540)의 비범한 판결은 그중 가장 유명한 사례로, 양녕대군의 외손으로 문무를 겸비했던 그가 김해부사로 있을 때 이웃집 여인의 울음소리만으로 범죄를 가늠했다는 전설이다. 박영이 초상집에서 여인을 끌고 와 그 앞에서 죽은 남편의 시신을 이리저리 조사하자 여인은 가슴을 치고 통곡하기를 "하늘이나 내 속을 알지, 사또께서 어찌 이렇게 의심하십니까?"라고 원통해했다. 부부가 다정했음을 알던 이웃 사람들도 박영의 처사가 너무하다고 느낄 때, 박영은 힘 센 군인에게 시체를 꾹꾹 눌러보라고 했고, 곧 배꼽 속에서 가운뎃손가락만 한 대꼬챙이가 튀어나왔다. 박영이 여인에게 간통자를 말하라고 다그치자 여인은 동네 이웃과 동거를 약속하여 남편이 자는 틈에 죽였다고 고백한다. 놀라워하는 사람들에게 그는 "처음에 그 울음소리를 들으니 슬퍼서 우는 소리가 아니었고, 시체를 검사할 때 겉으로는 가슴을 치며 울지만 실상 두려워하는 기색이 있었다"며 명판관의 비결을 말해주었다.

『기재잡기』를 비롯하여 웬만한 야담집에 모두 실려 있는 박영 전설은 정약용이 지은 형법서 『흠흠신서』에서도 '음성을 듣고 살인을 안 다양한 사건들'의 하나로 꼽힌다. 『흠흠신서』는 관리가 형벌을 집행하는 데에 유의할 점들을 다룬 책으로, 다양한 사례를 통해 판관은 관련자들의 음성과 안색 등을 예리하게 살피고 주의할 것을 당부하고 있다. 중국 정나라의 대부 정자산(鄭子産), 한나라의 엄준(嚴遵), 당나라의 한황(韓滉)에서 고려 말의 이보림, 조선의 박영에 이르기까지 이야기판에서 본부살해란 간통한 아내가 잠든 남편의 정수리와 배꼽에 꼬챙이를 꽂아 살해해놓고 가증스러운 눈물을 흘리는 장면으로 반복 재생되어 왔다.

이후로도 남명 조식, 동계 정온처럼 당대 의리 철학으로 숭앙받던 선생들의 이야기 속에서나 대중들에게 친숙한 박문수의 전설 속에서도 아름다운 여인이 간부를 두고 몰래 남편을 죽게 한 삽화가 나오며, 주인공인 젊은 선비는 의분(義憤)에 넘쳐 간통하는 남녀를 응징한다. 이와 같은 이야기는 두고두고 흥미롭고 교훈적인 일화로 전승되었는데, 1920년대 우리의 야담을 다시 읽어 민족의 얼과 의식을 잊지 말자는 학자들에 의해 책으로 묶여 출판되었을 정도이다.

실제 세계에서나 이야기 세계에서나 남편을 살해한 인물들은 모두 철저하게 응징된다. 아내로서 남편을 살해하는 패륜적인 범죄의 경우 단지 범죄자들만 치죄하는 것이 아니라 고을을 다스린 관리를 파면하거나 범죄자의 집터를 파 연못으로 만들어버렸다. 이야기에서는 조식이 간통 남녀의 목을 자르자 이를 어여쁜 여종이 쟁반에 담아 죽은 주인의 제사상에 올리고, 정온이 간부를 죽이자 그를 인도한 여종은 집을 불태워버린다. 간부를 죽여 남편 혼령의 도움을 받아서 어사가 된 박문수가 간통녀를 대청 아래 끌어내려 치죄한 후 남편의 시신을 찾아내는 대목은 딱지본『삼쾌정(三快亭)』으로도 알려진 이 이야기의 백미이다.

반복되어서는 안 될 범죄, 반역의 의미가 내포된 강상죄로서의 본부살해는 실제에서나 환상에서나 모두의 앞에서 본보기 삼아 응징됨으로써 악의 근원은 정화되고 공동체는 지켜져야 했다. 억울하게 살해된 가부장의 희생을 딛고 더 공고하게 공동체의 질서를 정립시키는 승리의 이야기는 다양한 선비들을 등장시키며 대대로 이야기판을 통해 우리 내면에 스며들었다.

우연히 청년들이 이야기하는 소리 중에 '랏도링'이라는 쥐 잡는 약은 사람의 생명까지 빼앗는 독약이라는 이야기를 듣고 무서운 생각을 품고 그 이튿날에 동리 사람들을 시켜 그 약을 사다가 주먹밥과 엿에다가 그 '랏도링'을 섞어놓고 23일에 그 남편을 정답게 불러가지고 하는 말이 '그대가 항상 앓고 있는 위병과 임질을 고치려면 이 약을 먹으라. 이 약은 나의 오촌이 먹고 신효하게 나은 것이니 안심하고 먹어도 좋은 것이라' 하여 주먹밥을 먹었는데 그것을 먹은 남편이 구역을 하여 토하자 다시 엿을 먹으라 하여 그 엿까지 먹이어 드디어 금년 5월 27일에 사망케 하였다.[18]

---

18   〈동아일보〉 1924년 7월 17일 자 기사, "본부독살미인 사형불복"을 현대어로 옮김.

음욕에 빠진 미인, 반성할 줄 모르는 뻔뻔함, 제거되어야 할 존재로 상상 속에서 형상화된 간부살해범의 이미지는 처음 김정필을 소개하는 신문에서도 찾아낼 수 있다. 하지만 음란한 미인 범죄자라는 데 관심을 갖고 모인 방청객 앞에 선 김정필의 모습은 이들이 상상해온 여인과 사뭇 달랐다.

당시는 최초의 여배우라는 이월화가 〈월하의 맹서〉(1923)로 스크린 스타로 떠올라 각광받으며 신극 공연을 펼치던 시기였고, 1921년 동아일보사에서 개인전을 연 화가 나혜석이 글과 그림으로 사회적인 관심을 받았으며, 1923년에 일본 유학에서 귀국한 윤심덕이 환호 속에 수많은 음악회를 돌던 때였다. 하지만 대중들의 열광적인 반응은 시대를 앞서 배운 신여성에 대한 호기심 수준이었지 그들의 재능과 작품에 대한 것이 아니었다. 대중은 오히려 신여성의 스캔들에 눈독을 들였던 만큼, 신여성은 격변기의 대중들에게 세련되면서도 어딘가 음란해 보이는 양가적 존재였다. 눈만 돌리면 신문에서 신여성과 여학생·각종 부인회가 배움·발전을 외치며 주목받던 시기에, 함경도 지역에서 온 김정필은 신식 교육을 받지 않은 구여성, 그것도 가난한 촌 여성이었다.

조선의 재판제도는 갑오개혁 이후 신식 재판제도를 도입했다지만, 과거의 전통이 관행처럼 지속되고 있었는데, 을사보호조약(1905) 이후 일본은 조선의 소송법규를 제정하고 1910년부터 대대적인 사법 개편을 단행하여 지방재판소, 복심법원, 고등법원의 3심제로 조직하였다. 또한 전문 법관을 충당하기 위해 일본에서 판사와 검사를 대거 임용하면서, 재판은 대개 범죄자인 조선인들이 일본 재판관과 검사 앞에서 일본인 변호사의 도움을 받는 형식이었다.

따라서 일본어를 모르는 스무 살의 김정필은 통역관을 사이에 두고 의견을 말할 수밖에 없었다. 그녀는 초췌한 얼굴로 그러나 똑똑한 목소리로 여기에서 혼전 간음은 강제로 당한 것이었고 죄를 자백한 것은 순사가 때리면서 그렇게 말하라기에 그럴 수밖에 없었음을 주장하며 시부모가 남편의 병을 탓하지 않고 애매한 자신을 고발했다고 말했다. 이 재판을 보고 기자는 통역관의 통역이 명확하지 않은 점과 시부모에게만 유리한 증인 요청, 가정 사정을 자세히 조사하지 않은 점 등 공정해야 할 재판에서 피고가 유독 소외당하고 있음을 고발했다.

김정필이 무죄를 주장했다지만 사람들의 관심이 과열된 이유는 무엇보다 변화된 재판 구성과 방식, 식민지 백성으로 구성되는 조선 지식인과 대중들의 정체성, 실제 범죄와 심리의 불명확함 등으로 인해 언론이나 대중이 가부장 살해 사건을 옛이야기처럼 이데올로기적으로 재현해내지 못하며 혼란에 빠졌기 때문이다. 일제의 '신성호' 법정에서 식민지의 구여성을 악(惡)으로 규정하고 응징하는 데에서 대중들이 상상하던 윤리적 승리나 유쾌한 감정을 느낄 수가 없게 되면서, 오히려 식민시대의 무능하고 왜소한 가부장을 직시하게 되고 타자와의 관계를 통해 새롭게 정체성을 모색하려는 집단적인 현상이 발생하게 되었다.

유감이지만 저(彼)는 처녀 때에 정조가 유린되었다. 그러나 함경도는 남쪽(南鮮)지방과 전연 달라서 예로부터 여천하(女天下)라 할만치 시장까지도 여자의 점유물이다. 그런 지방에서 그쯤 일이야!

- <동아일보> 1924. 9. 8.[19]

그리하여 사람들은 가부장 살해라는 악(惡)·시역(弑逆)의 상징 범죄에서 아예 목소리가 소거되었던 여성 피의자의 의견에 귀를 기울이고자 했고, 그녀의 처지에 연민을 느끼게 되었다. 심지어 어떤 투서에는 혼전에 당한 성폭행을 문제 삼지 않고자 당시 사고로는 획기적으로 정조 유린 역시 여성의 흠이 아니라는 발언을 하기에 이른다. 때로 유려하게 써내려간 투서 중에는 '세간에서 그녀의 아름다움을 말하지만 자신은 눈이 나빠 선악과 생명을 논할 뿐 미를 말하는 게 절대 아님'을 구구절절 설명한 것도 있었다. 간음, 본부살해, 미인 독부라는 전통 서사가 지적인 논객들과 모던하게 앞장서는 신문에 의해 성폭행, 시집살이, 억울함이라는 정황으로 균열되기에 이르렀다.

　　무너져가는 가부장 문화권에 도전하는 신여성과 달리 그 폐해를 온몸으로 받아내며 모두 내려놓은 듯한 젊은 시골 여인, 그녀를 바라보는 시선에는 미인이라는 제목 아래 '초췌하다' '창백한 얼굴에 뼈만 남은 모양'이라는 연민이 함께한다. 김정필이 살인범이라는 명확한 증거가 불충분하다고 끝까지 변론한 이인 변호사 역시, 만약 사실이라 하더라도 당대의 범죄는 사회가 만들어낸 것이며 서양에서도 사형이 폐지되는 움직임을 보이고 있다며 사형을 재고해달라고 요청하였다. 판사가 무기징역을 언도하자 그 말뜻을 이해하지 못한 김정필의 어수룩한 모습은 방청객의 마음을 다시 한 번 아프게 했다.

　　조선의 전근대적인 문화에 대한 해석 의도는 다를지라도 교육받

19　　기사 원문을 현대어로 옮김.

지 못한 여성의 조혼, 사랑이 없는 결혼, 간통이 결국 남편 살해라는 비극을 양산할 수밖에 없다는 데에 선각자들도 동감하였던 것이다. 전근대 사회에서는 용서받지 못할 악(惡)·역(逆)으로서의 본부살해가 여타 살인범죄의 수준으로 논의되고 피의자를 위한 변호인의 공방이 열정적으로 보도된 김정필 재판은 여성 범죄와 인권에 대한 새로운 문제 제기이기도 했다.

현대 범죄 연구에서 밝혀졌듯이 여성들의 살인범죄는 가족, 특히 남편에 대한 경우가 많고 이들은 흔히 말하는 범죄형 인물이라기보다 초범인 경우가 대부분이라고 한다. 부검한 의사의 명확한 소견과 사망자의 유언을 들은 가족들의 한 맺힌 증언에 의해 김정필의 범죄는 복심에서도 그대로 인정되었다. 다만 그녀의 젊은 나이와 국민적인 동정 여론에 의해 사형에서 무기징역으로 감형되었을 뿐이다. 억울하니 상고하겠다고 울먹이던 김정필은 끝내 상고하지 않은 채 수감되었으며, 모범수로 계속 감형되어 12년 만에 가석방으로 나올 수 있었다. 김정필은 근대 대중의 앞에 여성범죄가 보일 수 있는 다양한 민낯을 드러냄으로써 상상 속에 존재하던 독부의 인상과 명징한 재판, 악에 대한 승리 서사의 공식을 깨뜨리고 여성 범죄와 인권에 대한 고민을 모두에게 강렬하게 던져준 인물이었다.

참고문헌

문준영, 「한말과 식민지시기 재판제도의 변화와 민사분쟁」, 『법사학연구』 vol. 46, 한국법사학회, 2012.

이숙인, 『정절의 역사』, 푸른역사, 2014.

이영아, 『예쁜 여자 만들기』, 푸른역사, 2011.

장용경, 「식민지기 본부살해사건과 여성주체」, 『역사와 문화』 13, 2007.

최재천, 『살인의 진화심리학: 조선후기의 가족 살해와 배우자 살해』, 서울대출판부, 2003.

홍양희, 「식민지 조선의 '본부살해'사건과 재현의 정치학: 조선적 범죄의 구성과 식민지적 전통」, 『사학연구』 No.102, 한국사학회, 2013.

홍인숙, 「누가 나의 슬픔을 놀아주랴」, 서해문집, 2007.

3장

양처의 재구성 _{良妻}

✤

오늘날 전해지는 많은 야담집들은 조선시대 사랑방과 모임에서 인기리에 구연되던 이야기들을 수집하여 엮은 것이기도 하다. 그런데 바깥 모임에서 활발하게 이야기를 전승하던 이들이 남성들이었던 만큼 옛이야기의 소재는 남성들의 관심을 담은 것들이 대부분이다.

그러다 보니 유치하면서도 빠지지 않는 것이 바로 아내 자랑. 남자들이 팔불출이어서 그럴 수도 있겠지만 어쩌면 이런 아내를 바라기 때문이리라. 누구라도 얻기 원한 아내상은 어떤 여인일까? 『청구야담』에는 함께 과거 공부를 하던 동료의 아내 애기를 듣다 삶의 목표를 바꿔버린 한 남자의 이야기가 나온다. 가난한데도 옷이며 음식이 항상 정갈한 선비는 아내가 길쌈을 하고 바느질이 뛰어난 데다 집안을 잘 다스려 걱정 없이 뒷받침해준다며 같은 방 동학에게 자랑했다. 이를 귀담아 듣던 남자는 그 길로 공부를 접고 도적이 되어 10년 후 친구가 자랑하던 아내를 탈취하러 온다. 가난한 살림에도 불평 없이 부지런하고 솜씨 좋게 일하여 집안을 일구면서 밥상을 눈썹까지 올릴 정도로 남편을 공경하는 아내란 누구나 꿈꾸는 이상이지만 또 쉽게 구하지 못하는 아내감이었으니까.

이 장에서 소개할 인물들은 현대까지 영향을 미친 조선시대의 문제적 아내들이다. 아내의 지위와 역할, 아내에게 기대하는 바가 언제나 같은 것은 아니다. 조선시대만 해도 처첩의 위계와 일부종사의 개념을 세운 초기, 신부가 신랑의 집으로 들어가서 사는 친영제가 널리 확산되고 종법제와 가문의식이 신분 상승의 욕망과 맞물려 강화된 17세기 이후, 그리고 근대의 물결로 가부장 사회에서 억압받던 여성의 자의식이 도처에서 고개를 들던 말기에 각각 세간에 오르내리는 아내상 역시 크게 변화하게 된다. 이러한 문화 변동의 시기에는 특히 아내의 역할과 위상에 대한 고민이 이야기 담론장을 통해 공유되면서 새로운 인물상이 유행처럼 등장하게 된다. 부부와 가족 개념이 재정립되는 오늘날, 옛 사람들이 시대 변화에 민감하게 반응하며 고민한 아내상을 살펴본다.

먼저 한명회의 후처 이씨는 그 후손들까지 집안 내력으로 소개할 정도로 지지받는 인물이다. 처첩의 구분과 그로 인한 적서의 차별로 양반가가 나뉘던 시기, 무소불위의 권력을 휘두르던 한명회에 의해 첩이 될 수밖에 없었던 여인이 불굴의 의지와 쟁투로 부인의 지위를 인정받게 된 과정을 그린다. 부인으로의 인정은 자신만의 자존심 문제가 아니라 친정 집안과 자식들이 당당한 양반으로 사회에 나아가는 데에 무엇보다 필요했다. 남편 한명회는 미인들을 좋아했지만 여자가 쉽게 휘어잡을 수 있는 인간이 아니었다. 하지만 그는 지략이 뛰어나고 분위기를 잘 파악할 뿐 아니라 몰려드는 빈객들을 기분 좋게 대접할 줄 아는 여인을 아꼈다. 남편에게 가장 필요한 여인으로 인정받게 된 이씨. 하지만 여인은 남편뿐 아니라 집안과 세상으로부터 인정받아야 했다. 가문의 후손들마저 족보에 사연을 적어 그녀를 한명회의 아내로 기억하게 된 삶을 따라가보자.

아내의 지위를 쟁취하여 신분을 보장받게 된 이야기가 권력자보다 더 권력자다운 아내들에 대한 놀라움이라면, 조선후기 남성들은 '바보 온달과 평강공주' 사연을 다시 유행시킬 정도로 신분 상승을 강렬히 열망했는데, 이때 이기축의 처 우씨가 조선시대 판 평강공주로 부각되면서 이야기판을 뜨겁게 달구었다. 천한 남편을 하루아침에 혁혁한 반정공신으로 이끈 입지전적인 여성의 이면에는 어떤 사연이 있을까? 그녀는 정말 내조의 여왕이었나?

한편 가부장 사회에서 남성들의 칭찬을 받는 아내가 되는 것이 과연 여성들에게도 두루 행복한 일일까? 소설 『방한림전』의 영혜빙에게 혼인과 부부생활이란 그야말로 남편에게 감시받는 감옥처럼 보인다. 그래서 그녀는 평등한 부부상을 실현하고자 동성결혼을 감행한다. 오늘날의 퀴어 문화만큼이나 시대를 앞서가는 이 시도는 1950년대 팬덤을 몰고 다녔던 여성국극, 60년대까지 이어지던 S언니 문화로도 이어지는 여성들의 자매애 때로 동성애로 보이는 관계 욕망과 주체의 문제와도 연관된다. 현숙하고 어진 아내가 되기 위해 그녀가 원하고 노력한 것, 그녀가 생각한 좋은 아내의 모습을 살펴보자.

한명회의 후처

정처의 지위를 차지한 첩

소문난 미인, 첩으로 삼으리

한명회는 세조의 일등공신으로 세조의 총애를 등에 업고 무소불위의 권력을 휘두른 인물로 유명하다. 계유정난이라는 드라마틱한 역사적 사건이 여러 번 소설, 드라마, 영화로 창작되면서 한명회는 자연스럽게 우리에게 친숙한 역사적 인물이 되었다. 한명회가 계유정난이 성공한 후 이른바 '살생부'를 작성하여 세조에 대한 지지 가능성 여부를 기준으로 여러 신하들을 숙청, 제거한 것은 널리 알려진 사실이다. 또 여러 딸들의 혼인을 통해 왕실과 두터운 인척관계를 형성하여 세조, 예종, 성종에 이르는 평생 동안 요직을 두루 역임하며 권력을 누렸다. 이렇게 그의 일생 중 공적인 영역에 대해서는 잘 알려져 있음에 비해 비교적 생소한 이야기가 문헌설화로 전해진다. 바로 여러 명 있었다는 그의 첩들 중 한 명에 관한 이야기. 그녀의 이야기를 소개한다.

한명회에게는 여러 명의 첩이 있었다고 하는데 확인되는 존재는 네 명이라고 알려져 있다. 그중 연일 정(鄭)씨와 전주 이(李)씨가 세조에 의해 정경부인으로 봉작되어 정식 부인으로 대우받았다고 하니 아마도 그 둘 중 한 명에 대한 이야기가 아닐까 한다. 이야기는 한명회의 탄탄한 정치적 입지와 그에 따른 막강한 권력, 이를 바탕으로 한 그의 횡포로 시작한다. 그의 세도는 어느새 조선 전역을 풍미하여 의정부, 사간원, 사헌부조차 감히 그를 왕에게 고발할 수 없었다. 계유정난 때 세운 공으로 정계의 요직에 있었으며 세조에게 '장량'이라 불리며 총애를 받던 한명회는 자신의 권력을 앞세워 불법을 자행하고 자신의 뜻을 거스르는 자는 쉽게 죽이는 것으로 정평이 나 있었다. 지금 압구정동의 유래가 된 그의 정자 압구정에 조정의 문사들이 앞다투어 찾아와 예찬의 시를 수백 편 남겼지만 이들은 모두 권력을 탐한 무리들이었을 뿐 정작 백성들은 이를 비웃었다고 하니 백성들이 생각하는 그의 위상을 알 수 있다. 백성들은 그가 휘두르는 권세는 무서웠지만 그의 탐욕은 비웃었던 것이다. 다시 말해 두려움의 대상, 그 이상은 아니었던 듯하다.

그런 세기의 세력가, 게다가 무자비하기로 이름난 한명회가 평양 감사로 있을 때 선천 좌수의 딸이 자태가 빼어나다는 소문을 듣게 된다. 그는 곧바로 선천 좌수를 불러 분부한다. "너의 딸이 그렇게 예쁘다고 하니 내가 첩으로 맞이하겠다. 선천에 감찰을 가는 날 들를 것이니 대기하도록 하라." 좌수는 자신의 딸은 천하고 못생겼으나 분부를 받들겠다고 답하고 집으로 돌아온다. 그리고 근심에 싸여 있으니 딸은 아버지에게 근심의 연유를 묻는다. 딸의 거듭된 걱정과 물음에도 대답을 하지 않던 아버지는 딸의 고집스러움에 못 이겨 비로소 "내가 너 때문에 이런 고역을 치르는구나."라며 평양감사 한명회가 첩으로 맞아들이겠다고 한 말을 전한다. 또 "영을 따르지 않으면 죽음을 당할 것이니 따르지 않을 수는 없으나 사대부 집안의 딸을 첩으로 보내자니 원통하다."고 고민을 털어놓는다. 한명회의 일방적이고 권력을 앞세운 폭력적인 접근에 명을 들은 처자의 아버지는 근심하면서 원치 않으나 거역할 수도 없는 처지를 한탄한다.

이 아버지의 대답에는 가문의 수치와 굴욕적인 명에 굴복할 수밖에 없는 자신의 미약한 처지에 대한 원통함이 가득할 뿐 딸에 대한 걱정은 좀처럼 드러나지 않는다. 이는 양반가의 여성이 '첩'이 될 경우 친정 가문이 떠안게 될 곤욕과 수치가 얼마나 치명적일 수 있는지를 암시한다. 아비의 마음은 어지럽기만 하다. 물론 평생 첩실이 되어야 할, 그것도 포악하기로 이름난 세력가의 첩살이를 해야 할 딸에 대한 연민이 아주 없지도 않았을 터이다. 그러나 자신과 집안의 수치가 먼저 마음에 자리를 잡았다. 두고두고 지울 수 없는 부끄러움으로 가문에 기록될 것이기 때문이다. 당시 그런 상대에게 지목되었다는 것은 여성 인물이나 그 아버지에게는 피할 수 없는 위기 상황이었을 것이다. 당당히 양반가의 미혼 여성을 첩으로 삼겠다면서 그 지방 감찰을 가는 날 들르겠다는 한명회의 통보는 그에게는 이러한 일들이 일상다반사와 다름없음을 보여준다.

그런데 딸은 웃으며 대장부인 아버지의 목숨과 자신의 존재는 경중이 분명한 문제라며 걱정과 안타까움을 털어버리시라고 오히려 아버지를 위로한다. 그러면서 여자가 이런 일을 만나는 것은 천명이니 자신은 순순히 받아들일 뿐 원통한 마음이 없다고 하였다. 이후로 평상시처럼 흔들리는 기색 없이 여유롭게 지내는 좌수의 딸, 정말 천명으로 받아들이고 체념한 것일까 아니면 무슨 묘수라도 생각해둔 것일까.

미인의 반격, 예를 갖추시오

얼마 지나지 않아 감사는 선천을 순방하며 좌수에게 딸을 단장시키고 대기하라고 명하였다. 좌수는 집으로 돌아와 혼례용품을 꾸리려는데, 딸이 첩자의 혼사이지만 정실을 맞는 혼인 법도대로 준비를 해달라고 여쭌다. 아버지는 딸의 청대로 해주었다. 다음 날 감사가 도착하였는데 평상복 차림에 총립을 쓰고 대청마루로 들어섰다. 이러한 한명회의 복식과 태도는 혼례를 치른다는 생각은 전혀 없이, 대수롭지 않게 그저 지방의 미인을 첩으로 취하려는 마음자세를 여실히 드러낸다. 어차피 마음만 먹으면 세상의 모든 여자를 취할 수 있다고 자신했을 한명회가 아닌가. 자태가 곱다고 소문이 자자하니 취하고자 할 뿐이지 예를 갖출 게 무엇인가. 좌수의 딸은 밖으로 나와 그 앞에 섰는데 부채 대신 칼을 들어 얼굴을 가리고 있었다. 얼굴을 보니 과연 절세의 미인이었다. 한명회가 칼을 쥐고 있는 연유를 물으니 좌수의 딸은 신부의 단장을 거드는 수모를 통해 전언하였다.

"소녀는 비록 시골구석의 한미한 신분이오나 양반의 체모를 잃지 않았습니다. 사또께서 재상의 귀한 자리에 계시면서 지금 저를 첩으로 맞아들인다고 하니 원통하지 않을 수 있겠사옵니까? 사또께서 만약 저를 예를 따라 정실로 맞아들이신다면 마땅히 종신토록 섬기겠사오나, 첩으로 들인다면 지금 이 자리에서 스스로 목숨을 끊을 밖에요. 그래서 이렇게 칼을 들고 있사옵니다. 첩이 죽고 사는 것은 모두 사또의 말씀 한 마디에 달려 있사옵니다. 바라옵건대 하교를 내리셔서 결정해 주옵소서." 감사는 평소 예의를 준수하지 않을 뿐더러 불법을 예사로 자행하던 이였다. 더욱이 여자의 자색을 보고는 마음이 너무 들뜨고 푹 빠진 터라 급기야 그러자고 하였다. "너의 뜻이 그러하다면 내 마땅히 너를 정실로 맞아들이마." "그러하신다면 천만 뜻밖의 다행이옵니다. 그러면 혼서(婚書), 납채(納采), 전안(奠雁) 등의 예를 갖추고 사모관대를 차려 입고 들어오셔서 교배와 동뇌를 거행함이 어떠하올는지요?" 이것마저도 감사는 즉시 따르기로 하여 그녀의 요청대로 혼인의 예를 갖춰 맞아들였다.[1]

좌수의 딸은 평소 한명회에 대한 세간의 평을 듣고는 그가 예의를 갖추지 않고자 할 것이나 자신을 취하고자 한다면 이것저것 생각하지 않고 자신의 청을 들어주리라 예상했는지 모르겠다. 한명회는 권세는 있으나 도덕적으로 취약했고, 여색에 쉽게 마음이 움직였다. 이미 정실 부인이 있으나 미인을 가까이 두고자 하는 마음이 급해 정식 혼례를 치렀고, 집으로 데리고 돌아갔다.

좌수의 딸은 아버지가 걱정거리를 털어놓는 순간 모면할 수 없음을 이미 알았다. 천명이라는 말로 이것은 자신의 운명일 뿐 아버지의 무능의 결과는 아니며 자신의 첩살이와 아버지의 목숨은 비교해볼 필

---

1   임방 저, 정환국 역, 『교감역주 천예록』, 성균관대학교 출판부, 2005, 371-372쪽.

요도 없는, 경중이 명백한 대상이라고 아버지를 위로했다. 자신의 희생으로 아버지와 가족의 안위를 지키려는 자기 헌신적 결정을 했지만, 이후의 일을 도모하지 않을 수 없었을 것이다. 포악하기로 유명한 감사에게 잘못 청을 했다가 그 자리에서 베일지도 모를 일이었다. 하지만 어차피 죽기 아니면 살기 아니겠는가. 양반가의 딸로서 정식 혼례로 예를 다해 맞아달라는 것은 최소한의 자존심을 지키는 것이기에 그것마저 지킬 수 없다면 죽음을 불사하겠다는 여성의 비장한 제안은 어쩌면 당연하다. 한명회의 처가 살아 있는 상황에서 자신을 첩으로 맞이하고자 했기 때문에 자신이 양반의 신분임을 자각해 첩이 아닌 처 대우를 받는 것이 일단 중요했을 것이다. 또 정식 혼례의 절차를 거쳐 처로 맞아준다면 평생을 모실 것이요, 그렇게 하지 않는다면 자결하겠다는 대응은 한명회의 선택에 대한 압박이자 스스로의 결심이다. 이왕 따라야 한다면 반려자의 지위로 성심을 다해 남편으로 모실 것이나 한낱 노리개와 같은 첩으로만 끝내 대하겠다면 차라리 자결을 하겠다는 여성의 선언은 일방적이고 억압적인 관계가 아닌 상호적이고 대등한 관계에 대한 요청이고, 이 요청의 수락을 통해 좌수의 딸은 일생일대의 위기를 기회로 돌파할 인생의 새로운 문을 열었다.

나야말로 임금이 인정한 정실부인

한명회는 그녀를 집으로 데려와 각별히 아끼고 사랑하여 정실부인과 다른 첩들이 모두 소박을 당할 지경이었다. 감사는 밤낮으로 이

여성하고만 함께 지냈는데, 그녀는 남편의 소행이 예의에 어긋나면 반드시 완곡하게 이야기하여 다 따르게 하였다. 또 그녀는 얼굴색만 빼어난 것이 아니라 현숙한 자품 또한 세상에 드물어 현부라는 칭송이 자자하게 되었다. 남자는 여자 하기 나름이라더니, 그녀에게 '현부'라는 타이틀이 붙게 된 것을 보니 천하의 난폭한 한명회도 조금은 달라졌나 보다. 이렇게 그녀는 미모와 지혜로운 내조, 적극적인 조언으로 남편인 최고 권력자의 마음을 완전히 장악하였고, 현부 이미지로 아내의 역할에 충실했다.

그러나 그녀는 '본처' 지위에 대한 욕망만은 숨기지 않았다. 스스로 정실부인이라고 자처하였고 원래의 정실부인을 첩으로 대하였다. 그녀의 이러한 방식은 지혜로운 아내가 남편의 애정을 바탕으로 자신의 집안 내 위상을 도모할 때 겉으로라도 집안 내 권력에는 무심한 듯한 태도를 취하는 것과는 판이하게 다르다. 그녀의 논리를 따르자면 실제로 집안에 처를 비롯해 첩들은 많았으나 온전하게 처의 역할을 하고 남편의 신임을 받는 것은 자신뿐이니 자신이 정실이라는 것이다. 그녀의 이러한 태도는 한명회의 전폭적인 지지가 있었기에 가능했겠지만 한명회와의 결연에 있어 예의와 법도를 따지던 모습과는 딴판이다. 당시 법도에 따르자면 자신은 본처가 있는 남성에게 취해진 것이므로 첩이 되는 것이 순리이기 때문이다. 하긴 첩이 되느니 차라리 죽겠다고 칼을 쥐고 선언한 그 절박한 마음이 역지사지의 미덕으로 이어지기는 어려웠을 것이다. 정실은 유일한 지위이므로 양보할 수 없다, 내가 본처가 됨으로써 다른 이가 본처에서 첩으로 곤두박질치더라도 상관없다, 본부인을 첩이라고 할 만큼 '본처'라는 이름 앞에 맹목적이 될 수밖에 없

는 그녀. 집안에서는 남편의 지원으로 자신이 본처 행세를 했지만 일
가에서는 그녀를 정실로 인정하지 않자 또 한 번의 승부수를 걸기로
한다.

세조는 한명회의 집에 자주 들렀다. 그때마다 한명회는 아내에게
술상을 내오게 하고 술을 따라 바치게 하였는데, 그 아내가 좌수의 딸
이었다. 그래서 세조는 항상 그녀를 '형수'라고 불렀다. 하루는 세조가
그의 집에 와서 즐겁게 술을 마시고 있는데, 한명회의 아내가 갑자기
마당에 내려와 엎드렸다. 그리고 자신이 강압에 의해 시집을 오게 된
사정과 억울한 사연을 눈물로 하소연하였다. 그녀의 말을 들어보자.

> "신이 비록 저 후미진 지역의 한미한 족속이오나 그래도 양반으로 이름이
> 올라와있는 몸이옵니다. 저희 남편은 이미 혼수를 마련, 저를 정실로 맞
> 아들여 첩이 되진 않았사옵니다. 다만 나라에선 이미 아내가 있는 경우
> 다시 아내를 삼는 법이 없어 사람들은 모두 저를 첩으로 부르고 있나이
> 다. 이 어찌 원통하지 않겠사옵니까? 엎드려 바라옵건대 성상께서는 이를
> 굽어살펴 처결해 주시기를 바라옵나이다."[2]

그녀의 변에는 양반으로서의 자긍심, 혼례 절차상 정실이 합당하
다는 원통함, 그리고 나라 법의 부조리함에 대한 비판 등이 뒤섞여 있
다. 그런데 혼례 법도에 근거하여 자신이 정실이라고 하면서 나라 법도
에 따라 자신을 첩이라 하는 사람들에 대해서는 날선 비판을 가하니

---

2   임방 저, 정환국 역, 『교감역주 천예록』, 성균관대학교 출판부, 2005, 373쪽.

논리적으로 일관성을 상실한 셈이다. 그런데 그녀의 간청에 세조는 웃으며 그 자리에서 정실로 삼는다는 영과 함께 그 자손에게 모두 중한 보직을 내려주고 출사에 구애받지 않도록 한다는 글을 지어 어압까지 찍어주는 것으로 화답했다. 이에 그녀는 마침내 정실이 되어 본래의 정실과 함께 정경부인으로서 봉작을 받았다. 사람들은 이제 그녀의 지위에 왈가왈부하지 못했고, 그녀의 자식들도 과거에 급제하여 발탁되는 데 아무런 구애도 받지 않았다. 이렇듯 그녀가 소원한 것을 말끔히 이뤄준 세조의 답변을 이끌어낸 그녀의 변을 살펴보면 자신은 첩이 아닌데, 나라의 법으로 인해 남들이 첩으로 부르니 억울하다는 것이다. 이는 조선초기 일처제가 자리 잡아가는 과정에서 혼란스러웠던 가족제도의 일면을 보여주는데, 이와 함께 처첩제로 인한 처/첩의 구분이 여성에게는 얼마나 가혹한 것인지 역설하고 있다. 첩으로서의 삶은 자신뿐 아니라 자식들까지 평생 신분의 굴레에 가두기 때문이다.

이야기 속 한명회의 후처는 지극히 이기적인 방식으로 정실의 지위를 확보했다. 세간의 기준으로 자신이 첩으로 불리는 것에 대해 단 한순간도 스스로 인정하지 않았고, 본래 있던 정실까지 첩으로 대했다. 자신이 목숨을 걸고라도 피하고자 했던 '첩'이라는 굴레를 다른 여성들에게 씌우는 데 전혀 망설임이 없었던 것이다. 그들이 '첩'이 되어야만 자신이 비로소 정실이 되기 때문이다. 처첩의 엄격한 분리를 통해 기혼 여성을 등급화했던 가부장제 가족제도 안에서 한 남성을 남편으로 둔 여성들 간의 연대 가능성은 애초에 희박한 것이었다. 한명회라는 권력의 정점에 있는 역사적 인물을 제시하여 이야기는 시대성과 구체성을 띠고 있지만, 한명회라는 고유명사를 지워내더라도 이야기는 여전히 유효하다. 가부장의 절대 권력과 가부장에게 허용된 축첩의 기회가 결합되었을 때 그 사이에 포섭된 여성들은 각자의 자리에서 좀 더 안정적인 지위를 차지하기 위해 고군분투할 수밖에 없기 때문이다. 이를 위해 좌수의 딸은 자신의 정처 지위를 사회적으로 공인받기 위해 세조와의 친분을 이용해 누구도 이의를 제기할 수 없도록 왕명을 문서로 받아두었다. 그녀의 행위의 동기는 지극히 자신만을 위한 것이었지만 결과적으로 자신의 의지와 상관없이 첩으로 살아야 하는, 혹은 살아야 할지 모르는 모든 여성들의 울분을 대변하고 있다. 세조에게 쏟아낸 그녀의 눈물 섞인 하소연은 어찌 들으면 많은 여성들을 첩으로 묶을 수밖에 없는 처첩제의 불합리성을 지적하고 있기 때문이다. 처첩제는 가부장제 가족제도에서 양반 계급의 적정 수를 유지하고 처를 보호하는 측면이 있었지만 궁극적으로 처와 첩 모두에게 상처가 될 수밖에 없었다. 그런데 이야기의 편찬자는 여성 인물의 임기응변에 대해 위급한 상황에서도 이름과 지위를 보전했다며 어질다고 칭찬하였다. 이는 처첩제의 구조적인 문제를 개인의 능력과 책임으로 귀속시키는 한계를 드러낸다 하겠다.

이 이야기는 세도가의 첩으로 들어갈 위기에 처한 여성이 기지를 발휘해 정식 혼례의 절차를 거쳐 훗날 정실부인이 될 수 있는 근거를 마련한 후 끝내 정처 지위를 차지하는 과정을 보여준다. 이를 통해 조선사회의 처/첩, 전처/후처의 상이한 위상과 이에 따른 여성들의 고민을 엿볼 수 있다. 이야기 속 여성은 남성 권력자의 일방적인 결정으로 혼인에 이르렀음에도, 이후 집안 내에서 여성 인물이 자신의 자리를 잡기 위해 온 힘을 다할 때 남편의 존재는 전혀 등장하지 않거나 여성의 지위 문제에 개입하지 않는 것으로 그려진다. 이 이야기들에서 본처가 될 수 없었던 여성의 운명은 결연한 남성에 의해 결정되었지만 그 무게는 오롯이 여성들의 몫이었음을 알 수 있다. 그런데 어찌 이 여성의 정실이 되기 위한 분투가 다른 처첩에 대한 배려 없는 이기적인 행태였다고 비난만 할 수 있을까.

참고문헌

임방, 정환국 역, 『교감역주 천예록』, 성균관대학교 출판부, 2005.
김경미, 『家와 여성』, 도서출판 여이연, 2012.

이기축의 처, 우씨

위기는 기회, 살아남은 자가 승리하리라[3]

여성들이 원하는 남성상이라고 하면 잘생기고 멋진 남자, 똑똑해서 성공가도를 달리는 남자, 부유하여 여유로운 남자라고 생각하지만, 결혼 생활을 하는 여성들이라면 보다 현실성 있는 남편상을 그려낼지도 모르겠다. 바로 그 누구의 말보다 아내의 말을 잘 듣고 존중해주며 건강하고 튼튼한 남성상 말이다. 이런 남성상이야말로 독한 아내들이 그려낸 망상에 불과한 것이라고? 아니다. 조선후기 사랑방을 돌며 이야기되다가 『계서야담』, 『청구야담』, 『동야휘집』과 같은 대표적인 야담집을 비롯한 다수의 문헌에 빠지지 않고 등장하는 이기축(李起築,

---

3   이 글은 다음 논문을 바탕으로 썼다. 홍나래, 「이기축(李起築) 담론 지형을 통해 본 〈이기축의 처〉 인물 전설화의 의의와 한계」, 『문학치료연구』41집, 한국문학치료학회, 2016.10.

1589~1645)이 바로 그와 같은 인물로 그려진다. 남성들의 이야기판에서 회자된 인물이니 이 이야기에는 여성들의 욕망보다는 남성들의 꿈이 담겨 있다. 이야기의 주인공은 가려져 있던 이기축을 세상 밖으로 나오게 조련한 그의 아내 우씨(禹氏)이다. 그럼, 먼저 야담으로 전해지는 이기축과 그의 아내 이야기를 들어보자.

절륜의 힘을 지닌 이기축과 그를 선택한 여인

『기문총화』에 따르면 이기축은 주막의 머슴이었는데, 동서도 구분 못 할 정도로 노둔하였고 배불리 먹는 것을 좋아할 뿐이라고 했다. 이기축에 대해서는 걸인의 형상에 나무를 지는 노총각으로 소개되기도 하는데(『청구야담』), 가난할 뿐만 아니라 무엇보다 일자무식하고 천한 인물이라고 모두가 한결같이 말하고 있다.

한편 주막집 딸은 아름다운 데다가 글도 알고 성품까지 영민하였다. 부모는 딸을 사랑하여 좋은 사위를 골라 시집보내려고 했지만, 딸은 남편감을 자기가 고르겠다고 하더니 머슴인 이기축을 택하여 부모 속을 썩였다. 딸이 다른 남자와 절대 혼인하지 않겠다고 고집을 부리자 부모는 할 수 없이 허락했고, 워낙 차이 나는 혼인을 한 터라 부부는 동네에서 살기가 어려워 부모로부터 가산을 받아 서울로 올라오게 된다.

서울로 올라온 뒤 여인은 장동(壯洞)에서 술 파는 집을 열었는데, 그 집은 술맛이 좋아 사람들의 입에 오르내리게 되었다. 여인은 어느 날 남편인 기축에게 『사략(史略)』 1권을 가지고 신무문 뒤에 여러 사람이 모여 있는 곳에 가서 표시된 부분을 펼친 후 글 배우기를 청하라고 했다. 기축이 아내의 말을 따라 그대로 했더니, 모여 있는 사람들이 깜짝 놀라며 그의 심중을 의심했다. 그가 펼친 장은 중국 상(商)나라의 재상 이윤(伊尹)이 무능한 왕 태갑(太甲)을 폐하였다는 내용이었고, 회합을 갖던 이들은 인조반정을 모의하던 김류와 이귀였기 때문이었다.

이들은 기축을 다그쳐 누가 시킨 것인지 물었고, 무식한 기축은 "소인의 아내가 이렇게 시켰습니다."라고 솔직히 말했다. 반정을 모의하던 이들이 기축의 집을 찾아가니 여인은 술과 안주를 대접하며 자신은 여러 어른들이 반정을 도모하는 것을 이미 알고 있었으니 거기에 무식하지만 힘이 센 남편을 꼭 넣어달라고 부탁하였다.

김류나 이귀와 같은 화족들의 입장에서 이기축의 처는 술을 파는 하찮은 신분이었지만, 멀리서도 자신들이 무엇을 도모하는지 알고 있었으며 반정의 의미를 담은 책장을 일동의 앞에 펼치게 하면서 남편을 소개한 호기로운 인물로 보았을 것이다. 글도 모르고 어리석은 기축이지만 쟁쟁한 반정파 앞에서 문제의 책을 두려움 없이 펼쳐놓고 아내가 시킨 대로 했다고 말하는 장면은, 여인의 지략을 보일 뿐만이 아니라 목숨을 내걸 일에 앞장설 수 있는 남성의 힘과 우직함까지 돋보이게 하였다. 여인은 웃는 낯으로 반정파를 대하며 남편에 대해서도 장차 쓰이리라 추천하고, 조용한 데다 술과 안주가 있는 자신의 집을 회합의 장소로 제공하겠다고 한다. 시대를 읽는 탁월한 시각이 있고 반정을 추진하는 데 실질적으로 무엇이 필요한지 정확히 알고 있는 여인을 보고 김류 일행은 감동하여 이를 흔쾌히 허락하였다.

인조반정 거사일(음력 1623. 3. 12.), 천사백여 명의 군사가 모였으나 실패하면 역모의 죄로 삼족이 멸하게 될 두려움에 모두는 긴장하고 섣불리 앞에 나설 수 없었다. 이때 기축이 앞장서서 장군목을 꺾고 창의문으로 들어가니 군사들이 힘을 내게 된다. 반정은 성공하였고 기축은 3등 공신이 되었으므로 천한 신분에서 반정공신으로 인생 역전을 이루었다.

조선후기 판 '바보 온달과 평강공주'와 같은 이기축 이야기의 뒷부분은 인조반정 당일 긴박한 상황 속에서 활약한 이기축의 모습이나 훗날 우씨가 정부인이 된 일을 언급하면서 역사적 사실성을 더했다.

인조반정의 뒷이야기들 중 널리 알려진 '이기축의 처'는 당대인들의 눈에 비친 반정 3등 공신 이기축과 그의 아내의 인생사를 상징적으로 보여주고 있다. 머슴에서 공신으로 일약 스타가 되어버린 이기축은 과연 이토록 무식하고 힘만 센 인물이었던가?

이기축의 부친인 이경유는 효령대군 7세손으로 충청도 수군절도사를 지낸 인물이다. 그는 부인을 일찍 잃고 재취하여 아들을 보았으나 그마저 요절해버리자 첩 고(高)씨와의 사이에서 본 두 아들 중 맏이인 이기축을 장자로 받아들였다. 모친인 고씨는 옥구현감 고언명의 서녀였으므로, 파격적으로 성서탈적(聖庶奪嫡)된 이기축은 양반 혈통 중심의 조선사회에서 서자이면서도 적자들 속에 끼이면서 차별과 배제, 동경과 질시의 묘한 시선을 받게 된다.

그에게는 어릴 적부터 가까이 지낸 친척들이 있었는데, 아홉 살이 많은 사촌형 이서(李曙)와 매우 친밀하였다. 이서는 키가 크고 살결이

희며 표치고아(標致高雅)하였다고 하니(『국조인물고』), 한마디로 희고 우아한 미남이라고 볼 수 있겠다. 기축과는 지기처럼 친하다고 했지만, 적통이었던 이서가 능양군(훗날 인조)과 일을 도모할 때엔 매번 기축이 연락 담당 심부름꾼이었다. 어찌나 열심히 밤새 달려가 둘 사이의 소식을 전달했는지 1년 새에 말 세 마리가 죽었을 정도였다. 그런데 반정 후 공신록에 이름을 올리는 순서로 반정파 내부에서도 이견이 많아지자 이서는 화가 나서 자신의 이름을 3등에 넣고 기축의 이름은 아예 삭제해 버렸다. 인조가 왜 기축의 이름을 뺐냐고 묻자 "자기는 외람되게 참여한 것이고 기축은 서얼이니 넣을 필요가 없다"고 이죽거려서, 이에 인조가 이서는 1등에 기축은 3등에 넣게 하였다. 반정 당일 연서역⁴까지 몸소 나온 인조는 기축에게 자기 도포를 벗어 입혀줄 정도로 감동했지만, 반정이 성공하자 공신록에도 그의 이름은 양반들의 힘겨루기 속에서 넣어다 빠졌다 하며 간신히 올라갈 수가 있었다.

기축보다 여섯 살이나 어린 인조는 어릴 적부터 그와 알던 사이라며 반정공신의 이름을 적을 때에도 그에 한해서는 아명으로 기록하라고 명하고 후에 기축(起築)이라는 이름을 하사하였다. 임금이 이름을 내려줘서 둘도 없는 영광이라고 표현했지만, 서른이 넘어서도 친척들 사이에서 '기축년(1589년)에 태어난 아이'라는 아명으로만 불릴 정도로 그의 신분은 미미했던 것이다.

---

4   현재 서울시 은평구 역촌동(驛村洞)이다. 연서역(延曙驛)이 있어서 '역말' '역촌'이라고 한 데에서 지명이 유래되었다.

기축은 스스로 "나는 미천한 사람으로 만 번 죽을 뻔하다가 살아나서 나라의 후한 은혜를 입어 2품(品)에 이른 것도 분에 넘친다"고 했다지만, 권력 욕심이 많은 친척 또래 집단에서 천대를 받으면서도 말은 아끼고 몸을 사리지 않으며 끝까지 그들과 함께하고자 했다. 반정으로 공신이 되었다지만, 그를 바라보는 조정 신료들, 특히 비공신집단의 시선은 싸늘하기 그지없었다. 왕이 때때로 활과 화살을 보냈다는 기록 뒤에는 그를 벌하라는 대간들의 주청이 항상 뒤따랐다. 이기축이 모친의 병환을 이유로 외직을 사양하면, 대간들은 기축이 험한 곳에 부임하기 싫어서 평계를 대는 것이라고 공격했고, "천한 서얼로 미친 듯이 날뛰며 제멋대로 구는 데다가 말투까지 거칠고 오만하니 징계하라"[5]고 몰아붙였다.

> 병자호란 때 금군장으로 어가를 따라 남한산성(南漢山城)에 들어가 어영별장(御營別將)으로 개차(改差)되어 남쪽을 지켰는데, 자원하여 나가 12월 21일에 싸워 적 10여 급(級)을 참획(斬獲)하여 돌아오자 성안의 민중들 마음이 조금 진정되었다. 정축년(丁丑年, 1637년 인조 15년) 정월 19일에 적군이 동쪽 성을 따라 밤중에 돌입하여 성이 거의 함락되게 되자 성을 넘어 도망하는 사녀(士女)가 매우 많아 성안이 솥의 물 끓듯 하였다. 이때 공이 장경사(長慶寺)에 있다가 나와서 죽을힘을 다해 몸을 떨쳐 독전(督戰)하였는데, 적군이 물러간 후 대가(大駕)가 친림(親臨)하여 위유(慰諭)하고, 특별히 명하여 가선대부(嘉善大夫)로 올려 완계군(完溪君)에 봉하였다.

---

5   『승정원일기』 1634. 3. 10. (한국고전종합DB)

강화(講和)한 후 세자와 대군(大君)이 모두 청나라로 가게 되자 특별히 공에게 배종(陪從)할 것을 명하므로 남한산성에서 곧장 심양(瀋陽)으로 갔는데, 오랑캐가 항상 진중(陣中)에 두고는 남북으로 출전(出戰)하면서 함께 데리고 다녔으니, 만 번 죽을 고비를 넘기며 고생한 실상은 차마 말로 하기 어려운 바가 있었으며, 3년이 지난 후에 신병(身病) 때문에 먼저 우리나라로 돌아왔다.

- 『국역 국조인물고』[6]

불안한 시대가 기축에게는 기회였던지, 절륜의 힘과 용맹을 떨칠 기회들이 때마다 펼쳐졌다. 병자호란 당시 인조가 남한산성으로 피난을 가 있을 때에는 한밤중에 사람들이 성에서 달아나 민심이 흉흉해지자 기축이 목숨을 걸고 싸워 적을 물리치기도 했다. 왕은 친히 나아가 따뜻한 말로 치하하고 품계를 올려주며 그를 위로했다. 인조가 삼전도에서 청군에 항복한 이후 기축은 볼모로 심양에 가게 된 왕세자를 호종하게 되었다. 청나라로 가서 고생은 고생대로 하다 신병이 들어 먼저 돌아왔다고 하지만 실상은 왕세자까지도 기축이 서얼 출신이라 호령이 서지 않으니 다른 이로 바꿔달라고 왕에게 부탁해서 일찍 귀국할 수밖에 없었던 것이다.[7] 기축은 왕을 위해 언제나 목숨을 내걸어도 일이 해결되면 상례에 어긋난 포상이라거나 천하다며 사대부들의 질타를 받을 뿐이었다. 공신이 되고 품계가 올라도 사관들이나 사대부들의 글 속

---

6   『국역 국조인물고』(세종대왕기념사업회, 1999), 〈이기축〉 항목 중. 이하 『국역 국조인물고』 출처 동일.

7   『승정원일기』 1637. 3. 4. (한국고전종합DB)

에서 심지어 적모 소생이던 이복누이의 집안에서도 그가 서얼 출신이라는 것은 방점을 찍듯 기록되었다.

하지만 재위 기간 내내 이괄의 난이나 병자호란과 같이 국내외로 정세가 평탄하지 못하고 기세등등한 공신들의 힘겨루기를 바라봐야 했던 인조는 자신에게 목숨을 건 충직한 기축을 옆에 둘 수밖에 없었다. 왕은 옷을 벗어주거나 위로의 말을 건네주거나 때때로 궁시(弓矢)를 하사하며 그에 대한 변함없는 신뢰를 표현하였고 날로 더해지는 대간들의 공격을 막아주었다. 그와 같은 기축을 대간들뿐만 아니라 왕세자조차도 편하지 않은 인물로 여겼고 철저히 무시했다.

> 완풍군 이서(李曙)가 졸서(卒逝)한 후부터는 항상 비감에 젖어 세상일에 뜻을 잃고 양주(楊州) 송산(松山)에다 집을 지어 종신(終身)할 것처럼 하였는데, 집안에 항아리의 쌀도 자주 비는 등 가난을 면치 못하였다. 사람들이 혹 가산(家産)을 돌보아 자손을 위하는 계책을 하라고 권하자 공은 탄식하기를, "나는 미천한 사람으로 만 번 죽을 뻔하다가 살아나서 나라의 후한 은혜를 입어 2품(品)에 이른 것도 분에 넘치는데, 여기에다가 무엇을 더 바라겠는가? 만약 내 자손들이 어질다면 비록 산업이 없더라도 스스로 살아갈 것이요 어질지 못하다면 장차 세업(世業)을 지키지 못할 것이니, 무슨 도움이 되겠는가?" 하고는 끝내 자손을 위해 1묘(畝)의 땅도 경영하지 않았으며, 사패(賜牌) 전민(田民) 역시 모두 버리고 받지 않아 녹봉 이외에는 살림이 쓸쓸하였는데, 날마다 친지 일가들과 술을 마시며 스스로 한가롭게 지낼 뿐이었다.
>
> - 『국역 국조인물고』

일찍이 기축은 모친의 건강을 염려하여 변방의 직을 제대로 수행하지 못했다고 탄핵받거나 개차된 적이 있었는데, 1637년 심양에서 돌아온 후에도 모친을 살피고자 삼척 첨사를 신청하여 외방으로 나갔으며, 이후 장단 부사로 발령받는 것도 사양하며 모친의 곁을 지켰다. 1644년 연로한 어머니가 돌아가자 슬픔에 병을 얻은 기축은 이듬해인 1645년 57세의 나이로 세상을 떠나게 된다. 뼛속까지 왕손이었던 사촌형 이서와 서녀의 딸로 첩살이를 한 친모는 그에게 평생 서얼이라는 굴레를 확인시켜주던 존재들이었다. 그는 어느 하나도 밀치지 않고 끌어안으며 어느 가족에도 오롯이 속할 수 없는 자신의 처지를 평생 바라보며 살았다. 그런 기축이었기에 이서의 죽음(1637년)은 세상일에 뜻을 잃게 만들었고 친모의 죽음은 삶의 뜻도 잃게 하였나 보다.

천수를 누린 우씨, 조선후기 자수성가형 여성의 대명사가 되다

우종남이라는 무관은 딸을 시집보낼 자리를 물색하고 있었다. 혼인이란 무릇 두 가문의 결합이니 양가에 좋은 인연을 만들기 위함이라지만 사회적으로 왕성하게 움직일 수 있는 남자와 달리, 당시 여성들은 아무리 신행을 늦춘다 해도 시집에서 남편을 섬기며 가문의 대소사를 맡아 하는 것을 평생의 업으로 삼았기에 여자 집에서는 딸을 아껴주고 고생시키지 않을 사윗감을 고르는 일이 무엇보다 관건이었다. 17세기 초 친영제가 자리를 잡아가고 딸자식은 소용없네라는 말이 솔솔 나오기 시작했다지만, 한다 하는 양반가에서 딸이란 애틋하고 귀여운 자식이고 힘 있는 인척들을 늘려주는 소중한 밑천이기도 했다. 그래서 딸자식을 보내는 데 너무 조건만 보는 혼인은 호사가의 입에 오르내리기 쉬웠다.

하지만 우종남은 딸을 여의는 데 무엇보다 집안의 번성을 살폈다. 전라좌도 수군절도사를 지낸 효령대군 7대손인 이경유 집안의 장자 이기축. 어린 딸을 맡길 사위는 딸보다 17살이나 많은 데다가 그 모친이 첩이라 서얼이라는 치명적인 약점이 있었지만 그래도 적자가 없어 왕손의 지위를 계승한 인물이다. 서얼이 적자로 올라갔으니 제대로 된 집안의 여식을 정처로 들여야 했건만 어디 좋은 집안에서 그런 사위를 맞고 싶었을까? 기축은 서른이 넘도록 첩살림만 있고 처는 없는 반쪽짜리 가장으로 지내고 있던 터였다.

> 공은 절충(折衝) 우종남(禹終男)의 딸에게 장가들었는데, 정숙한 덕이 있어 금슬(琴瑟)이 아주 좋았으며 정부인(貞夫人)에 봉해졌다. 공이 졸한 후 여러 차례 늠료(廩料)를 하사하였으며 금상(今上)의 조정에서 달마다 늠료를 내렸다. 수(壽)가 90세에 이르자 예조에서 아뢰기를, "친훈(親勳) 공신의 부인으로 지금 살아 있는 자가 매우 드무니, 청컨대 정경부인(貞敬夫人)을 증봉(增封)하소서." 하니, 대신(臺臣)이 '부인은 남편의 직을 따라야 하므로 불가하다'고 논하여 여러 차례 아뢰어서 중지하고 옷감과 음식물을 하사하였다. 무인년(戊寅年, 1698년 숙종 24년)에 병이 나서 졸(卒)하니 향년 93세로 공의 묘 왼쪽에 부장(祔葬)하였다.
>
> - 『국역 국조인물고』

어린 아내 우씨의 입장에서 기축은 나이가 많고 행동에 거리낌이 없으면서도 신분적 열등감을 가진 인물이었다. 그녀의 남편은 난리가 났을 때에는 누구보다 앞장서서 전투를 했지만 평상시에는 다대포, 위원, 삭주, 삼척 등 외직으로 발령받아 도는 일이 허다했으며, 안전이 보장되지 않은 심양 호종길을 떠나는 등 집을 비우기 일쑤였다. 더욱이 남편은 태도가 거칠어 대신들을 무시하거나 임금 앞에서도 무례하다는 소문이 심심치 않게 들렸고, 심양 호종길에 이민구(李敏求)의 처가 포로로 잡혀가는 것을 보았느니 하며 대대로 집안 간 원수가 될 소리도 척척 해대는 인물이었다. 자식들이야 저가 잘나면 알아서 잘될 거라고 집안 돌볼 생각은 안 하면서도 어머니 걱정은 늘 입에 달고 살았고 쫓아다니던 사촌형 이서가 타계하자 술이나 마시고 세상에 나갈 뜻을 접은 듯했다.

우씨의 행적은 동시대 다른 여성들만큼이나 직접 언급된 바가 적다. 하지만 그녀는 살림을 꾸리며 남편의 빈자리를 지키는 데에 머물지 않고 야담의 주인공처럼 적극적이고 용의주도하게 집안을 일으키도록 노력했던 것으로 보인다. 반정으로 권력을 잡은 왕들은 회맹제(會盟祭)를 개최하는 등 공신들과의 연맹을 돈독히 하였고 공신 집안들 역시 아내나 자식들이 서로 친밀하게 교류했다. 더욱이 광해군대와 인조대를 거치면서 궁중 여인들을 중심으로 내외명부의 여성 네트워크가 방대하고 공고하게 구축되어 여론을 몰고 다니지 않았던가. 하지만 반정 공신 집안들이 이괄의 난, 병자호란, 심기원의 모역, 소현세자의 죽음과 강빈 옥사, 김자점(金自點, 1588~1651)의 역모사건으로 줄줄이 사라지고 변을 당하던 시대에 살아남기 위해서는 무엇보다 정치적인 안목이 중요했다.

우씨와 이기축 집안은 기세등등한 공신가의 행보에 발맞추기보다

겸손하게 자신을 낮추면서도 주변의 여러 선비들에게 넉넉히 베풀어 인심 얻기를 수십 년간 지속한 것으로 보인다. 남편은 생전에 그런 아내를 인정하며 존중해주었다. 남들 눈에 떳떳하지 못한 신분에다 나이 차가 상당한데도 불구하고 자신에게 시집와 당당하게 집안일을 꿰차고 해낼 뿐만 아니라 아들들을 쑥쑥 낳고 현명하게 처신하여 주위의 칭찬을 받으니 어린 아내에게 집안을 모두 맡기고 바깥일에만 힘쓸 수가 있었다. 우씨의 덕스러운 내조는 남편 사후에 빛을 발하게 된다. 임금은 기축의 죽음을 슬퍼하며 한양판윤에 추증하고 녹봉도 3년간 그대로 지급하게 했다지만, 사실 떠난 자는 쉽게 잊히게 마련이었다.

더욱이 서얼 남편을 거쳐 장남이 완림군(完林君)으로 작위를 습봉하였지만, 아래 두 아들은 마흔 전후인 현·숙종조에야 늦게나마 무과에 나아가 급제할 수 있었다. 공신의 후사라도 기축의 아들인지라 다른 집안들과 쉽게 그 간극을 좁힐 수는 없었을 것이다. 하지만 혼돈의 시대가 기축에게 출세의 기회였듯이 반정공신 1세대로 그 누구보다 오랫동안 살아남은 우씨는 왕가와 사대부들에게 의리와 예우의 존재로 떠오르며 가문을 기억되게 하였다.

숙종 23년인 1697년, 조정에서 예조판서 신완(申琓)이 구순을 넘긴 우씨 부인에게 봉작을 더하여 정경부인으로 대우해줄 것을 건의하였다. 왕가 역시 다른 집안과 마찬가지로 스스로 위상을 높이기 위해서 아버지와 할아버지의 공로를 기렸는데, 그중 하나는 선왕들에게 충성을 다한 신료들을 추증해주는 일이었다. 반정으로 조선후기 왕통을 돌려 세운 인조는 의리와 정통의 문제에서 항상 주목을 받을 수밖에 없는 조상이다. 증조할아버지가 의롭게 나라를 바로 잡았으니 그 자손들이 왕통을 이어받아 당당히 권력을 행사할 수 있게 된 것이 아닌가. 더욱이 우씨는 4남 1녀를 낳아 일찍 사망한 둘째를 제외하면 모두 자손들이 번창하여 내외 증현손이 백여 명이 넘는다고 했다. 구십이 넘도록 살아서 반정의 역사와 굴곡진 세월의 이야기를 생생하게 전해주는 반정 1세대 우씨의 이야기는 수많은 가족들과 주변 선비들의 입을 통해 퍼졌을 것이다. 기축에 우호적인 이야기판에서 그는 생사를 가르는 냉혹한 권력과 전란 속에서도 충성과 의리의 본령을 실천하며 왕가의 정통성을 세우고자 고군분투한 인물로 회상되었을 것이다. 이 와중에 조정에서 제기된 정사공신의 처 우씨의 예우 문제에는 정사(正史)에서 철저히 배제시켰던 이기축을 새 시대의 인물로 내세우면서 재신들을 경계하며 왕가에 대한 의리를 부각시키고자 한 정치적 의도가 담겨 있기도 했다.

정경부인이란 외명부 품계 중 가장 높은 칭호로 조선시대 사대부 여성이 받을 수 있는 최고의 대우였다. 주변에 덕을 쌓으며 영향력을 넓히고 있던 가문이므로 그녀에 대해서는 어떤 치하를 하건 상관이 없겠지만, 문제는 남편 기축의 출신이었다. 신료들은 그녀를 정경부인으로 대접하면 이미 사망한 서얼 출신 기축까지 1품으로 올려야 하니 불가하다는 말을 한다. 비록 대신들이 수차례 반대해 특별 봉작하려던 왕명은 거두어졌지만, 숙종은 우씨에게 옷과 음식을 하사하며 어심(御心)을 전달했고 이는 가문에 영예로운 전조였다.

기축의 후손들은 최석정이 쓰고 미처 올리지 못한 시장(諡狀)을 그 제자인 조태억(1675~1728)에게 부탁하여 다시 쓰게 하였고, 그것이 지금 남은 『국조인물고』의 내용이다. 기축 생전에 그에 대한 평가는 야박하였으나 부인 우씨가 사망한 이후 완성된 그의 시장에는 기축이 서얼 출신이라는 사실을 찾아볼 수가 없다. 대신 용맹하고 충성스러웠던 그의 행동, 왕의 신뢰와 성은, 우씨 부인의 정숙함과 부부의 좋은 금슬, 왕(숙종)으로부터 선물을 받은 영광된 내용 등을 세세히 나열하여 기축과 집안을 명예롭게 하였다.

1698년 우씨 부인은 93세로 졸하였지만, 가문의 성공 의지는 이어졌다. 영조대에는 유학자들이 이기축의 자손을 특별히 수용하라며 상소를 올리기에 이르고, 기축의 3대손 이상오(李常五)가 1754년 진사시에 급제하여 무인 집안에서 드디어 문신 집안으로의 도약을 꿈꾸게 된다. 정조대에는 기축의 4대손인 이옥(李鈺, 1760~1815)이 성균관 유생이 되어 문과에 급제하게 되었는데, 그가 바로 정조의 문체반정에 걸려 더 이상 벼슬에는 나아가지 못한 비운의 인물이다. 하지만 벼슬에서 소외되어 전원생활을 하던 이옥이 친우들과 교류하며 남긴 작품들은 독특한 가치가 있다고 재평가되며 오늘에 이르고 있다.

신분제가 붕괴되고 급변하던 시대, 이기축의 일생은 '바보 온달과 평강공주'의 실재로 회자되며 매혹적인 성공 모델로 전설화된다. 그러나 1901년 정윤수가 교육을 받지 못하는 이들을 위해 간행한 『초목필지(樵木必知)』라는 사회생활 교과서조차 이기축을 천인으로 소개할 만큼 세인들의 부러움과 질시, 흥미 속에서 기축에 대한 노골적인 폄훼는 고착되었다. 우씨 부인 시대에도 떠돌았을 천한 남편의 신분역전 이야기. 우씨는 그러한 남편의 상처를 넘어 현명하게 집안을 일구고 오래도록 살아남아 기축의 공직과 행적에 대한 재평가를 이끌어내게 된다. 천복이라 할 수 있는 우씨의 장수와 자손의 번창은 당시 어떤 정치적인 시선보다 출생의 콤플렉스를 지닌 이기축의 삶을 긍정하는 데에 강력한 증거가 되었을 것이다.

참고문헌

김영진, 「이옥 연구 (1)—가계와 교유, 명, 청 소품 열독을 중심으로—」, 『한문교육연구』 18권, 한국한문교육학회, 2002.

김영희 「"아버지의 딸"이기를 거부한 막내딸의 입사기(入社記)—구전이야기 〈내 복에 산다〉를 중심으로—」, 『온지논총』 vol.18, 온지학회, 2008.

윤경수, 「〈온달전〉의 후세문학에의 수용양상—온달과 평강공주의 인간상을 중심으로」, 『한국한문학연구』 15, 한국한문학회, 1992.

방한림의 처 영혜빙

동성혼으로 새로운 부부상을 꿈꾸다

세책가 소설 속의 여성 영웅들

세책가에 놋그릇을 담보로 걸고 여인들이 소설책을 빌려 읽던 조선후기, 그녀들이 탐독했던 소설들은 서사 해독 능력이 탁월한 독자 수준에 맞춰 백여 권이 넘는 장편 가문소설로 발전하기도 하고, 대중의 구미에 맞게 난리를 평정하는 영웅들의 화려한 무용담을 그려내다가 급기야 여성들을 그런 영웅으로 만들기에 이르렀다.

소설에 나오는 여성 영웅들은 『박씨부인전』(『박씨전』)의 주인공처럼 남편 이시백을 돕고 병자호란을 맞아 도술을 부리는 내조형 인물인가 하면, 『이형경전』, 『정수정전』, 『홍계월전』처럼 아예 남장을 하고 전쟁에 나가 직접 공을 세우기도 한다. 여성 영웅, 특히 자기 남편보다 지략과 도술, 벼슬도 더 높은 홍계월의 활약상을 잠깐 살펴보자.

천자께서 그 거동을 보시고 평국(홍계월)을 불러 말씀하셨다.

"보국(홍계월의 남편)이 원수를 보고 적장으로 여겨 의심하는 듯하도다. 원수는 적장인 체하고 중군을 속여 오늘 짐에게 재주를 시험하여 보이라."

이렇게 말씀하시니 원수가 아뢰었다.

"폐하의 하교가 신의 뜻과 같사오니 그렇게 하겠나이다."

원수가 갑옷 위에 검은 군복을 입고 모래사장에 나서며 수기를 높이 들고 보국의 진으로 향했다. 보국이 적장인 줄 알고 달려드니 평국이 곽 도사에게 배운 술법을 썼다. 순식간에 큰 바람이 일어나며 검은 안개가 자욱하므로 지척을 분변하지 못했다. 보국이 어찌 할 줄을 몰라 두려워했다. 평국이 고함을 치고 달려들어 보국의 창검을 빼앗아 손에 들고 산멱통을 잡아 공중에 들고 천자 계신 곳으로 갔다. 이때 보국은 평국의 손에 딸려 오며 소리를 크게 하여 원수를 불렀다.

"평국은 어디 가서 보국이 죽는 줄을 모르는고?"

이렇게 소리치며 우는 소리가 진중에 요란했다. 원수가 이 말을 듣고 웃으며 말했다.

"네 어찌 평국에게 딸려 오며 무슨 일로 평국을 부르느냐?"

그러고서 박장대소하니 보국이 그 말을 듣고 정신을 차려서 보니 과연 평국이었다. 슬픔은 간 데 없고 도리어 부끄러워 눈물을 거두었다.

- 『홍계월전』[8]

---

8   『홍계월전: 여성영웅소설』, 장시광 옮김, 이담Books, 2011, 80-81쪽. 인용문 속 ( )에는 글쓴이가 편의상 주인공의 이름과 관계를 넣었다.

홍계월은 자신의 능력을 보고 싶다는 천자의 명령을 따랐다지만, 남편인 보국을 속여 위협할 뿐만 아니라 먹통을 잡아 망신을 준다. 가정에서 여인들이 남편을 하늘같이 떠받들어야 했던 조선사회에서는 용납될 수 없는 발칙한 상상이다.

부부가 서로 존경하고 우대하는 것은 아름다운 풍속이지만, 좋은 의도로 시작된 부부유별의 의미는 전근대 남존여비 풍조에서 점차 여성에 대한 남편과 시집의 일방적인 우열관계로 자리 잡았다. 더욱이 17세기 이후 친영제가 정착되면서 여성은 친정에서는 출가외인이라 하여 열외로 취급되었고, 시집에서는 벙어리 3년·귀머거리 3년·장님 3년이라는 혹독한 며느리 생활이 당연시되었다. 봉제사접빈객에서부터 군포납세에 이르기까지 가정과 사회, 공무와 사적 영역에서 여성 노동이 차지하는 비중은 막대했지만 당연한 의무로 인식되었다.

여성들은 집안 살림뿐만 아니라 공동체의 대소사가 진행되도록 여러 일들을 하면서도 그에 대한 감사나 인정을 받기보다 오히려 무시당하고 천시되던 자들이었다. 능력 있는 남편을 만나 신데렐라나 콩쥐처럼 신분 상승을 이루어 호의호식한 사람들이 과연 몇이나 될까? 인정해주지 않는 사회와 가족 속에서도 여성들은 자신들의 존재 의미와 정체성을 생각하면서 신화를 만들고 이야기를 전승하였다. 가족으로부터 버림받은 후 모진 신체적 고통과 노동, 자신을 희생하며 사는 삶 속에서 신이 된 이들이 바리데기, 당금애기, 가믄장애기 들이다. 무속의 신들처럼 여성은 현실에서 살아남아 신을 만나야 했다.

하지만 희생, 연민, 형이상학적인 신과 만나는 것만으로는 위안이 되지 못한다. 때로 강렬하고 파괴적으로 욕망을 보여주고 꿈꾸는 것이 필요할 때가 있는데, 여성 영웅의 활약이 바로 그런 것이었다.

홍계월은 비록 여성이지만 나라에 필요한 인재로 사회적이고 정치적인 측면에서 다른 남성들을 능가한다. 비록 여성임을 밝혀 어렸을 때 형제처럼 지낸 동학이자 자기 부관인 보국과 혼인하게 되었지만, 가장의 위신만 세우던 남편을 군법으로 다루고, 자기를 보고도 높은 난간에 걸터앉아 있던 남편의 애첩 영춘을 군법으로 베어 죽인다. 심지어 황제를 핑계로 남편의 멱통을 잡아끌어 올리고선 자신은 박장대소하는 장면을 연출하기도 한다. 남편보다 나은 것뿐만 아니라 자기 힘과 위상으로 남편을 야단치고 그의 첩을 죽여버리는 홍계월의 자신만만함은, 대한민국 막장드라마에서 눈물짓던 아내가 일순 반격을 꾀하는 것처럼 규방의 독자들에게 말할 수 없는 통쾌함을 선사했을 것이다.

그러나 그렇게 위대한 여성 영웅들도 돌아가는 곳은 결국 가정이고, 남편과는 갈등을 겪었지만 이를 극복하며 아내와 어머니로서 자손과 가문의 번영을 감동적으로 맞게 된다. 가부장 가족체계 속에 편입된 그녀들, 과연 앞으로도 행복할 것인가? 황제로부터 인정받은 그들만이 겨우 가정에서 자기 목소리를 낼 정도인데, 병법과 도술을 부리지 못하는 일반 여성들은 어쩌할까?

영혜빙의 고민과 선택

문득 세상 부부의 영욕(榮辱)을 초월(楚越)같이 배척하여 말끝마다 다음
과 같이 말하다.
"여자는 죄인이다. 온갖 일에 이미 마음대로 못하여 남의 규제를 받으니
남아가 못 된다면 인륜을 끊는 것이 옳다."
그러면서 언니들의 구차함을 비웃었다. 형제들은 활발하다고 조롱하고
부모는 그 마음을 괴이하게 여겼다.

- 『방한림전』[9]

중국 명나라 병부상서 겸 태학사 서평후 영공에게는 7남 4녀가 있
었는데, 그중 막내딸 영혜빙은 13살의 꽃다운 나이로 용모와 자질이 어
느 누구보다 뛰어났다. 하지만 세상 사람들을 보니 아무리 여성이 뛰어
나도 자기 마음대로 삶을 살 수 없으며, 혼인하면 남편의 제어를 받고
남편의 눈에만 들게 노력하는 것에 절망하고 있었다. 이미 혼인한 형제
자매들을 직접 보니 '여성의 삶'이 더욱 암울하게 느껴졌다. 하지만 그
녀의 이런 생각은 형제자매들에게는 철없는 투정으로 여겨졌다. 모두
가 당연하다고 지키는 규범들을 차별이라 생각하는 것도 이상하고, 혼
자 억울해한다고 세상일을 바꿀 수도 없지 않은가?
이때 영혜빙의 부친인 영공은 12세에 장원급제하여 조정에 혜성

---

9   『방한림전: 조선시대 동성혼 이야기』, 장시광 옮김, 이담, 2010. 이하 모든 『방한림전』 현대
       역은 이 책에서 인용한 것이다.

과 같이 등장한 방한림의 인물과 재주에 반하여, 그에게 열렬히 중매를 넣고 있었다. 한림은 밀려오는 중매마다 나이가 어리고 급하지 않다고 사양하고 있었는데, 사실 그에게는 남에게 밝힐 수 없는 치명적인 비밀이 있었다. 바로 여성이라는 점이었다.

방한림은 아이가 없던 부부가 기자(祈子)정성을 다한 후 낳은 딸이었는데, 어려서부터 천성이 소탈하여 색깔 옷이 아닌 삼베옷을 입었고 하나를 들으면 열을 알 정도로 뛰어난 자질을 지녔다. 부모는 늦게 얻은 무남독녀가 여공을 멀리하고 학문에만 전념하기에 재주와 외모가 보통과 다름을 인정하여 아들처럼 키웠고, 이에 친척들까지 아들로 알게 되었다. 그러다 홀연 부모가 세상을 뜨자, 방한림은 아들로 행세하며 집안을 다스렸고 12세가 되자 뛰어난 기량으로 과거에 급제하여 황제의 기쁨이 되었다.

부모는 비록 일찍 여의었으나, 황제의 신임을 받으며 출세가 보장된 소년 관료를 많은 이들이 사위 삼고자 했다. 한림 역시 혼인하지 않으면 모두가 이상하게 여길 것을 걱정하여, 평생지기(平生知己)로 삼을 훌륭한 여인을 아내로 맞고자 했다. 다만, 그 여인이 자신을 받아들이지 않으면 비밀까지 누설될 수 있으니 문제였다. 이에 한림은 서평후에게 마음이 아름다운 여인을 찾고 있으며, 중매로는 알 수 없으니 쉽게 결정하지 못하겠다고 말한다.

'내가 보니 방씨의 얼굴이 시원스럽고 행동거지가 단엄하여 일대의 기남자(奇男子)이다. 이런 영웅 같은 여자를 만나 일생 지기(知己)가 되어 부부의 의리와 형제의 정을 맺어 한평생을 마치는 것이 나의 소원이다.

내 본디 남자의 사랑하는 아내가 되어 그의 제어를 받으며 눈썹을 그려 아첨하는 것을 괴롭게 여기고 있었다. 금슬우지(琴瑟友之)와 종고지락(鍾鼓之樂)을 내가 원하지 않더니 우연히 이런 일이 있으니 어찌 우연하다 하리오? 반드시 하늘이 생각해주신 것이다. 수건과 빗을 맡는 구구한 일보다 이것이 낫지 않으리오?'

- 『방한림전』

방한림을 사위 삼고자 한 서평후였기에, 은근한 그 말뜻을 이해하고 집으로 한림을 초대하여 영혜빙과 만날 자리를 마련했다. 혜빙은 첫눈에 그가 여성이라는 것을 알았고, 이에 일생 자신을 알아줄 사람과 부부연을 맺을 수 있게 되리라며 기뻐했다.

혼인 첫날 밤, 방한림이 예의를 차리며 서로 지기가 될 것을 부탁하자, 영혜빙은 자기가 이미 한림의 남장을 알고 있었으며 그 사연을 밝혀주면 아내의 도리를 다하겠다고 말하였다. 한림은 남장을 하게 된 사연을 이야기하며 여인이기에 부부간 인연을 맺지 못하게 된 것을 미안해하고 아쉬워했다. 더불어 영혜빙이 비밀을 침묵하고 자신과 함께 지내겠다면 형제의 의를 맺자고 제안한다. 누구보다 친한 언니동생·친구로 서로 이해하고 살자는 말이기도 했다. 그러자 영혜빙은 단호히 거절하며 '부부의 예'를 따를 것이라 했다.[10] 그녀가 원한 것은 자매애의 여성관계가 아니라, 평등한 부부관계였고 아내로서 존중받으며 주체적

---

[10]   김경미, 「젠더 위반에 대한 조선사회의 새로운 상상―〈방한림전〉」, 『한국고전연구』 17, 한국고전연구학회, 2008. 이 논문에서는 이 소설이 지기를 강조하지만 동성애적 면모가 은폐되어 있음을 지적했다.

으로 행동할 수 있는 가족문화였다.

지기(知己)를 꿈꾸는 여성

여성들은 누군가의 아내, 딸, 어머니, 누이, 며느리로 존재했고 기억되었다. 가부장 사회에서 여성들의 좋은 관계는 시어머니와 며느리, 처와 첩 간에 의무적으로 요구되었으나, 기실 그 관계는 자기 주도적인 관계가 아니었고 가부장을 중심으로 한 가족 권력 구도에서 언제라도 폭력적으로 억압될 수 있는 사이였다. 『구운몽』에 등장하는 여덟 여인들 중 귀족인 정경패와 그녀의 시비 가춘운은 신분을 넘어 우정을 나누었는데, 결국 서로 헤어지기 싫어 양소유에게 함께 시집가기에 이른다. 서로 우정을 나눈 이들이 한 남편을 섬기는 게 여성들의 이상적인 관계를 반영한 것일까? 일부다처제 사회에서나 미담일 뿐, 남녀 간 사랑은 배타적일 테니 누군가와 공유한다는 것은 일반적이지 않다.

여성들도 가족 안에서의 관계가 아닌 자기 자신의 자질과 인성을 바탕으로 사람을 사귀어 함께 미래를 꿈꾸고 서로 이해하며 응원할 수 있는 친구, 의자매, 스승을 만나고 싶었을 것이다. 그러고 보니 고전에서 여성들의 우정에 대한 이야기는 그다지 기억에 남지 않는다. 반면관포지교라거나 『삼국지』의 도원결의처럼 남성들의 우정과 의리에 대한 에피소드는 많은 전설을 남겼다. 대등하고 주체적인 존재들 사이의 우정이나 존경은 육체적인 관계를 넘어서 이성적이며 도덕적인 고양의 문제였기에, 남성들 사이에서만 가능한 것으로 인식되었기 때문이다. 자기 삶의 주체가 될 수 없었던 여성들에게는 절대 불가능한 것이라 여겨졌다.

그래서 남성사회는 여성들의 모임과 문화를 수다, 이간질, 베갯머리송사, 질투, 시기와 같은 단어로 폄훼했다. 그녀들이 갖는 신앙모임은 미신이고, 상호부조와 계는 투기와 사기로, 소문과 정보는 악의적 모함으로 치부하면서도, 그곳에서 나온 이득과 안위를 이용하는 데에는 익숙했다.

조선후기에는 성별과 신분에 대한 고정관념과 차별이 강화되었지만, 신분제는 붕괴되어갔고 기존 가치는 흔들리고 있었다. 문화의 권역이 점차 확장되고 상업이 발달하면서 다양한 유흥 문화 역시 발흥되었는데, 그 속에서 여성들이 갖고 있던 네트워크와 문화 또한 풍성해지고 있었다.

17세기 이여순 스캔들(256쪽 참조)에서도 그러하듯 궁내외의 여인들은 서로 정보를 교환하며 정치력을 발휘하고 있었고, 이후로도 궁중 저주사건을 비롯하여 권력 쟁투 과정에서 다수의 궁녀들이 연루되어 국문을 받았다. 곧 길쌈과 부역, 농사를 함께하는 민가의 여성 모임뿐만 아니라 정계의 내부에서도 상하 여러 계급의 여성들이 다양한 경로로 공고히 연결되어 있었던 것이다.

궁녀들은 어렸을 때부터 가족과 떨어져 여성들끼리 모여 궁중에서 서열과 직분에 맞게 생활해야 했다. 그들은 월급을 받고 경제력까지 지녔는데, 이로써 궁 밖의 가족들을 부양하기도 하고 늙어서는 함께 모여 살며 절을 짓거나 불상을 조성하기도 했으며, 때로 재산가가 되기도 했다. 상하층 여인들이 일과 정보를 지시하고 교환하는 생활이 정치권

력적인 것만은 아니었다. 함께 생활하며 공동체적 자매애를 나누기도
했고, 권력 부침이 심한 주변 때문에 신앙생활을 하며 위안을 받기도
했다.

이러한 삶 속에서 여성들도 평생 자신을 알아주는 좋은 친구를
꿈꾸게 된다. 배움에서 소외된 여성들이지만, 이여순이 이들 사이에서
살아 있는 부처로 존경받았던 것도 스승으로부터 배우고 삶의 고단함
을 의지하고자 하는 바람이 있었기 때문이다. 마찬가지로『숙녀지기』
와 같은 조선후기 소설에서는 여성들이 서로를 진심으로 이해하고 좋
아하는 벗을 만난다. 이들은 여성문화에 대한 세간의 편견 속에서도
서로의 행복을 위해 돕고 우정을 나눈다. 물론 이 관계가 왕과 같은 절
대적 가부장 아래에서 혹은 함께한 남편을 섬기는 것으로 귀결되는 점
은 아쉽기도 하다.[11] 그러나 조선후기 기독교가 들어왔을 때, 여성들의
주체적인 신앙생활과 독신 선언, 공동체에서의 헌신적인 삶이 가능했
던 것은, 소외된 자신의 삶과 존재를 끊임없이 확인하고 변화시키고자
한 여성들의 열정이 바탕에 있었기 때문이다. 그리고 공동체적 관계 속
에 싹튼 동지애와 우정은 새로운 시대와 가치를 향해 함께 도전하도록
이끌었다.

지기지우(知己之友)에 대한 추구는 남성사회가 부정한 여성 주체와
관계성에 대한 열망이다. 나를 알아주기 바란다면 참다운 내가 있어야

---

11   조혜란, 「〈숙녀지기〉에 나타난 여성 지기(知己) 형상화의 의미」, 『한국고전여성문학연구』,
      vol 24, 한국고전여성문학회, 2012.

했고, 대등한 관계에서 애정과 존경을 상호 느끼기 위해서는 선한 목적
과 인격적인 조건을 갖추어야 했다. 그러므로 지기에 대한 꿈에서 여성
도 남성과 같이 존엄한 인간이라는 주장을 엿볼 수도 있다. 그리고 이
러한 사고는 곧 남녀 간 사랑에 대해서도 보다 여성 중심적인 태도로
작품 속에서 형상화되기에 이른다.

상처와 관습을 넘어 진정한 지기로서의 부부 되기

"부인이 학생 같은 남편을 만나 열셋 청춘에 나의 아내가 되어 봉관화리
(鳳冠花履)를 얻었으니 일찍 출세함을 축하하노라."
영 소저가 화관을 숙이고 붉은 입술에 흰 이를 드러내어 말하였다.
"이것이 다 현후의 은덕이니 큰 덕이 산악과 같습니다. 여자가 남편의 은
총을 입는 것이 사리에 옳으니 어찌 도리어 아끼십니까?"
시랑이 크게 웃고 또한 자신이 남자 아님을 슬퍼하였다.

－『방한림전』

영혜빙은 가부장적인 부부문화와 가정생활을 혐오했다. 남편에게
휘둘리며 자기 목소리를 내지 못하는 그런 모습일 바에야 차라리 혼인
을 하지 않는 게 낫다고까지 생각한 인물이었다. 하지만 그녀는 남장을
한 방한림을 보면서 새롭게 도전하게 된다. 여성이라는 제약을 뛰어넘
어 자신의 기량을 맘껏 펼치는 한림의 모습에 자기가 꿈꾸던 이상적인
삶을 맞대어 보았을 것이다. 한림이라면 자신을 알아줘서 대등한 부부

관계를 이룰 수 있으리라.

하지만 한림이 혜빙을 선택한 것은 어차피 혼인을 해야 했기 때문이었다. 뛰어난 재주와 곱상한 외모로 조정 신료와 황제의 관심을 한 몸에 받고 있는 처지에 독신으로 산다는 것은 의심을 키우는 길이었다. 그래서 상대에게는 미안하지만 자신을 이해해줄 여인을 찾아 남들과 다름없는 모습을 외적으로 보이고자 했다. 이런 마음이기에 스스로 팔뚝에 주표를 새겨 넣으며 처녀의 몸임을 환기시키고 있었고, 혼인 첫날부터 자신의 비밀을 안 혜빙에게 동성이니 형제처럼 지내자고 제안했다.

그러나 혜빙은 남들이 알면 좋지 않을 것이라 한림을 설득하며 부부의 예를 갖추자 했다. 그녀에게 한림이 여성이라는 것은 흠이 아니었다. 그녀는 자신이 원하는 부부의 모습으로, 주체적인 아내의 삶을 살 수 있는 기회를 스스로 선택했고 그 뜻을 이루고자 했다. 한림과 혜빙은 그림과 같은 모습으로 신혼 생활을 시작한다. 한림은 조정에 갔다 오면 외부의 손님을 받지 않고 내당에서 종일토록 혜빙과 시간을 보냈다. 그의 위상이 높아질수록 사람들이 여러 아내를 취하라고 권유했지만, 그는 단호하게 오직 혜빙하고만 해로할 것이라고 주위에 알렸다. 또한 벼슬이 높아지고 영광이 더해지자 이에 걸맞게 아내 혜빙의 위세도 꾸며주며 치하해주었고, 외방으로 파견되어 집을 떠날 때에는 온종일 부인과 손을 붙들고 위로하면서 이별을 안타까워했다. 낭만적 사랑으로 결혼하여 어느 누구의 간섭 없이 둘만의 생활공간과 서로에게 집중하는 현대적인 생활 방식을 한림 부부는 그려내고 있다.

그러나 방한림은 마음속으로 항상 자신이 진짜 남성이지 못한 것을 슬퍼했고, 그 마음은 혜빙과의 부부생활에 애정이 쌓일수록, 집안에 경사가 더해질 때마다 깊어만 갔다.

> "문백 형은 어찌 우연한 일에 유모를 질타하십니까? 유모는 불과 주인을 위한 충성된 마음을 가졌으니 또한 아름답지 않습니까?"
> 상서가 눈을 흘겨 영 씨를 오랫동안 바라보고 말하였다.
> "부인이 여자의 도리를 알 것이니 어찌 가장(家長)의 자(字)를 부르는가? 내 오히려 그대의 자를 묘주로 알았으니 부인의 일이 옳으냐?"
> 영 부인이 낭랑하게 웃었다.
>
> – 『방한림전』

혜빙은 한림을 남편으로 공경하고 사랑했지만, 한림은 이를 온전히 누리지 못했다. 남편은 충분히 존경할 만한 인물인데도 스스로 남성이 아님을 한탄하였고, 때로 이를 숨겨야 하는 처지에 불안감을 드러냈다. 남편의 유모는 모든 것을 알고 있어서 때때로 한림에게 여성으로 돌아갈 것을 호소했지만, 그때마다 한림은 화를 냈다. 부인이 친밀하게 생각하여 남편의 이름인 문백을 불러보았으나 남편의 대답은 무례하다는 호통이었다. 오랑캐를 평정하러 가기 전 허리에 찬 금대를 보고 혜빙이 놀라워하자 한림은 "내가 문신이기만 할 뿐 대장의 소임을 못 할 거라 보느냐" "지극한 지기로되 아직도 나를 모른다"며 넌지시 아내를 탓하기도 한다.

한림은 남성으로 살았고 당대의 질서를 몸으로 체화한 인물이었다. 가부장이고자 한 그에게 중요한 가치는 나라를 평안히 하고 황제를 섬기며 아내와 자식을 얻어 가문을 지속하는 것이었다. 외방 안찰사를 나갔을 때 데려온 남자아이를 양자 삼아 훗날을 의탁하고자 한 것도 한림이었다. 한림과 양아들이 모두 승승장구하여 황제로부터 여러 선물을 내려 받았을 때에도 당연히 이를 자기들만의 공훈으로 여겼다.

> "군자가 상으로 받은 것을 아들과 그대는 가지되 첩에게는 미치지 않으니 어찌된 일입니까?"
> 승상이 웃으며 말하였다.
> "이것은 다 부인에게 당치 않은 것이네. 그래서 부인을 주지 않았거니와 지금 부인 몸 위에 가진 위의가 다 내게서 비롯된 것이네. 흡족하게 여길 것이거늘 투정하니 욕심이 참으로 많도다."
> 부인이 빙그레 웃으며 말하였다.
> "나에게 당치 않은 것이 그대에게 홀로 맞는 것이 있겠습니까? 끝까지 저리 시원한 척 하십니다."
>
> — 『방한림전』

바깥일은 자신의 능력으로 이룬 것이므로 황제의 상도 한림과 그 아들의 것이었다. 하지만 혜빙은 오랜 세월 함께 있으니 오늘의 한림과 아들을 있게 해준 데에 자신의 공도 있음을 남편이 알아주기를 희망했다. 그것이 혜빙이 생각하는 부부였다. 혜빙은 이전부터 스스로 남장을 하여 조정에 나간다거나 독립적인 사회활동을 하려는 것이 아니었다. 그녀는 남녀와 인간의 차이를 부정한 것이 아니라 그 차이를 차별로 고착화하면서 가정 내에 있는 여성의 가치를 무시한 세태를 비판한 것이다.

그러나 홀연 나타났다가 사라져버린 도사가 방한림의 관상을 보고 그가 전생에 여색을 좋아해서 멋대로 하던 남성이었음을 알려주었듯이, 천궁에서 선녀를 희롱한 죄 때문에 벌을 받아 이승에서 남성이 아닌 여성으로 태어난 방한림이 진짜 여성의 마음을 이해하기는 쉽지 않았다. 그러니 한림은 끝까지 여자의 몸을 지닌 채 남자의 마음으로 살아갔고, 그것을 죄로만 인식하고 있었다. 하늘에서 지은 죄, 황제를 속인 죄, 아내에게 온전한 남편이 되지 못한 죄를 평생 가슴에 얹고 살다가 나이 서른아홉이 되어 황제에게 모든 것을 고백하고 숨을 거둔다.

혜빙은 열셋에 시집와 한림과 삼십 년 가까이 살면서, 그의 처지를 이해하고 위로하며 기쁨과 슬픔을 나누었다. 동성과의 혼인생활에서 영혜빙은 자신이 원하는 삶을 쉽게 얻었는가? 방한림은 바깥사람들과 과도하게 접촉하지 않았고 혜빙하고만 혼인하여 그녀에게 충실했지만, 이런 낭만적인 결혼생활은 어쩌면 그가 여성의 몸이라는 비밀을 지녔기 때문에 가능했던 일일지도 모른다. 한림은 남자의 마음으로 살았기에 때로 자신에게 허물없이 대하는 아내를 야단치고 부부의 분별을 당연하게 여겼다. 반면 영혜빙은 친밀하고 안정된 가정을 꾸리면서 그가 때로 아내를 탓하거나 혹은 미안해해도 남편을 원망하지도 속내를 숨기지도 않는다. 그녀는 한림에게 조곤조곤 말하거나 웃으며 자신의 생각과 감정을 명확히 전달하고 있다. 혜빙은 그의 성공을 함께 기뻐했고, 그의 비밀을 품었으며, 가끔씩 보여주는 그의 분노와 죄의식을 감싸 안았으며 죽음까지도 따르고자 결단하였다. 혜빙이야말로 한림을 남편이자 지기로 선택하여 자신의 가정을 꾸리고자 노력했던 것이다.

한림이 죽자 혜빙은 슬퍼하다 기운이 다하여 죽었다. 지기를 잃은 여인이 홀로 남아 세상의 시선을 견뎌내기 힘들었기 때문일까? 영혜빙의 삶은 그녀가 꿈꾸었던 남녀·부부의 모습이 결코 쉽게 얻어지지 않음을, 그런 삶을 의지적인 선택과 끊임없는 노력으로 일구었다는 것을 보여주고 있다.

참고문헌

『홍계월전: 여성영웅소설』, 장시광 옮김, 이담Books, 2011.
『방한림전: 조선시대 동성혼 이야기』, 장시광 옮김, 이담, 2010.

김경미, 「젠더 위반에 대한 조선사회의 새로운 상상─〈방한림전〉」, 『한국고전연구』 17, 한국고전연구학회, 2008.
조혜란, 「〈숙녀지기〉에 나타난 여성 지기(知己) 형상화의 의미」, 『한국고전여성문학연구』, vol 24, 한국고전여성문학학회, 2012.
홍나래, 「17세기 이여순(李女順) 소문의 힘과 가부장 사회의 대응」, 『한국고전연구』 30집, 한국고전연구학회, 2014.

4장

그녀, 주체(主體)로 서다

그간 우리는 여성의 생명력이 모성, 열 이데올로기를 비집고 나오는 양상과 상식적 관념과는 다른 방향으로 전개되는 양처(良妻)의 형상을 살폈다. 이제 한 걸음 더 나아가 그들의 '주체성'을 탐색해보고자 한다. 그들은 자기 결정이 가능한가? 아무 권리도 주지 않았는데. 그들은 자신을 만들어갈 수 있을까? 이데올로기의 힘이 막강하기만 한데. 그들에게도 세계와 겨룰 수 있는 힘이 있었을까? 그들은 자신의 힘을 강하게 느끼고 충분히 그 권력을 향유했을까? 그들은 하위 주체에 불과한데. 여성의 주체성을 인정하기에는 여러 가지 회의들이 가로막고 있다. 그럼에도 불구하고 그녀들의 주체성은 뚜렷하다. 지배구조의 하층에 자리 잡았기에 아무 권리도 없었고, 자신을 만들어갈 지식이나 진실에 접근하는 길이 막혔음에도 불구하고 그들은 영민하게 자신의 생명과 욕망을 주장했다. 태후는 왕권을 좌우하는 막강한 권력을 행사했고, 노비는 자신의 지혜와 능력으로 금지된 사랑을 획득했으며, 평범한 아낙은 자신을 억누르고 있는 욕망의 구조, 그 철벽같은 운명을 넘어서 누구보다 활발하게 생을 만끽하고 있다. 이제 그들의 분투를 받아 적는 일만 남았다.

이 장에서 우리는 고구려의 우 태후, 조선후기 수급비, 구한말의 덴동어미, 그리고 구전설화 〈내 복에 산다〉 형의 주인공인 막내딸을 다루기로 한다. 주체성이 역사적 실천 속에서 구성되는 것이며, 자기 자신과 세계에 대한 권력행사임을 의미한다면 우리 주인공들의 주체적 실천을 가로막는 장벽은 무엇보다도 가부장제 이데올로기라고 할 수 있다. 우 태후는 고구려 최고 문벌을 배후에 두고 있었으니, 이 장벽을 누구보다 쉽게 넘어설 수 있는 조건을 갖추었다. 하지만 이 조건만으로는 권력을 장악했던 그 힘을 다 설명할 수 없다. 그녀는 남편인 고국천왕이 죽은 후에 서슴지 않고 시동생 연우를 왕으로 옹립하고, 그의 비(妃)가 되어 사태를 장악했다. 그는 단순한 왕비가 아니라 남편을 선택하고, 왕을 세우는 자였다. 아들이 없는 결함을 딛고 동천왕의 태후가 되어 권력을 재창출하는 데도 성공했다. 나아가 자신의 무덤을 고국천왕이 아닌 산상왕 옆에 둠으로써 죽음 이후 자신이 놓일 자리까지 스스로 선택했다.

우 태후의 거리낌 없는 권력행사는 가부장제도 무력화시킬 정도의 정치적 배경 속에서 전개되었다. 하지만 출신이 미천한 여자 노비라면 주체성을 개입시킬 여지가 훨씬 줄어든다. 여자이면서 노비, 그녀는 가정을 꾸릴 수도 없다. 국가는 그녀의 신분, 그녀의 성을 안중에 두지 않았다. 그런데도 그는 자기만의 사랑을 가꾸어 보기로 결심한다. 신분과 이데올로기 같이 사랑을 가로막는 여러 장벽을 자신의 능력과 지혜로 수월하게 넘어서서 마침내 자신의 꿈을 성취한다.

덴동어미는 그야말로 평범한 시골 아낙이다. 성적, 경제적, 사회적, 형이상학적 중심에 남편을 두는 가부장제의 여성 욕망에 누구보다 충실했다. 그는 남편에게 다정했고, 성실한 생활인이었다. 하지만 상부살이었나, 네 명의 남편은 모두 불의의 사고로 죽었다. 남편이 죽을 때마다 혼자라는 결핍 상황을 받아들이지 못하고 세 번이나 개가했지만 더 이상 남편을 맞이할 수 없는 늙은 그녀에게 남은 것은 불구가 된 아들뿐이었다. 그런데 이게 어떻게 된 일인가. 이제 그는 마을의 누구보다도 발랄하게 웃고 춤추는 여자가 됐다. 그는 더 이상 결핍된 여자가 아니었다. 남편 없이 어떻게 사냐고? 그녀가 자신을 사로잡은 욕망의 구조, 그 철벽같았던 운명을 어떻게 넘어섰는지 살펴보기로 하자.

```
┌─────────────────────────────────────────┐
│                                          │
│         고구려 왕후 우씨                  │
│         ······················           │
│                                          │
│    권력은 나의 힘, 평생 권력자로 살아남는 법¹  │
│                                          │
└─────────────────────────────────────────┘
```

왕후 우씨, 취수혼으로 지위를 보전하다

고구려에 대해 생각해본다. 주몽신화, 광개토대왕, 장수왕, 유목문화, 벽화, 순장……. 부끄럽게도 떠오르는 단어들이 그리 많지 않다. 조금 더 기억을 더듬어본다. 고국천왕, 산상왕, 동천왕 그리고 을파소……. 열거한 왕들은 국가로서의 모양새를 갖추고 왕권을 확립해가던 시기의 왕들이고, 을파소는 고국천왕이 많은 지배계급의 반발에도 불구하고 안류의 천거를 받아 국상으로 등용했던 인물이다. 고국천왕이 국사를 잘 펼치기 위해 초야에 묻혀 농사를 짓던 을파소를 설득해 등용했다는 일화는 『삼국유사』 고국천왕 부분에 자세히 서술되어 있다. 고국

1 　이 글은 다음 글을 바탕으로 작성하였다. 정경민, 「고구려 왕후 우씨 서사에 나타난 '주체되기'와 리더십의 문제」, 『한국고전연구』 35, 한국고전연구학회, 2016.

천왕이 초야에 묻혀 지내던 을파소를 굳이 등용해야 했던 이유는 귀족들의 횡포를 막고 백성들을 구제하기 위해서였는데, 다시 말해 고국천왕은 중앙집권화의 정치적 과제 수행에 힘쓴 왕이었다고 할 수 있다. 그런데 그 정치적 목적을 위해 견제해야 했던 가장 큰 세력은 바로 왕비의 외척이었다. 왕이 정치적 과업 수행을 위해 가장 견제하고 멀리해야 할 대상, 왕후. 여기 만만치 않은 그녀, 우씨 왕후의 이야기가 있다. 『삼국사기』에 고국천왕의 왕후에 대한 서술은 다음과 같이 간략하게 전해진다.

> 立妃于氏爲王后 后提那部于素之女也
> 입비우씨위왕후 후제나부우소지녀야
> "비(妃) 우씨를 세워 왕후로 삼으니 후(后)는 제나부 우소의 딸이다."
> ― 『삼국사기』 권제16 고구려본기 제4 고국천왕 부분

우씨 왕후의 가문인 연나부(제나부)[2]는 기존 고구려 영토에 남아 있던 토착세력과 부여에서 금와왕의 막내아들이 이끌고 온 무리들이 결합된 세력이다. 신대왕 때부터 권력의 중심 세력으로 부상하여 신대왕에 이어 고국천왕 때에도 권력의 중심이었다. 이는 왕의 혼사가 권력을 지닌 귀족 가문의 결정으로 이루어졌음을 알 수 있는 대목이다. 위

---

[2]   제(提)를 연(椽)의 잘못된 표기라고 보는 견해가 많다. 연나라는 이름은 다른 기록에도 많이 보이는데 제나는 이 문장에만 등장하기 때문이다.

문장을 "비 우씨를 세워 왕후로 삼았다"라고 해석하여 우씨가 고국천왕의 왕후가 되기 전에 이미 비였으며, 따라서 고국천왕의 아버지인 신대왕의 비로 보아야 한다는 연구도 있다. 이렇게 해석한다면 우씨는 신대왕, 고국천왕, 산상왕 등 세 명의 왕과 혼인한 왕비가 되는 셈인데, 연나부라는 가문의 권세를 등에 업은 우씨는 신대왕, 고국천왕, 산상왕, 동천왕 4대에 걸쳐 왕후로 또는 왕태후로 권세를 누렸을 뿐 아니라 친정 가문의 대모 노릇까지 한다. 우씨가 신대왕의 비가 아니었더라도 그녀는 신대왕 때 최고 권력집단의 딸이었으며, 고국천왕이 즉위하자마자 혼인하여 재위 17년, 산상왕 재위 30년 동안 고구려의 왕후였고 동천왕 때는 죽을 때까지 7여 년간 왕태후였다. 그야말로 우씨는 평생 권력자로 살았음을 사서의 기록은 말해준다.

고국천왕의 뒤를 이은 산상왕은 고국천왕의 동생이자 아버지 신대왕의 넷째 아들이었다. 신대왕의 첫째 아들은 재능이 용렬하여 둘째인 남무가 왕위를 계승하여 고국천왕이 되었다. 고국천왕이 죽자 아들이 없었던 우씨 왕후는 시동생 연우를 남편으로 맞아 왕으로 삼았는데, 이는 유목문화의 잔재라 할 수 있는 취수혼의 형식을 통해 가능했다. 그런데 일반적으로 유목사회에서 행해졌던 취수혼이 경제적 거래 관계였다면 고구려 산상왕의 취수혼 사건은 권력의 거래 관계였다는 점이 특징적이다. 취수혼은 원래 남성 가문의 경제적 손실을 방지하기 위한 제도였다. 그런데 산상왕의 취수혼은 권력 유지나 왕권 계승과 관련이 깊다. 게다가 형수와의 혼인 문제를 놓고 혼인 당사자나 당사자를 둘러싼 주요 인물들의 의식과 분노, 평가와 행위를 통한 갈등 양상이 드러난다.

처음에 고국천왕이 돌아갔을 때 왕후 우씨는 비밀에 부치어 발상치 않고 밤에 왕제 발기의 집에 가서 말하기를, "왕이 후사가 없으니 그대가 계승하라" 하였다. 발기는 왕의 상사를 모르고 대답하기를 "하늘의 역수(曆數)는 돌아가는 데가 있으니 가벼이 의논할 수 없으며, 하물며 부인으로 밤에 나와 다니니 어찌 예라 할 수 있습니까" 하였다. 후가 부끄러이 여겨 곧 연우의 집으로 가니 연우는 일어나 의관을 갖추고 문에서 맞이하여 자리에 들어와 주연을 베풀었다. 후가 말하기를, "대왕이 돌아가고 아들이 없으니 발기가 장이 되어 의당 뒤를 이어야 할 터인데, 도리어 포만무례하므로 숙을 보러 온 것이오" 하였다. 이에 연우는 예를 더하여 친히 칼을 잡고 고기를 베다가 잘못 그의 손가락을 다쳤다. 후가 허리띠를 풀어 그의 다친 손가락을 싸매주었다. 후가 환궁하려 할 때 연우에게 말하기를 "밤이 깊어 무슨 불의의 일이 있을까 염려되니 그대는 나를 궁에까지 바래다주시오" 하였다. 연우가 그리 하였더니 왕후가 그의 손을 잡고 궁으로 들어갔다. 이튿날 질명(날이 샐 때)에 거짓 선왕의 유명이라 꾸며 군신으로 하여금 연우를 세워 왕을 삼게 하였다.

　　　　　　　　　　　　　　　　- 『삼국사기』 권제16 고구려본기 제4 산상왕 부분[3]

　　우씨는 고국천왕이 사망하자 남편이 죽은 슬픔에 빠져 있지 않고 새로운 권력 투쟁과 창출에서 우위를 선점하기 위해 기민하게 움직였다. 먼저 고국천왕이 죽은 밤에 바로 아래 동생인 발기를 찾아가 "왕의 후사가 없으니 그대가 뒤를 잇는 것이 마땅하다"며 그의 의중을 떠본

3　　　김부식 지음, 이병도 역주, 『삼국사기(상)』, 을유문화사, 382~383쪽.

다. 발기는 왕위란 하늘이 정하는 것인데 가벼이 부인이 나서서 논하는 것에 대해 불쾌감을 드러내며 부인이 밤 외출을 했다는 것에 대해서도 그 행실을 문제 삼아 꾸짖었다. 이에 우씨는 다시 발기의 동생, 즉 신대왕의 넷째 아들인 연우를 찾았다. 연우가 극진히 대접하자 우씨는 발기에게 당한 일을 풀어놓는다. 연우는 직접 고기를 썰어주다가 손가락을 다치고, 우씨는 치마끈을 풀어 상처를 싸매주고는 밤이 깊어 무섭다며 궁까지 동행해줄 것을 요구하였다. 둘이 손을 잡고 궁으로 들어갔다는 서술에서 이미 우씨와 연우 사이에는 기묘한 교감이 이루어졌음을 알 수 있다.

발기와 연우에 대한 우씨의 태도에서 주목할 것은 가장 중요한 왕의 죽음에 대한 정보를 제한했다는 것이다. 우씨는 발기에게는 왕이 서거했다는 사실을 알리지 않은 채 왕위 계승에 대해 논했고, 연우에게는 처음부터 왕의 서거 사실을 알리며 발기의 태도에 심기가 편치 않았다는 것을 감추지 않았다. 우씨는 자신이 권력을 장악할 수 있는 발판이 되어줄 순종적인 왕위 계승자가 누구인지 시험하고자 했을 것이다. 발기가 왕후의 행실을 꾸짖어 부끄러웠다고 한 데 비해 연우와는 상징적으로 남녀 사이의 교감이 있었음을 보여주었다. 이에 대해 발기는 이미 아내와 아들딸이 있어 자신의 지위가 소후로 떨어질지 모르는 우씨의 강박관념이 있었을 것이라는 해석이 있지만 무엇보다 우씨는 평소 발기의 소신과 성품을 파악하고 있었을 것이다. 서열상 발기를 먼저 찾지 않을 수 없었으나 그의 태도에서 자신의 뜻대로 움직일 수 있는 인물이 아님을 간파하고 발길을 돌렸다. 반면 연우는 처와 자식이 있었으나 왕위에 오른 후 찾지 않았고 우씨를 왕후로 삼았다고 한 것을 보면 우씨가 연우를 왕위 계승자로 선택한 이유를 알 수 있다.

발기의 실수는 우씨를 일개 여자로 치부했다는 점이다. 발기는 우씨를 권력자가 아니라 그저 한 여자로 여겨 왕위를 논할 상대가 아니라 했고, 아무리 시동생이라도 한밤중에 찾아왔다며 그 행실의 부덕함에 면박을 주었다. 그러나 우씨는 스스로 자신을 일개 '여자'가 아니라 최고의 '권력자'라고 생각했을 것이다. 최고 권력을 함께 이어갈 파트너를 고르는 우씨에게 발기는 오만함만을 드러낸 셈이다. 아마도 발기는 고국천왕이 후사 없이 죽는다면 당연히 왕위 계승 서열 일위인 자신이 왕후 우씨의 도움이나 선택 없이도 왕위를 물려받게 될 것이라고 판단했을 것이다. 반면 스스로 왕위를 계승할 서열이 아닌 연우는 왕이 된다면 그것은 절대적으로 우씨의 선택과 결단 때문이다. 이는 우씨가 연우를 선택한 결정적 이유가 되었다. 우씨는 혼자의 힘으로는 왕이 될 수 없는 연우를 왕(산상왕)으로 만들었고, 이를 잘 알고 있는 연우는 우씨에게 왕의 권력을 나누어 주었다.

물론 산상왕의 취수혼 사건은 왕후 우씨가 혼자서 계획, 실행한 거라고는 볼 수 없다. 왜냐하면 당시에는 고구려의 왕권이 신권보다 강하다고 볼 수 없는 상황이었으며, 왕이 죽었다고 해서 왕후 혼자 자기 마음에 맞는 인물을 다음 왕위에 앉히기는 어려웠을 것이기 때문이다. 따라서 취수혼 음모는 왕후 우씨 단독이 아닌, 고국천왕 때 좌가려의 반란으로 인해 세력이 대폭 위축되었던 연나부의 구신(舊臣)들이 배후 세력이라고 보아야 할 것이다. 산상왕의 아들 동천왕도 자신의 친모인 주통촌 출신의 소후를 두고 우씨를 왕태후로 삼을 정도로 왕권을 제대로 행사하지 못했다는 점도 이를 뒷받침한다.

기 센 왕후의 남편과 아들 관리법

13년 3월에 왕후가 왕이 주통촌의 여자에게 거동하는 것을 알고 투기하여 가만히 군사를 보내어 죽이려 하니 그 여자가 들어서 알고 남복을 입고 도망하여 달아났는데 (중략) "지금 나의 배 속에 아이가 들어 있으니 이는 실로 왕의 유체이다. 내 몸을 죽임은 가하거니와 왕자까지도 또한 죽이려 하느냐?" 하였다. 군사가 감히 그를 해치지 못하고 돌아와 여자가 하던 말을 고하니 왕후가 노하여 꼭 그를 죽이려 하다가 이루지 못하였다. 왕이 듣고 그 여자의 집에 가서 묻기를… (중략) 왕이 위로와 증여를 매우 후히 하고 돌아와 왕후에게 알리니 왕후도 마침내 감히 해치지 못하였다. 9월에 주통촌의 여자가 남아를 낳으니… 그 어머니를 소후라 하였다.

– 『삼국사기』 권제 16 고구려본기 제4 산상왕 부분[4]

우씨는 고국천왕과의 사이에는 자식이 없었다. 또 산상왕과의 사이에도 자식이 없었다. 우씨를 왕후로 삼은 지 여러 해가 지났으나 아들이 없자 산상왕은 초조해지기 시작했다. 산상왕은 산천을 다니며 기자정성을 드렸다. 그러다 주통촌에서 곱고 어여쁜 처자를 보게 되었고 관계하여 처녀는 임신을 하였다. 이 사실을 안 왕후는 질투하여 병사를 보내 처자를 죽이려 하였는데 왕이 직접 고한 후 해치지 못했다고 하였다. "고했다"는 표현에서 우씨의 정치적 위상을 짐작할 수 있는데 병사뿐 아니라 왕도 왕후에게 고했다고 하여 우씨와의 권력관계를 엿

4   김부식 지음, 이병도 역주, 『삼국사기(상)』, 을유문화사, 385~386쪽.

볼 수 있게 한다. 결국 산상왕은 주통촌녀와 자신의 아들을 살리기 위해 더 많은 권력을 우씨에게 이양하고 산상왕의 사후에도 정치적 영향력을 유지하는 정치적 합의가 있었을 것이라 추측해볼 수 있다.

그렇다면 자신의 불모성에 대해 우씨는 어떤 입장일까. 이는 우씨를 왕후로 두었던 두 왕, 즉 고국천왕과 산상왕의 행적에서 유추해볼 수 있다. 먼저 고국천왕은 왕후 우씨 이외의 여자에게 아들을 낳을 생각을 하지 않았다. 18여 년의 재위 기간 동안 자식이 없었으나 고국천왕은 소후를 두지 않았는데 이는 고국천왕을 완전히 제압하고 있는 우씨의 힘을 보여준다. 비록 그 힘이 친정 가문에서 비롯된 것이라 하더라도 말이다. 산상왕과의 사이에도 자식이 없었으나 초조해한 것은 우씨가 아니라 왕 자신이었다. 왕은 직접 산천을 다니며 자손을 빌었고 꿈에 천신이 나타나 소후에게서 아들을 낳을 것이니 걱정하지 말라는 말을 듣고는 자신에게 소후가 없음을 근심하였다. 주통촌에서 처녀를 만나 인연을 맺고 처녀가 임신한 사실을 알았을 때도 우씨는 왕손을 보게 될 것에 안도하는 것이 아니라 처녀를 죽이기 위해 여러 차례 군사들을 보냈다. 오히려 산상왕이 처녀가 무사히 출산할 수 있도록 우씨에게 양해를 구해야 했다. 우씨는 자신이 자식을 낳아야 한 국가의 왕후로서 소임을 다한다고 생각하지 않았다. 적어도 문면에 드러난 우씨는 그렇다. 우씨는 비록 생물학적인 출산은 하지 못했지만 산상왕을 자신의 손으로 만들었고 스스로 산상왕의 아들인 동천왕의 왕태후가 되었다. 그리고 고국천왕과 산상왕에게는 왕후로서의 위엄을, 동천왕에게는 어린 자식에 대한 막강한 어머니의 권력을 보여주었다.

동천왕은 화를 한 번도 내지 않을 정도로 성품이 어질고 너그러웠다고 한다. 왕태후 우씨가 궁녀를 시켜 일부러 국을 엎질렀을 때도 벌을 내리지 않았고, 아끼는 말의 갈기를 잘라버렸을 때도 말을 쓰다듬으면서 그저 "말이 불쌍하구나."라고만 할 정도였다. 이는 자신을 일부러 시험하는 우씨의 의도를 동천왕이 어렸을 때부터 알고 있었기 때문일 것이다. 자신의 어머니는 성씨도 전하지 않을 만큼 보잘 것 없는 집안의 후궁이었고, 상대는 자신의 아버지를 왕으로 삼은 왕후이자 강한 권력을 가진 귀족 가문을 배경으로 둔 의붓어머니였다. 잘못 맞서거나 빌미가 될 만한 면모를 보인다면 왕은 고사하고 자신뿐 아니라 어머니의 목숨까지도 위태롭게 할 기 센 그녀. 동천왕은 왕위에 오르자 친모가 아닌 우씨를 왕태후로 삼음으로써 그녀의 아들이 되어 안정되게 정사를 펼치는 길을 택했다. 기 센 어머니에 유연하게 대처함으로써 동천왕은 안정된 왕위를 유지할 수 있었고, 이는 그의 사후에 따라 죽으려는 사람들이 많았을 정도로 성군으로 존경받는 출발점이 되었다.

우씨에게는 왕위를 이을 시동생의 서열이 중요하지 않았듯이 후사가 반드시 산상왕의 아들일 필요도 없었을 것이다. 그녀는 고구려 왕실의 정통성 따위에는 별 관심이 없었던 듯하다. 필요하다면 다음 왕도 자신이 선택하여 만들어내면 되기 때문이다. 우씨에게 정통성이란 왕실의 부계 혈통에 달려 있는 게 아니라 자신의 뜻에 따라 생산해내는 것이었다.

누구 옆에 묻힐지는 내가 정한다

9월에 태후 우씨가 돌아갔다. 태후가 임종에 유언하기를, "내가 행실을 잃었으니 무슨 면목으로 국양(國讓)을 지하에서 보랴. 만일 여러 신하가 차마 나를 구학(구렁텅이)에 버리지 아니하려거든, 나를 산상왕릉 곁에 묻어 주기를 바란다." 하였다. 드디어 그의 말과 같이 장사하였다. 무당이 말하기를, "국양왕이 나에게 강림하여 말하기를 '어제 우씨가 천상에 온 것을 보고 분함을 이기지 못하여 드디어 그와 싸움을 하였는데 물러와 생각하니 안후하여(낯이 뻔뻔하여) 차마 나라 사람을 볼 수 없으니 너는 조정에 고하여 물건으로 나를 가려주게 하라.'고 하였습니다."하므로, 능 앞에 소나무를 일곱 겹으로 심었다.

- 『삼국사기』 권제16 고구려본기 제5 동천왕 부분[5]

취수혼의 경우 아내는 죽어서 본 남편 옆에 묻히는 것이 관행이었다. 관행대로라면 우씨는 고국천왕 옆에 묻혀야 했지만 그녀는 산상왕의 곁에 묻어줄 것을 요구하였다. 그러면서 첩실행을 했으니 면목이 없어 차마 고국천왕 옆에는 묻힐 수 없다는 것을 명분으로 내세웠다. 과연 우씨는 자신의 취수혼 선택에 대해 첩실행을 했다고 여겨 면목 없어 했을까. 그녀의 면목 없음이 진심이었다면 고국천왕의 영혼은 왜 산상왕 옆에 누운 왕후를 보고 분노를 참을 수 없었을까.

고국천왕은 무당에게 낯 뜨거워 백성들을 볼 수 없으니 물건으로

---

5   김부식 지음, 이병도 역주, 『삼국사기(상)』, 을유문화사, 391~392쪽.

써 자신의 능을 막아달라고 했다는데, 그 말을 전해들은 동천왕은 고
국천왕릉을 소나무 일곱 겹으로 에워싸 가려주었다. 고국천왕의 분노
는 왕후의 취수혼에 있는 것이 아니다. 왕후의 취수혼에 화가 났다면
산상왕이 능에 묻혔을 때 이미 대결을 했어야 한다. 그런데 고국천왕은
왕후가 죽어서 산상왕 곁에 눕자 그것을 보고 분함을 이기지 못했다고
하였다. 자신의 곁을 거부하고 동생의 옆을 선택함으로써 결과적으로
자신은 아내 없는 왕이 된 것에 대해 백성들 보기가 부끄럽다 여겼다.
당시 거의 사라져가던 풍습이었다고는 하나 왕실을 이어가기 위해 왕
후의 취수혼은 용인할 수 있었다. 하지만 관습을 따르지 않았을 뿐 아
니라 자신에 대한 의리도 지키지 않은 왕후는 용서할 수 없어 싸워본
것이다. 그러나 다시 생각해보니 고국천왕은 자신의 처지가 부끄러울
뿐이었다. 고국천왕은 그렇게 살아서도, 그리고 영혼이 되어서도 아내
를 뜻대로 어쩌지 못하는 부끄러운 사내가 되었다.

우씨 왕후는 생의 마지막 순간에까지 관행을 거부하고 자신의 뜻
대로 누구의 곁에 잠들 것인가를 결정하였다. 우씨는 죽어서도 가장
편한 자리에 눕고 싶어 했던 것은 아닐까. 평생을 권력의 정점에서 내려
와본 적 없는 그녀가 과연 첩실행을 면목 없어 했을까. 왕후 우씨는 한
남성에게 매달려 인생을 살기보다 여러 남성들을 그녀의 뜻대로 조종
하고 시험하고 선택하며 자신의 뜻대로 살았다. 그녀에게 권력이란 자
기 존재의 확인이었다. 왕후로서 후사를 잇지 못하는 것은 중대한 허
물일진대 굴하지 않았고, 후사가 없는 왕이 다른 여자를 품자 바로 군
사를 보내 죽이려 하였다. 자신의 계획대로 죽이지 못해 소후가 아들
을 낳자 이번에는 그 아들을 끊임없이 시험함으로써 긴장을 늦추지 못

하도록 만들고, 그렇게 계속해서 자신을 의식하고 섬기게 하였다. 그녀는 권력을 어떻게 창출하는지, 행사하는지, 그리고 끊임없이 이어나가는지 그 속성을 잘 알고 있었다. 출신 가문이 뒷받침되었다고는 하지만 그녀 자신이 권력을 다룰 줄 몰랐다면 그처럼 변화무쌍한 왕실의 소용돌이 속에서 꼿꼿하게 자신의 지위를 지키며 평생을 누리지 못했을 것이다. 힘을 통한 존재의 확인, 그것이 왕후 우씨가 살아가는 이유였고 방식이었다.

왕후 우씨에 대한 후대의 역사적 평가는 매우 부정적이었다. 특히 조선시대의 역사서들은 산상왕과 우씨의 행적을 강도 높게 비판하였다. 비난의 내용은 산상왕과의 관계가 불륜이라는 것과 우씨의 음란함에 집중된다. "그 행위가 개돼지만도 못하다"[6]거나 "한 몸으로 두 번이나 국모가 되었으니, 완악하고 음탕하고 부끄러움 없기가 고금 천하에 이 한 사람뿐이다"[7] "짐승 같은 그 행실 참으로 추하구나"[8] 등 원색적 표현들이 동원된 것을 보면 유교적 윤리와 강상에 비추어 볼 때 우씨는 다시는 역사에서 등장해서는 안 되는 여성 인물로 평가받았다는 것을 알 수 있다. 유가의 견지에서 보면 우씨는 여성으로서 성적 욕망을 드러냈을 뿐 아니라 왕위 계승을 조작해 신성한 왕권을 제멋대로 창출한 주동자이기 때문이다. 즉 두 가지 금기를 모두 어긴 사악한 여성이

6   『양촌선생문집』 제34권 동국사략론 중.

7   『동국통감』 권지3.

8   『무명자집』 시고 제6책.

었던 것이다.

그런데 욕망을 부정하고 진정한 인간이 될 수 있을까. 우씨에게 진정한 인간으로 살기 위한 주체되기의 문제는 욕망, 권력과 밀접한 상관관계를 가진다. 우씨의 내적인 힘은 권력-욕망에서 생성되기 때문이다. 권위를 중시하고 보상과 처벌을 리더십의 방식으로 활용하며 타인을 권력으로 통제하거나 복종하게 하려 한다는 점에서 왕후 우씨는 당대 여성에게 허용되지 않는 삶의 방식을 택하고 있다. 이러한 우씨의 파격적인 일련의 행위는 운명과 상황을 돌파하는 주체적 행위자의 관점에서 해석될 수 있지 않을까.

참고문헌

김부식, 이병도 역주, 『삼국사기』, 을유문화사, 1996.

박대복, 「고구려 〈우씨〉의 여성영웅적 성격과 변이양상 연구—『삼국사기』, 「산상
　　왕본기」의 우씨를 중심으로—」, 『어문논집』 56, 중앙어문학회, 2013.
엄광용, 「고구려 산상왕의 '취수혼 사건'」, 『사학지』 38, 단국사학회, 2006.
윤상열, 「고구려 왕후 우씨에 대하여」, 『역사와 실학』 32, 역사실학회, 2007.
정상균, 「〈산상왕 본기〉의 서사문학적 의미 연구」, 『연민학지』 8, 연민학회,
　　2000.

물 긷는 노비, 수급비

정작 중요한 것은 보이지 않는다

변방의 물 긷는 노비

조선후기, 사람들의 귀와 입을 사로잡았던 야담들 중에는 '지인지 감(知人知鑑)' 형이 상당수 있다. 여자 주인공은 주로 기녀로 상정되며, 가난한 남자의 자질을 꿰뚫어보고 그와 인연을 맺은 후 성공시킨다는 내용이다. 게다가 여자는 남자가 죽자 곡기를 끊고 자절(自絶)하여 사람 들의 찬탄을 받았다. 이 '사람들'이란 주로 남성 독자일 듯하다. 아닌 게 아니라 지인지감 형은 남성 욕망을 충족시키는 모티프들을 담고 있다. 가난하고 미천한 남자의 '싹'을 알아보았다는 예지력, 남편을 성공시키 고 가산을 일구어낸 경제력, 남자가 죽자 목숨을 끊는 지고지순함(?)까 지 어디 하나 남성 욕망을 만족시키지 않는 것이 없다. 나의 '존재'를 알아주고, 부와 명예를 쥐여주며, 목숨까지 내놓을 만한 그런 여자 어 디 없을까. 기녀라면 예쁘기까지 할 터인데. 남성 욕망을 간파한 사람 들은 이야기 속에 감추어진 '여성 욕망'에 주목하라고 비판한다. 여자는 자신의 이름으로 공을 이룰 수 없는 시대에 남성 대리인을 통해 자신의 욕망을 발산했을 뿐이다. 하지만 수절로 끝을 맺는 바람에 여자가 한 발 물러선 것 같아 아쉽다고 한다.

양쪽의 논의는 이렇게 정리될 것이다. 한쪽에서는 여자가 당시 열 이데올로기를 훌륭하게 실천해냈다고 하고, 한쪽에서는 조선시대에는 감히 발산할 수 없었던 성공 욕망을 제한적이나마 발산했다고 한다. 그렇다면 지인지감의 주인공, 그 놀랍도록 반짝이는 예지력의 소유자는 어느 쪽에 서 있는가? 정절, 수절, 대리 성공과 야심, 모두 이야기를 읽는 사람들의 입장을 대변하고 있으며 그녀의 욕망을 설명하는 데 어느 정도만큼 타당하다. 그러나 조금만 더 그녀의 마음에 가깝게 다가갈 수 없을까. 어떤 이는 그녀에게 찬탄을, 어떤 이는 야심을 읽어내지만 그녀에게 남자란 어떤 의미인지, 왜 남자에게 모든 것을 기울였다가 따라 죽기까지 했는지, 그리고 그녀가 거둬들인 부와 명예는 그들에게 어떤 의미인지 최대한 여자의 눈높이까지 내려가보자.

여기, 어떤 여자가 있다. 전하는 이야기에 따르면 그녀는 결코 예쁘지 않다. 『동패낙송』에는 퇴기, 『청구야담』에서는 추한 정도나 면했을 뿐이라고 야박하게 평했지만 정작 이야기에서 중요한 건 외모가 아니라 그의 신분이다. 그는 수급비, 곧 관청에서 물 긷는 일을 도맡아 하는 관비이다. 관비란 어떤 자인가. 조선시대에 열 이데올로기는 양반이나 양인에게만 요구되는 도덕이었지 노비에게까지 강제하지는 않았다. 노비는 간통해도 흠이 되지 않았다. 여자 노비에게는 한 남자의 아내보다 주인의 소유라는 사실이 중요했다. 이는 그가 관청이나 주인에게 소속된 '재산'이기 때문이다. 어차피 '자기' 소유의 '가정'이 없다. 아이를 낳고 산다고 해도 다른 곳으로 팔려갈 수 있고, 또 상황에 따라 이곳저 곳 몸 붙여 살다가 헤어지는 일도 부지기수였다. 정절 이데올로기를 적 용시키기에는 애당초 무리가 따르는 사람들, 바로 노비이다. 그런데 그 노비가 '사랑'을 하기 시작했다. 문제는 여기서부터 발생한다.

사랑을 가지고 싶은 욕망

먼저 그녀의 남자, 우하형을 소개해야겠다. 우하형은 평산 사람으 로 하급 무사이다. 아내도 있고 자식도 있지만 몹시 가난했다. 수자리 를 살러 평안도 강변의 어느 마을에 살았을 때 수급비를 만나 동거했 다. 그는 그녀에게 큰 기대나 소망을 갖지 않았다. 그저 잠자리만 같이 했을 뿐, 아내의 살뜰함까지 요구하지 않았다. 어차피 때가 되면 헤어 질 사람 아닌가. 옷이나 빨아주고 해어진 옷을 기워주면 만족하는 정 도였다. 하지만 원칙은 분명한 사람이었다. 상대가 여자이고 노비라 할 지라도 자신이 어디까지 요구할 수 있는지 정확하게 알고 선을 넘어서 함부로 대하지 않았다. 오히려 욕심이 나는 건 여자 쪽이었다. 그녀는 그가 굳고 솔직한 점이 좋았다. 어느 날 그녀는 넌지시 물어보았다.

"선다님은 저를 첩으로 삼으시고 무슨 재물로 먹여 살리시렵니까?"
"객지의 고단한 신세로 애오라지 너를 가까이한 건 옷이나 빨고 떨어진 옷 가지나 깁는 일을 시키려 할 따름이다. 나 같은 빈털터리가 무엇이 있어 너 에게 덕을 보이겠느냐?"

"제가 지금 선다님을 모시고 있으니 철 따라 옷가지를 제대로 입으시도록 하는 것이 제 직분인데, 어떻게 하면 좋을까요?"

"어찌 감히 바라겠느냐? 그렇게 생각할 것 없다."[9]

그녀는 좋아하는 남자에게 철철이 옷을 해 입히고 싶었지만 남자는 고사했다. 잠잠히 입을 다물기는 했지만 그녀는 사람을 볼 줄 알았다. 우하형이 능력은 있으나 가난 때문에 낙심하고 있음을 꿰뚫어 보았다. 드디어 남자는 임기를 마치고 떠나갈 때가 되었다. 여자는 상경하면 벼슬을 구하겠느냐고 슬쩍 떠보았다. 아니나 다를까, 그는 솔직하게 대답했다.

"웬걸, 가난해서 끼니도 못 이우는 주제에 행장이며 식량을 어떻게 마련하여 서울 가서 묵는단 말이냐? 전혀 가망 없는 일이다. 평산으로 돌아가 시골에 묻혀 오두막집에서 늙어 죽을 밖에 없지."

"제가 선다님의 골상을 보니 결코 적막하실 분이 아니옵니다. 나중에 병사 한 자리는 넉넉합니다. 제게 일평생 적공하여 모은 은자(銀子) 600냥이 있습니다. 이것을 행장 속에 넣어 말과 의복을 준비하여 상경해서 일을 도모하세요. 저는 본디 천한 몸이라 선다님을 위해 혼자 살면서 수절하기는 실로 어려운 처지입니다. 아무개의 집에 일시 몸을 의탁하여 있다가, 선다님이 본도 원님으로 나오시는 날에 당장 동헌으로 달려가 뵙겠습니다."[10]

---

9   이우성, 임형택 편역, 『이조한문단편집(상)』, 일조각, 291쪽.

10   앞의 책, 291쪽.

그동안 그녀는 남자를 찬찬히 살펴보면서 그의 가능성을 짐작했고, 자기가 좋아하는 이 사람과 함께 있기 위해서 어떻게 하면 좋은지를 궁리했다. 그녀는 자기 자신이 놓인 자리부터 점검하기 시작했다. 관청의 물 긷는 노비 신세, 남자는 인연이 맞으면 잠시 왔다가 인연이 다하면 떠나는 존재에 불과했다. 하지만 이제 그녀도 '욕심'이 나는 남자를 만나게 되었다. 그 사랑을 가지고 싶었고, 키우고, 향유하고픈 마음이 생겼다. 그녀는 이제까지 이런저런 남자들을 많이 겪어봤다. 하지만 이제는 생을 같이하고 싶은 남자를 만났으니 남다른 직감, 억척스러운 생명력, 충실한 생의 감각 등, 자신의 모든 것을 집중시키면서 꽃을 피우고 싶었다. 사회는 그녀에게 가장 밑바닥 자리만을 허여했지만 살기 위해 분투하는 그녀의 욕망은 자기를 들씌운 굴레를 비집고 터져 나오고 있었다.

노비가 사랑을 쟁취하기 위해서는?

이런 그녀에게 걸림돌이란 무엇일까. 남자에게 아내가 있다는 사실? 그녀는 사리분별이 정확했다. 이런 점에서 그녀는 우하형과 비슷했다. 자신이 욕망하는 건 직위나 신분 상승이 아니라 바로 '남자'니까. 그와 함께 있기 위해서 자기에게 허용되는 자리란 첩 정도라는 사실도 쉽게 수용했다. 어차피 밑바닥 생활을 하면서 온갖 풍상 다 겪어봤다. 그렇다면 또 무슨 걸림돌이 있을까? 열 이데올로기? 가부장제에서 여자가 시집가면 모든 것을 남자에게 의지하게 된다. 경제, 지위, 그리고 몸도 남자에게 종속된다. 특히 몸, 섹슈얼리티의 문제는 유독 배타적이어서 남편이 죽은 뒤에도 몸을 다른 이에게 허용해서는 안 되고, 죽음으로써 남편에 대한 충실함을 나타내 보여야 한다. 하지만 우리의 주인공은 그런 이데올로기쯤은 별로 상관하지 않았다. 그런 이데올로기는 양반을 자처하는 자들에게나 유효할 뿐이고, 그녀도 굳이 열녀의 흉내를 내면서까지 자신의 사랑을 나타내고 싶지 않았다.

그녀는 매우 현실적으로 계산했다. 자기 처지에 남자에게 기대지 않고서는 생계도, 사회적 입지도 가능하지 않다는 사실을 솔직하게 우하형에게 말했다. 사실 그녀에게 성이란 사랑의 절대조건이 아니었다. 때로는, 아니 여지껏 생계수단이기도 했다. 이는 사랑을 성과 동일시하는 근대 부르주아의 낭만적인 사고와도 다르고 성을 한 남자에게 배타적으로 묶어두는 유교의 열 이데올로기와도 다르다. 노비가 사랑을 하려면, 남자와 '함께하는' 앞날을 도모하기 위해서는 사랑의 감정에 충실하거나 정절을 지키는 일이야말로 걸림돌일 뿐 하등 도움이 안 된다. 오히려 굳은 '의지'와 '냉철한 계산'이 필요하다. 그녀는 다정다감한 고백 대신 이성적인 계획을 제시하며 남자에게 자신의 사랑을 차근차근 설득하기 시작한다. 나는 현재 남자 없이 살기 힘든 형편이다, 그러나 평생 모은 돈이 있으니 이것을 가지고 상경하여 관직에 도전하도록 하라, 당신이 고을 원이 되면 당장 동헌으로 달려가겠으니 그때 만나자. 이것이 그녀의 계획이었다. 남자는 의외로 많은 돈을 받게 되어 당황스럽기도 하고 여자의 대담함과 슬기로움에 감탄하기도 하면서, 다시 만날 기약을 굳게 맺고는 떠났다.

여자는 자신의 계획을 착착 진행시킨다. 그녀는 '이내' 홀아비로 지내는 장교 집으로 들어갔다. 장교는 그녀가 영리하다는 사실을 기뻐하면서 후처로 삼고자 했다. 여자는 후처 제안을 받아들이기보다는 이렇게 말했다.

> "제가 당신 전처를 이어 세간을 맡았는데, 그냥 어름어름해두고 받을 수 없으니 재산 장부로 가장 기물은 얼마이고, 곡물은 얼마이며, 포목을 얼마인가 등 숫자를 낱낱이 뽑아서 제게 주세요."
> "아니, 이 사람아. 부부가 만나 장차 해로하려는데, 어찌 꼬치꼬치 재산장부를 만들어서 주거니 받거니 하여 의심을 두듯이 한단 말인가?"[11]

왜 그랬을까. 여자는 후처 자리를 암묵적으로 거절하는 대신 장교에게 의탁한 대가로 재산을 착실히 불려주고자 했다. 장교는 그녀를 좋아해서 '처'의 자리를 내어주었지만 그녀는 장교에게 마음이 없었다. 자기는 때가 되면 떠나야 할 사람이고 지금 몸 붙일 곳이 마땅치 않아 장교에게로 온 것뿐이다. 굳이 앞뒤 선후를 설명해봐야 무슨 소용이 있단 말인가. 그녀는 조용하게 움직인다. 자신이 신세 진 부분을 정확하게 셈해두고 갚고자 했기에 그녀는 부지런히 치산했고 살림은 이전보다 몇 배나 불어나게 되었다.

한편 장교에게 '朝報(조보, 그날그날의 정사를 알리는 관보)'를 구해달라고 해서 꼼꼼하게 살펴보았다. 여자는 누가 승진하고 퇴임했는지를

---

11   앞의 책, 292쪽.

눈여겨봐두었다. 이러저러한 상황에서는 어떤 이가 올라가고 어떤 이가 내려가는가. 누가 유력한가, 누가 세를 잡게 될 것인가. 그녀의 눈길이 우하형의 소식을 좇고 있음은 말할 것도 없다. 아니나 다를까. 우하형은 선전관(宣傳官, 정3품부터 종9품까지 있음)에서 출발해서 주부(主簿, 종6품)로, 경력(經歷, 종4품)으로 점차 벼슬이 올라갔다. 7년이 지나자 과연 그는 평안도 좋은 고을의 수령으로 뽑히게 되었다. 그녀의 예상이 적중한 것이다.

때가 되자 그녀는 가뿐한 마음으로 장교에게 이별을 고했다. "내가 애당초 당신 집에서 오래 살 생각이 아니었소. 오늘이 서로 작별할 날입니다." 깜짝 놀라는 장교에게 그는 처음 받았던 장부를 현재 장부와 일일이 대조해 보이면서 이렇게 말했다. "내가 7년을 남의 아내로 살림을 맡아 표주박 하나 사발 한 개라도 줄었다면 의당 부끄러울 일입니다만, 하나가 혹 둘이 되고, 둘이 혹 셋이 되고, 다섯이 혹 열이 되어 모두 먼저보다 불었으니 내 직분을 다한 셈이라 떠나는 내 마음도 흐뭇합니다." 장교의 입장으로서야 여자가 야속했을지도 모르겠다. 하지만 그녀는 일곱 해 동안 쌓은 정보다는 자신의 의지를 관철시키고자 했다. 다만 셈은 정확하게 할 것, 자신이 신세를 졌다는 사실을 처음부터 명확하게 시인하고 확실하게 보상하고자 했다.

아까도 언급했지만 그녀에게 사랑이란 낭만적 감성도, 정절로 통칭되는 배타적 섹슈얼리티도 아니었다. 오히려 자기 능력에 대한 확신과 의지력과 냉철한 현실감각, 그리고 한 사람에 대한 변치 않는 마음과 의리에 가깝다. 그녀는 남복을 한 채 훌쩍 우하형에게 갔고 그는 기쁘게 맞이하였다. 마침 정실의 자리가 비어 있는 터라 그녀는 자연스럽게 그 권한을 물려받아 집안을 다스리게 되었다. 여자는 법도에 맞게 집안을 다스려서 칭찬이 자자했다.

여자의 사랑과 죽음: 정작 중요한 것은 보이지 않는다

앞에서도 잠깐 보았듯이 그녀는 조보를 볼 줄 알았다. 정치판을 헤아릴 줄 안다는 뜻인데, 이런 점은 우하형의 출세길을 열어주는 데 매우 긴요했다. 그녀는 유력인사를 점찍어두고 있다가 그에게 두둑한 뇌물을 바쳤다. 그녀가 공들인 사람들은 과연 크게 승진했고, 그들은 보답으로 우하형을 적극 추천하여 관로를 열어주었다. 그는 출세가도를 달렸다. 평안도의 여러 고을을 두루 맡아보고 절도사까지 직급이 오른 후에 일흔이 가까운 나이에 집에서 조용하게 숨을 거두었다. 남편이 죽자 여자는 그의 아들들을 불러 위로하였다.

> "영감께서 시골 무변으로 지위가 아장에 이르렀고 고희 가까이 수를 하셨으니 당신으로 보아서도 유감이 없으실 것이고, 자제들은 과도히 애통할 것이 없소이다. 나의 일을 두고 말하더라도 여자가 지아비를 섬김에 자기 공치사는 아니지만 오랫동안 벼슬길을 도와서 높은 지위에 이르시도록 했으니, 내 소임 역시 다한 셈이라 또 무엇을 슬퍼하겠소."[12]

---

12   앞의 책, 294쪽.

그리고 상을 치른 후 열쇠 꾸러미를 며느리에게 건네주며 살림을 넘기고 자신은 건넌방으로 들어갔다. 거기서 방문을 걸어 잠근 채 곡기를 끊고 죽었다. 아니, 유능한 여자가 이렇게 쉽게 죽다니. 물론 아름다운 후일담이 붙어 있기는 하다. 우하형의 관을 발인하려고 하니 관이 떨어지지 않았다고 했다. 상두꾼들은 영감님의 혼령이 작은마누라님과 떨어지지 않으려 한다는 사실을 알렸다. 우하형 집안사람들이 급히 여자의 상여를 꾸려서 함께 발인하도록 하니 그제야 그의 상여도 움직였다고 한다. 그렇다고 해도 뛰어난 정치 감각, 놀라운 직관력의 소유자가 구태의연한 열녀담처럼 생을 마감했다는 사실이 어쩐지 어울리지 않는다. 여자의 이야기를 해왔던 많은 사람들도 이 점에서 의견이 갈렸다. 한쪽에서는 뛰어난 지인지감에 열녀의 덕을 지녔다고 칭송한다. 또 다른 쪽에서는 뛰어난 능력으로 부와 명예를 거머쥐었으나 아쉽게도 '수절'로 끝내버린 한계가 있었다고 했다. 정절이라, 몸 붙여 살던 장교를 떨쳐내고 우하형에게 떠나버리는 여자에게 정절을 말할 수 있을까. 매력적인 캐릭터임은 분명하지만 전통적인 시각으로도, 현대적인 감각으로도 어딘지 잘 맞아떨어지지가 않는다.

여자가 진심으로 바란 것은 성공이었을까? 관청의 물 긷는 노비가 꿈꾸었던 성공은 무엇일까? 한 남자의 아내, 첩이 아닌 처의 자리를 쟁취하는 것? 물론 아니다. 그녀는 장교에게 후처 자리를 제안받기도 했지만 그에게 마음을 주지 않았다. 조건만 보자면 그 장교가 우하형보다 월등했다. 가난한 우하형의 첩보다 살림이 넉넉한 장교의 후처가 더 낫지 않은가. 잠시 붙었다 헤어질 인연보다는 자신을 후처로 삼고 부부로 해로하자는 장교가 바람직하지 않았을까. 게다가 그는 여자가 성근

지게 일해서 재산을 불려놓는 모습을 보고 기뻐하며 애지중지 여겼다. "내가 무엇으로 너에게 덕을 보이겠느냐"며 지독하게 솔직하기만 한 우하형보다 훨씬 살갑다. 하지만 떠날 때가 되자 여자는 냉정했다. 그녀는 장교의 처이기보다 우하형의 첩이기를 선택했다.

그렇다면 여자는 명예를 원했을까? 그렇다면 어느 정도 뜻을 폈다고 할 수 있다. 그녀가 예상한 대로 우하형은 직급이 점점 올라서 평안도의 꽤 괜찮은 읍에 수령으로 부임했고 그녀와 결합한 후에도 아장(亞將)이라 할 수 있는 절도사 지위까지 올랐다. 하지만 그녀의 특출한 능력과 성공에 대한 욕망을 가정하고 본다면 그다지 성에 차지 않았을 수 있다. 가난한 시골 무변이 '성공'했다고 이를 만한 정도까지, 딱 거기까지다. 그녀의 능력이라면 그를 중앙 정부의 무대로 올려놓을 수도 있었다. 하지만 여자는 우하형의 그릇을 넘어설 정도로 과도하게 끌어올리지 않았다. 더군다나 남편이 죽자 여자도 모든 것에서 손을 떼고 깨끗하게 정리한다. 집안 열쇠를 며느리에게 맡기고 스스로 뒷방으로 물러나서 곡기를 끊고 자결한다. 자신의 사회적 터전과 육체까지 모두 끊어버린 것이다. 우하형의 아들들은 서모의 지혜와 식견을 의지해서 살아왔기 때문에 모든 것을 넘겨주려는 그의 손을 극구 사양한다. 만약 그가 성공을 욕망했다면 자신을 의지하는 이들을 통해 계속 뜻을 펼 수도 있었다. 정처로의 안정된 지위도, 사회적 출세도 그녀가 무엇을 원하는지 제대로 설명해주지 못한다. 또 뛰어난 정치 감각과 경제력을 갖춘 여성이 남편이 죽었다고 쉽게 목숨까지 놓아버렸다는 데서 문제가 심각해진다. 정절? 그녀는 처음부터 열 이데올로기에 묶인 적이 없는 노비였고, 남자에 매인 데 없이 살았다.

그렇다면 이제 심심하고도 낡은 용어를 꺼내 들 수밖에 없다. 사랑, 노비에게 사랑은 어떤 의미일까. 자기에게 그나마 허용된 부평초 같은 사랑이 아니라 '나만의 사랑'을 키워보고 싶은 생의 의지, 부풀어 오르는 욕망이 아니었을까. 그녀는 타인과 사회에 대한 놀랍도록 정확한 직관력을 가지고 있었고 부를 생산해낼 줄 알았다. 여자는 자신의 생, 능력, 에너지를 인연에 따라 흘려버리기보다 집중하고, 가꾸고 키워서 곱절로 만들고 싶었다. 두 배, 세 배로 넘쳐 흐르고 싶었다. 마침내 마음에 드는 남자를 만났고, 그에게 자신의 미래, 능력과 의지를 투자하기 시작했다. 처든 첩이든 상관없었고, 정절 같은 건 애당초 인생 목록에 없었다. 자신의 모든 생을 사랑에 집중시켰다는 데 의의가 있다. 노비 처지에 부풀어 오르는 생의 의지, 사랑하고자 하는 욕망은 분에 넘치는 짓이다. 양반의 소유물인 주제에 사랑을 소유하고자 하다니. 사랑하면서 부풀어 오르는 일이란, 생을 최고로 꽃피워보려는 욕망이란 결국 계급의 굴레를 벗어버리려는 의지와 같은 말이 되었다. 그녀에게 사랑은 자유와 동급인 셈이다.

　　어느 정도 도박도 필요했다. 남자의 능력을 꿰뚫어 보았다고 해도 그뿐, 알 수 없는 마음과 미래까지 여자가 손에 쥘 수는 없는 노릇이다. 다시 말해 여자의 힘만으로는 감당할 수 없는 '타자'의 불확실함을 견뎌야 한다. 남자는 고향에 아내도 있었고, 비록 하급 무사이긴 했지만 결코 노비가 아니었다. 처음에 남자는 여자를 동거인 정도로만 대했다. 하지만 여자의 성실함과 지혜는 그에게 믿음을 주었고, 기꺼이 동반자로 받아들이게 했다. 믿음은 사랑의 다른 얼굴, 그는 여자의 지시를 따랐고, 약속을 지켰다. 결과는 매우 좋았다. 여자의 예상대로 사랑은 몇 배가 넘는 생산을 일구었다. 사랑의 열매는 여자를 노비의 신분에서 벗어나게 했고, 부와 명예를 건네주었다. 사랑, 그 부풀어 오르는 속성이 아니라면 이토록 멋진 생산은 불가능하다. 외양만 보는 이들은 부, 명예, 출세에 현혹되어 감탄하고 부러워하지만, 정작 중요한 것은 보지 못한다.

이제 마지막으로 그녀의 죽음만 설명하면 된다. 사랑은 관계이고 어느 한 편의 것으로 말할 수 없다. 그녀는 자신의 생을 쏟아붓고 싶었고, 이를 받아줄 남자가 필요했다. 여자는 자신의 생을 그에게 쏟아부었고 남자는 이를 받아서 생산을 했다. 남자는 아무 의지 없이 그녀가 시키는 대로 해서 성공한 수동적 인물형이 아니었다. 그녀를 한껏 피어오르게 하는 그릇이고, 땅이고, 터전이었다. 남자가 거두어들인 부와 명예는 그의 것도 아니고 그녀의 것만도 아닌, 그 두 사람의 사랑이 일구어낸 결과물이었다. 이제 남자는 가고 여자만 남았다. 지혜로운 여자는 휘청거리는 법 없이 곧바로 자신의 처신을 결정한다. 집안은 훌륭하게 일구어놓았지만, 남자가 가고 없는 이 세상에서 그것이 온전히 자신의 소유가 될 수 없음을 잘 알고 있었다. 그녀는 어디까지나 서모였고, 아무리 아들과 며느리들이 자신을 원한다고 해도 살림에 전면으로 나설 수 없었다. 뒷방으로 물러나야 법도에 맞다. 이제 그녀의 사랑을 쏟아부을 대상이 없어졌다. 노비에서 출발해서 원하는 상대를 만나고 최고의 희열과 부와 권력을 맛보았던 여자가 뒷방 늙은이에 서모 신세, 시들어가는 낮은 자리를 스스로 용납할 수 없었을지도 모르겠다. 남자가 떠난 이상, 사랑도 의지도 생명도 떠나버렸다. 그는 방문에 열쇠를 걸고 곡기를 끊어 자결한다. 외양만 보는 이들은 그녀가 자결한 사실을 알고서 열녀라며 입에 침이 마르도록 칭송하지만, 정작 중요한 것은 보지 못한다.

참고문헌

『동패락송』, 김동욱 역, 아세아문화사, 1996.
『주해 청구야담』, 최웅 외 편, 국학자료원, 1996.
이우성, 임형택 편역, 『이조한문단편집(상)』, 일조각, 1973.

조동일, 『한국문학통사』 3, 제3판, 지식산업사, 1990.
서경희, 「「한문단편」에 나타난 이조후기의 여성상-「朝報」를 중심으로」, 「한국한
    문학연구』 제3,4합집, 한국한문학연구회, 1978~1979.
최기숙, 「여성성의 재발견: 이성, 지혜, 성공의 탈영토화-18, 19세기 야담집 소
    재 '여성일화'를 중심으로」, 『한국고전여성문학연구』 제6집, 한국고전여
    성문학회, 2003.
현혜경, 「한문단편의 서사 구조에 있어서 '知鑑' 화소-「계서야담」 소재작을 중심
    으로」, 『한국한문학연구』 제9,10합집, 한국한문학연구회, 1987.

춤추고 노래하는 덴동어미

과부, 팔자가 기구한 여자일까?[13]

여자들, 덴동어미 이야기에 솔깃하다

내 힘으로는 어쩔 수 없음을 인정할 때, 내 의지나 욕망에 반하는 사건을 마주치게 될 때, 우리는 팔자나 운명을 떠올린다. 여기에 한번 갇히면 단어가 지닌 초월적 무게 탓에 벗어나기가 쉽지 않다. 상상해보고 싶지도 않은 최악의 팔자를 가정해보자. 상부살이라면 어떨까. 덴동어미는 네 번 결혼했고, 남편들은 모두 불의의 사고로 죽었다. 그네에서 떨어져 죽고, 괴질에 죽고, 물에 빠져 죽고, 불에 타서 죽었다. 그녀의 아들은 불에 데어 덴동이가 되었다. 그리하여 그녀의 이름은 덴동어미. 덴동어미는 모두 자기 팔자라고 했다. 여기에는 죄책감과 무기력함이

---

13   이 글은 다음의 논문을 바탕으로 작성되었다: 박성지, 「〈덴동어미화전가〉에 나타난 욕망의 시간성」, 『한국고전여성문학연구』 제19집, 2009.

담겨 있을 법한데, 예상과 달리 그녀에게는 찌들거나 궁상맞은 구석이 하나도 없다. 오히려 누구보다 발랄하고 잘 논다. 이 여자, 어떻게 이럴 수 있을까. 덴동어미의 이야기를 들어보도록 하자. 그러기 위해서는 우선 경상도 순흥의 화전놀이 현장으로 들어가야 한다.

화전놀이 하는 날. 온 마을 여자들의 마음이 들뜨기 시작한다. 진달래 피는 봄날의 꽃놀이, 일상에서 놓여나 화사한 봄을 즐기는 시간. 여자들은 피어나는 꽃처럼 자신의 아름다움을 모조리 보여주고 싶어 한다. 시집온 지 얼마 안 되는 열일곱 신부는 속옷부터 저고리, 치마까지 중국에서 들여온 값진 비단으로 차려 입었다. 잣기름으로 머리를 손질하고 비녀를 살짝 꽂아 맵시를 냈다. 공단, 갑사댕기에는 '수부귀다남자(壽富貴多男子)'라는 자부심을 새겼다. 속고름에 차는 은장도, 겉고름에 매는 패물을 거쳐 패션의 완성인 신발까지. 그날은 수당혜를 신었다. 덧붙여 누구에게도 뒤지지 않는다는 자신만만한 미소, 빼놓을 수 없는 화룡점정이다.

하지만 꽃놀이에는 '있는 분'만이 아니라 '없는 분'도 참여한다. '없는 분'도 나름대로 꾸민다. 비록 무명옷이지만 치마만이라도 칠승포로 해볼까. 갈마물(짙은 초록)을 들인 일곱 폭 치마를 떨쳐입었다. 깨끗하게 빤 굵은 무명 겹버선에 탄탄한 짚세기. 이 정도면 뭐 어떤가. 없는 분에 이어 열일곱 청춘과부도 등장했다. 이런, 그녀는 아무렇게나 차려입고 나왔다. 때나 없이 세수하고, 손가락으로 대충 머리만 훑었다. 눈썹 단장은 뭘 해. 입던 속바지, 끝동 없는 하얀 저고리 차림에 축 늘어지는 걸음걸이다. 그리고 마지막으로 우리의 덴동어미가 등장한다. 상부살의 늙은 과부, 놀러가자는 한 마디에 누구보다 신이 나서 달려

왔다.

늙은 여자, 젊은 여자, 늙은 과부, 젊은 과부, 이렇게 온 마을 여자들이 엿과 꿀, 기름과 가루를 이고 진달래 핀 산으로 들어간다. 꽃놀이의 희열, 꽃을 따서 입에 물고, 얼굴에 대고, 머리에 꽂는다. 기름에 지진 꽃떡까지 엿에 찍어 먹으니 즐거움이 차고 넘칠 지경. 노래 잘하는 이는 한껏 소리를 뽑고, 글하는 이는 문서를 읊는다. 누구보다 멋들어지게 노는 사람은 역시 덴동어미, 그녀는 노래도 잘하고 춤도 잘 춘다. 화전놀이의 최고 스타.

꼭 이런 자리에서 분위기 망치는 사람이 있다. 열일곱 청춘과부가 기어이 눈물을 흘리면서 좌중을 심난하게 했다. 사연을 들어보자. 열네 살에 시집와서 겨우 삼 년 살다 남편이 죽었다네. 꽃을 보아도, 새를 봐도 죽은 남편 생각에 눈물만 흘린다고. 쯧쯧, 여기저기 터지는 안쓰러운 탄식소리. 과부는 긴 신세 한탄 끝에 은근슬쩍 개가를 흘려본다. 그때 덴동어미가 나서서 난 반댈세 잘라 말한다. 잘 만나도 내 팔자, 못 만나도 내 팔자지. 왜 그런가? 좌중의 이목은 덴동어미에게 향하고, 덴동어미는 비로소 자신의 생을 풀어놓기 시작했다.

마을 여자들이 같은 여자를 바라보는 기준은 두 가지이다. 있는 분과 없는 분, 그리고 유부녀와 과부. 있는 분과 없는 분의 차이는 그다지 심각하지 않다. 없는 분이라고 해도 화전놀이의 즐거움을 거스르지 않는다. 그에 비해 남편의 부재란 여자들 마음에 진한 낙인을 찍고 우울한 그림자를 드리운다. 화려한 옷차림이든 수수한 옷차림이든 심상하게 넘어가던 마을 여자들의 눈과 귀가 청춘과부의 눈물과 덴동어미의 이야기에 집중하고 있다는 것이 그 증거이다.

도대체 남편이 뭘까. 여자는 남편을 맞이하면서 육체적 욕망을 충족시킬 뿐만 아니라 법적, 경제적, 사회적 위상이 결정되고, 만물이 음양으로 이루어져 있다는 형이상학적 질서에 순응하게 된다. 다시 말해 남편은 여자라는 존재를 세우는 중심이다. 그러나, 이 중심은 얼마나 허약하고 흔들리기 쉬운가. 남편은 매번 바깥을 떠돌고, 그의 마음과 욕망은 더 높고 더 많은 것을 원한다. 가부장 사회의 여성, 모든 것을 남성의 주도하에 내려놓았지만 항상 불안하기만 하다. 있는 분과 없는 분의 치장보다 청춘과부의 눈물과 덴동어미의 이야기가 더 자극적이었던 이유는 여자들 마음에 내재한 불안, 그 흔들리는 중심의 정체를 어렴풋이 드러냈기 때문이다. 남편이 없으면 어떻게 될까. 여자들은 이 점이 궁금했으며 덴동어미 서사가 먹혀들었던 지점도 바로 여기에 있다. 그녀는 네 번이나 결혼했고, 남편 넷이 모두 죽었다. 그런데 어쩌면 이렇게도 활짝 웃고 노래하고 춤을 추는가. 도대체 어쨌길래!

덴동어미의 이야기: 결혼을 네 번이나 했고 남편 넷이 다 죽었다

그녀는 순흥 읍내 임 이방의 딸로 태어났다. 부모는 딸을 애지중지 키워서 열여섯이 되자 예천 읍내 장 이방 댁으로 시집을 보냈다. 혼례 때 잠깐 본 남편은, 잘생겼다! 부부는 깨 볶으며 재밌게 살다가 이듬해 단오날 처가를 방문했다. 삼백 장 높은 가지에 걸린 그네는 열여섯 살 남편의 눈길을 끌었다. 그는 그네를 뛰다가 그만 떨어져서 죽고 말았다. 그녀는 매일 울었다. 보다 못한 시부모는 친정에 가 있으라 했다. 친정으로 돌아오면 더 좋을까. 친정에는 남편이 떨어져 죽은 나무가 있었다. 어린 그녀는 남편의 넋이 자기를 보고 우는 듯하여 도무지 견딜 수가 없었다. "너무 답답 못살겠네." 이것이 당시 그녀의 심정이었다.

그녀는 남편이 죽은 자리에서 임의 넋을 본다. 환상 속에서 그리운 임은 자기를 보고 울고 있는데, 자신은 임을 만질 수도, 임에게 말을 걸 수도 없다. 아니, 그가 '없다'는 사실을 인정할 수가 없다. 있음과 없음의 팽팽한 긴장감을 열일곱 살 어린 그녀는 견디어내지 못했다. 속절없이 울기만 하는 그녀를 애처롭게 여긴 부모는 상주 읍내의 이상찰 댁으로 시집을 보냈다. 새로 맞은 남편도 이른 나이에 처를 잃었다 한다. 집은 유복했고 시부모는 자애로웠다. 다시 찾은 행복. 다만 한 가지 문제가 있었는데, 시아버지가 관청의 공금을 상당 부분 빼돌렸다는 점이었다. 아니나 다를까, 새로 부임한 수령은 엄하게 다스렸고 시아버지의 공금 횡령이 들통 나서 집안이 폭삭 무너지게 되었다.

큰 기와집이 하루아침에 남의 집이 되었다. 수저, 세숫대야, 큰 솥, 작은 솥, 주걱 등 자잘한 세간까지 다 팔아 겨우 관가의 빚을 감당했다. 시아버지는 장독으로 죽고 시어머니는 애가 타서 죽었다. 졸지에 집도 잃고 부모도 잃은 부부는 어쩔 수 없이 친척집을 전전했다. 하지만 그것도 오래가지 못했다. 예전에 우리 신세를 졌던 사람인데 찾아가니 박대를 한다. 유복하게 자라서 고생 한번 안 해본 남편은 가슴을 치고 방바닥을 구르면서 통곡을 했다. 그녀는 우는 남편에게 '이게 다 없는 탓'이니 어디든 가서 벌어보자고 다독였다. 확실히 그녀는 남편보다는 판단이 빠르고 생활력이 강했다.

그들은 걸식하면서 경주로 흘러들어가게 되었다. 사방으로 사람이

붐비는 큰 객줏집을 보자 그녀는 부르지도 않았는데 서슴없이 부엌에 들어가 일을 도와주고 밥을 얻어왔다. 행색은 거렁뱅이나, 빌어먹을 상은 아닌데…… 그녀를 눈여겨 본 객줏집 주인마누라는 따로 불러 이런저런 일을 물어보았다. 그리고는 안팎 담살이(더부살이, 머슴살이)를 하면 어떻겠느냐고 제안했다. 남편에게 말해보겠다고 밖으로 나온 그녀는 남편을 불러서 좋은 말로 설득하기 시작했다. 하지만 남편은 아직도 '이방의 자식'이었다. 관아에 딸린 종놈 주제에 돈 벌어 객줏집 주인장이 됐다지. 어떻게 그 밑에서 머슴살이를 하겠나. 무지막지한 욕설에 주먹다짐을 어찌 감당하나. 차라리 빌어먹다 죽고 말지. 이게 남편의 변이었다. 속이 상한 그녀는 드디어 울기 시작한다. "어찌 생전에 빌어먹소. 사무라운(사나운) 개가 무서워라, 뉘가 밥을 좋아 주나. 밥은 빌어먹으나마 옷은 뉘게 빌어 입소." 그녀는 곧 정신을 차리고 다시 한 번 차분하게 남편을 설득한다. 강에서 세월을 낚던 강태공도 팔십 세에 운이 트였다. 동네 깡패들의 가랑이를 기어 다니던 한신도 때가 되니 나라를 호령하는 대장이 되었다. 비록 지금은 욕을 보겠지만 돈을 벌어 고향에 돌아가면 이전만큼은 못해도 남부럽지 않으리라.

아내의 눈물에 남편은 자존심을 버리고 담살이를 허락했다. 약간 걱정도 됐지만, 남편은 예상외로 잘 적응해주었다. 생전 안 해보던 일도 눈치 봐가면서 잘 해냈다. 소죽 마죽 쑤고, 상 들이고 내오고, 힘든 일도 거뜬히 해냈다. 그녀도 부지런히 일을 해서 돈을 벌었다. 착실하게 목돈을 만들고, 돈놀이도 해서 이자도 받고, 그럭저럭 삼 년이 지나자 내년 즈음이면 고향에 돌아갈 수 있겠다는 희망도 생겼다.

하지만 병술년(1886년으로 추정) 괴질이 돌자 온 마을 사람들이 다 죽었다. 그녀도 삼사일을 고생하다 겨우 깨어났는데, 옆에 있던 남편은 시체가 되었다. 좋은 집안에서 귀하게 자라난 아들, 그저 한번 살아보겠다고 온갖 괄시 다 참고, 천한 일도 마다하지 않았건만 이게 웬일이냐. 돈 준 사람, 빌린 사람이 다 죽고 말았네. 삼사 년 고생을 어디서 보상받는단 말인가. 서방님도 없는데 돈이 무슨 소용인가. 이럴 줄 알았다면 서방이 울면서 마다할 적에 그만두었어야지. 왜 설득을 했을까. 얄궂어라, 이것이 그녀의 마음이었다.

이제 그녀는 다시 빌어먹는 신세로 돌아왔다. 그래도 예전엔 남편이 있었지만 이제는 아무도 없다. 이 집 가고 저 집 가나 임자 없는 몸, 죽지 못해 사는 인생, 빌어먹는 거지 신세. 울기만 하는 그녀를 어떤 남자가 위로해주었다. 도부장수 황도령은 그녀의 고생쯤은 아무것도 아니라고 했다. 그가 풀어놓은 이야기도 기가 막혔다. 육대 독자로 태어나 서너 살 무렵에 양친이 돌아가시고 외할머니 밑에서 컸다고 한다. 외할머니가 열네 살에 돌아가시자 집안에 남아 있던 빚 때문에 외사촌 형제들도 뿔뿔이 흩어졌다. 혼자 남은 그는 남의 집에 들어가 머슴살이를 했다고. 십여 년 고생하다 모은 새경으로 참깨 장사를 하려 했지만, 풍랑을 만나 물건을 다 잃고 목숨만 살아 겨우 돌아왔단다. 지금은 가가호호 돌아다니는 도부장사(행상). 그런 그가 말끝에 같이 살자 운을 뗀다.

그녀는 당장 답하지 않았다. 대신 곰곰이 자신의 운명을 셈하기 시작했다. 삶이란 어떻게 진행되는 걸까? 고진감래, 고생 끝에 낙이 온다는 속담은 인생의 리듬을 잘 보여준다. 그간 쓰디쓴 고생만 해왔으니 이제는 낙이 올라나? 함께 살자는 이 인간은 생의 즐거움을 맛보게 해

줄까. 한번 비교해보자. 먼저 죽은 두 신랑은 본시 좋은 가문, 부유한 집안의 아들로 패가망신했으니 좋은 수가 다하고 나쁜 수로 끝났다. 이 사람은 본래 조실고아, 머슴살이, 가산 잃고 도부장사, 나쁜 수로 시작 했으니 이제 좋은 수로 끝나지 않을까. 셈을 마친 그녀는 마지못해 허락했다.

하지만 고진감래라는 진실이 의심스러울 정도로 생계는 막막하기만 했다. 사기 광주리를 이고 지고, 자라목에 발가락이 닳도록 그릇을 팔아도 돈이 모이지 않았다. '돈 백이나 될 만하면 둘 중에 하나는 병'이 나는 것이다. 마침내 '궂은 비 실실 오는' 어느 날, 황도령이 머물던 주막 전체가 쏟아지는 비에 휩쓸려 동해로 빠져버리는 일이 벌어진다.

"망측하고 기막힌다. 이런 팔자 또 있는가."

도부가 무엇이란 말이냐. 광주리를 땅에 내던진 그는 통곡하기 시작한다. 그제야 비로소 덴동어미는 인간의 힘으로서는 어쩔 수 없는 운명, 곧 '팔자'를 떠올리기 시작한다. 참깨 실었던 배와 함께 남해에 빠졌다가 구사일생 살아난 황도령, 그는 어차피 물에 빠져 죽을 팔자였구나. 주막에 있었으면 남편 따라 죽었을 걸, 괴질이 돌았을 때 함께 죽었으면 좋았을 것. 어느새 그녀는 불쌍한 남자들의 팔자에 자신의 팔자를 겹쳐놓고 있었다.

곡기를 끊고 죽으려 하자 그 집 댁네가 '팔자'를 고쳐보자며 덴동어미를 달래었다. 죽으면 무엇하리, 사니만 못하네라. 세 번 고쳐 곤할 팔자, 네 번 고쳐봄이 어떠한가. 저 꽃나무를 보게. 봄에는 꽃피고 여름에는 잎만 무성하다가 가을에는 잎사귀 떨어지고 겨울에는 헐벗는다. 그러다 봄바람 불면 다시 꽃이 피나니, 지금 자네 때는 어느 땐가. 지금 비록 겨울이나 봄바람 맞이하면 꽃이 피고, 꽃 떨어지면 열매 맺을 테니, 이참에 귀한 자식 하나 낳아보게. 주인댁네의 말은 사뭇 이치에 맞았다. 덴동어미는 그녀의 소개로 이웃집 엿장수 조서방을 만났다.

엿장수 조서방과 결혼한 뒤, 덴동어미는 유랑생활을 접고 집에서 살림만 하게 되었다. 몸과 마음이 편해진 그는 오십 즈음에 드디어 아들을 얻게 된다. 아이를 안고 어르면서 이제야 한번 살아본다는 기쁨을 누린다. 하지만 달콤한 기쁨도 잠시. 별신굿을 대비하여 엿을 고다가 한밤중에 큰 불이 나서 조서방은 죽고 아들은 덴동이가 된다. 덴동어미는 탄식한다. "건널수록 물도 깊고 넘을수록 산도 높다." 이제 육십, 더 이상 남편을 얻을 수도 없고 자식을 의지하고 살자니 그도 몸이 성치 않다. "나이는 점점 많아지고 몸은 점점 늙어"간다.

그녀의 운명에 상부살이 붙은 걸까. 과연 네 번이나 결혼할 팔자였나? 정말 예정된 팔자가 있을까? 덴동어미가 처음부터 팔자타령을 한 건 아니었다. 오히려 자기에게 주어진 생의 감각에 따라 주도적으로 삶을 꾸려왔다. 그는 생을 '팔자'로 치부하기 전에 막연하게나마 삶의 리듬을 헤아리는 감각을 지니고 있었다. 고진감래라든지 겨울 지나고 꽃피는 봄이 온다는 오래된 지혜, 이 지혜는 우주의 리듬에 빗대어 자신의 생을 헤아릴 수 있게 해주었다. 덴동어미는 여기에 기대 다시 한 번 남편을 맞이하여 욕망을 채워보려고 했다. 하지만 이제 늙어 결혼할 수도 없는 몸이 되자 그것도 불가능하게 되었다. 이제는 텅 빈 죽음만 기다리고 있을 뿐이다.

열쇠는 바로 여기에 있다. 팔자가 아니라 욕망이었다! 네 번이나 남편을 맞아들인 그 팔자의 정체는 예정된 운명이 아니라 네 번씩이나 남편을 맞아들일 정도로 끈질긴 욕망이었다. 인간의 힘으로는 어찌할 수 없다는 '팔자'와 운명은 그 욕망이 얼마나 끈질긴지를 보여주는 표상이다. 그렇다면 이 '팔자', 남자를 중심으로 돌아가는 여성 욕망에서 어떻게 벗어날 수 있는가. 그는 팔자를 어떻게 해석했길래 남편을 잃었어도 멋들어지게 춤추고 노래할 수 있었는가.

덴동어미는 어떻게 노래하고 춤추게 되었나

욕망은 삶과 죽음을 결정한다. 자존심이 상해서, 꿈이 좌절되었기에, 사랑을 잃어버려서 죽고 싶다면, 바로 욕망의 상실과 죽음을 동일시하고 있다는 뜻이다. 그렇다면 욕망을 어떻게 해야 할까. 살기 위해 욕망을 충족해야 할까, 불러일으켜야 할까, 욕망을 덜어내야 할까, 욕망을 없애버려야 할까. 덴동어미는 어떻게 했을까. 어떻게 그는 모든 게 다 무너지는 좌절을 극복하고 누구보다 신나게 놀 줄 아는 사람이 되었는가.

남편 조서방이 죽자 덴동어미는 살고 싶지 않았다. 그냥 아주 죽고 싶었다. 우는 아들도 귀찮았고, 저게 살겠는가, 냉담한 마음까지 들었다. 옆집 여자가 그녀를 우는 아이 젖 먹이라며 부추기기 시작한다. 자네 죽고 아이 죽으면 조서방도 아주 죽겠지만, 아이만 살리면 조서방은 죽지 않았다네. 마지못해 겨우 일어난 덴동어미는 불에 데어 불구가 된 아들을 끌어안으며 이렇게 탄식한다.

"된 자식을 젖 물리고 가르더안고 생각하니
지난 일도 기막히고 이 앞일도 가련하다
건널수록 물도 깊고 넘을수록 산도 높다
어쩐 년의 고생팔자 일평생을 고생인고.
이 내 나이 육십이라 늙어지니 더욱 슬의.
자식이나 성했으면 저나 믿고 사지마난
나은 점점 많아가니 몸은 점점 늙어가네.
이렇게도 할 수 없고 저렇게도 할 수 없다."[14]

남편이 죽을 때마다 다시 남자를 만나 빈자리 메꾸며 지어미의 삶을 이어갔다. 이제 그녀 나이 육십이라, 더 이상 남편을 얻을 수 없다. 나이는 많아지고 몸은 무너져 내리건만 어린 아들은 몸도 성치 않다. 일평생 남편에게 기댄 욕망이 녹슨 고철처럼 흉물이 되어버린 순간, 이렇게도 할 수 없고 저렇게도 할 수 없는 막다른 처지. 욕망을 생사의 기준으로 삼는다면, 이 순간을 죽음이라고 부를 수 있을 것이다. 어떻게 해야 할까.

덴동어미는 아이를 업고 고향으로 돌아간다. 거기서 첫 남편이 떨어져 죽은 나무를 쳐다본다. 난데없이 다가와 우는 두견새에게 그는 말을 건다. "서방님의 넋이거든 내 앞으로 날아오고 임의 넋이 아니거든 아주 멀리 날아가게." 아니나 다를까 새가 펄쩍 날아와 덴동어미의 어깨에 앉았다.

---

14   박혜숙, 『국문학연구』 제24호, 국문학회, 2011, 353~354쪽.

임의 넋이 분명하다 애고탑탑 반가워라

나는 살아 육신이 왔네 넋이라고 반가워라

근 오십 년 이곳 있어 날 오기를 기다렸나.[15]

임의 넋을 반기는 예순의 덴동어미는 임의 넋이 나를 보고 운다며
통곡하던 열일곱 과부 때와 사뭇 다른 모습을 보여준다. 젊은 시절, 덴
동어미는 남편의 환영을 도무지 견딜 수 없었다. 짙은 그리움, 마음에
는 죽지 않았으되, 만질 수 없는 실체, 있는 것도 아니고 없는 것도 아
닌 어중간함. 어린 그녀는 있음과 없음의 긴장을 견디어내지 못했다. 그
리고 없음(부재)이 주는 혐오스런 결핍과 끝없는 불안을 떨쳐내려 발
버둥 쳤다. 하지만 육십이 넘어선 그는 똑같은 자리에서 새로 지저귀는
남편의 넋을 보며 오히려 반갑게 여긴다. 새가 되어 나타난 남편은 오십
년 가까이 이곳에서 그녀를 기다려주었다. 그녀를 사랑했던 마음이 새
로 변하여 그네 뛰던 나무에 앉아 있었다. 그녀는 '결핍'된 과부가 아니
었다.

결핍을 뛰어넘는 순간, 바로 가부장 중심의 여성 욕망과 그가 부
여한 삶과 죽음에서 자유로워지는 시간이다. 그 욕망에서 보자면 덴동
어미는 죽은 것이나 다름없다. 남편 없는 늙은 과부, 불구자가 된 어린
아들, 무슨 희망이 있겠는가. 하지만 남편 없는 그는 이제 결핍된 존재
가 아니다. 사랑하는 임은 항상 나를 기다려주었다. 이제 부재가 주는

15   앞의 글, 354쪽.

혐오감이나 밑도 끝도 없는 불안에서도 벗어났다. 동시에 '과부'를 보는 세상의 시선으로부터도 자유롭게 되었다. 세상은 과부를 남편을 먼저 보낸 죄인 취급한다. 죄인인 그녀는 평생 남편의 부재를 가슴에 새기며 수심 어린 낯빛으로 살아야 한다. 하지만 덴동어미는 더 이상 결핍된 존재가 아니기 때문에 그럴 필요가 없다. 그녀는 그냥 '팔자'라고 생각한다. 바닥을 치면서 죽음을 향하던 시선이 방향을 바꾼다. 이전에 팔자란 '죽을 운명'이었지만, 방향을 바꾼 시선은 만물을 향한다.

> 고생팔자 고생이리 수지장단 상관없지
> 죽을 고생 하는 사람 칠팔십도 살아있고
> 부귀호강 하는 사람 이팔청춘 요사하니
> 고생 사람 덜 사잖코 호강 사람 더 사잖네
> 고생이라도 한이 있고 호강이라도 한이 있어
> 호강살이 제 팔자요 고생살이 제 팔자라
> 남의 고생 꿰다 하나 한탄한들 무엇할고.
> 내 팔자가 사는 대로 내 고생이 닫는 대로
> 좋은 일도 그뿐이요 그른 일도 그뿐이라[16]

이 대목은 덴동어미 특유의 운명관과 세계관을 그대로 압축하고 있다. 사물은 어느 것이나 자기만의 짐을 지면서 살아간다. 그 점에서 평등하다. 죽을 고생하던 사람은 칠팔십까지 살고, 부귀호강 하는 이라

---

16   앞의 글, 358쪽.

도 이팔청춘에 요사한다. 그렇다면 부귀호강 하다가 칠팔십까지 사는 사람이라면? 실제로 성경에서 욥을 좌절하게 만든 요인 중 하나는 도척 같은 악인이 부귀를 누리다가 편하게 죽는다는 사실이었다. 하지만 덴동어미는 이도 마찬가지라고 한다. 고생과 호강, 모두 한계가 있다. 우리는 모두 자신의 한계와 자기 몫의 괴로움을 가지고 살아간다. '좋은 일도 그뿐, 나쁜 일도 그뿐.' 이는 삶 전체를 통괄하는 운명론이면서 그녀의 존재론이기도 하다.

패자의 합리화일까? 다음은 덴동어미의 답변이다.

춘삼월 호시절에 화전놀음 왔거들랑

꽃빛으랑 곱게 보고 새소리는 좋게 듣고

밝은 달은 예사 보며 맑은 바람 시원하다

좋은 동무 존 놀음에 서로 웃고 놀다보소.

사람의 눈이 이상하여 제대로 보면 관계찮고

고운 꽃도 새겨보면 눈이 캄캄 안 보이고

귀도 또한 별일이지 그대로 들으면 괜찮은걸

새소리도 고쳐 듣고 슬픈 마음 절로 나네

맘 심자가 제일이라 단단하게 맘 잡으면

꽃은 절로 피는 거요 새는 여사 우는 거요

달은 매양 밝은 거요 바람은 일상 부는 거라.

마음만 여사 태평하면 여사로 보고 여사로 듣지

보고 듣고 여사하면 고생될 일 별로 없소[17]

남편이 없으면 다 망해서 아무도 없는 줄 알았지. 마음만 바꿔보게, 꽃이 있고 새가 있더라. 바람이 불고 달이 뜨더라. 지금은 춘삼월, 봄볕이 무르녹는 시기, 화전놀이로 즐기고 있지 않은가. 예전 눈으로 본다면야 늙은 과부에 병든 자식뿐이겠으나, 우주의 눈으로 본다면야 그저 그뿐인 만물 중 하나. 오히려 나의 주위에는 많은 존재들이 모여 있어 기쁘다. 청춘과부는 남편 외에는 아무것도 안 보이지만 덴동어미는 풍성한 만물과 함께 놀 줄 안다. 남편이 없는 것이 아니라 만물과 함께 있다는 사실! 마음이 슬프면 만사가 슬프지만 마음만 잘 잡으면 사물은 절로 그러할 뿐이다.

이 말을 들은 청춘과부는 크게 깨달아 수심을 풀고 노래를 부르기 시작한다. 짙은 슬픔에서 헤어 나온 그는 환희에 차서 기쁨을 노래한다. 그는 먼저 자신과 덴동어미의 눈물 어린 일생에 봄 춘(春)자를 꽂으면서 노래를 부르기 시작한다.

가련하다 이팔청춘 내게 당한 봄 춘자
노년에 갱환고원춘 덴동어미 봄 춘자[18]

이후 부모님과 자손, 그리고 임금을 축수하고 구운몽의 주인공들을 일일이 불러내어 봄 춘자로 꾸며준다. 길을 떠도는 나그네의 봄, 흉노에게 시집가 사막에서 죽은 왕소군의 봄, 변방에서 고국을 생각하는

---

17   앞의 글, 358쪽.

18   앞의 글, 359쪽.

봄, 세상을 떠나 자취를 감춘 여동빈의 봄, 온갖 슬픈 비운의 주인공들을 불러내어 그 인생의 파란만장함을 '봄'이라 불러준다. 이어 주변 여자들의 이름을 부르며 역시 하나의 봄이라고 축복한다. 흥정골댁, 골내댁, 행정댁, 연동댁…… 모두가 봄이었다. 봄의 아픔, 봄의 괴로움, 봄의 환희. 어떤 아픔과 어떤 두려움도, 괴로움도, 쓰라림도, 그리움도, 모두가 피어나는 꽃이었다. 소옹(邵雍)『관물편(觀物編)』의 시구대로 온 우주가 봄이었다.(天根月屈閑來往, 三十六宮都是春)

청춘과부의 봄 춘자 노래에 이어 어여쁜 소낭자가 꽃 화(花)자 노래를 부른다. 부모와 자손, 석가여래와 마고선녀, 임금님, 낭군님, 시인, 불쌍한 초나라 회왕, 달을 껴안고 죽은 이태백, 사랑하는 이의 손에서 죽은 양귀비, 팔십 노승, 조카딸, 창기, 역시 모두가 꽃이다. 이렇게 만물이 봄이고, 꽃이다. 취할 정도로 휘황찬란한 빛!

이렇게 좋은 꽃노래, 좋은 꽃놀음, 하느님께서 사흘만 더 해주셨으면! 해가 짧아지니 이제 돌아가야 할 시간, 언제 다시 놀아볼까. 질탕한 꽃 화(花)자 노래는 이렇게 끝난다.

"꽃 없이는 재미없어 명년 삼월 놀아보세."

참고문헌

박혜숙, 「주해 〈덴동어미화전가〉」, 『국문학연구』 제24호, 2011.

수업시간에 있었던 일이다. 가부장제 비판은 주로 누구를 겨냥하는가. 남편인가, 아버지인가. 남편에게는 가사 분담과 경제권 요구를 할 수 있지만, 아버지에게 "아빠, 이제부터 모든 것을 제가 할 테니 저를 따라주세요."라고 말할 수 있을까? 대부분의 여대생들은 쉽게 대답하지 못하고, 심지어는 눈살을 찌푸린다. 이들은 아버지의 전폭적인 애정을 받고 자라서 대학까지 들어온 '아버지의 딸'이다. 자신에게 헌신적으로 애정을 퍼부었던 부모, 특히 아버지의 사랑을 결코 저버릴 수도, 벗어날 수도 없고, 그럴 상상도 하지 못한다. 아버지 사랑을 많이 받고

---

19 이 글은 다음 논문을 바탕으로 작성되었다. 박성지, 「민담 〈내 복에 산다〉에 나타난 복의 의미와 환대의 근거」, 『한국고전여성문학연구』 제29집, 한국고전여성문학회, 2014.12.

자라난 평범한 중산층 여성에게 가부장이 어떤 의미를 지니는지 잘 보여주는 한 장면이다.

하지만 한국 고전서사는 현대 부르주아의 삶보다 훨씬 쓰고 독하다. 아버지는 딸을 내버린다. '바리데기'에서 오구대왕은 기대했던 아들이 아니었다면서 바리데기를 갖다 버리라고 명한다. 심청의 아비 심봉사는 공양미 삼백 석을 약속했고 딸은 그 대가를 치르기 위해 몸을 팔아야 했다. 여기서 다룰 〈내 복에 산다〉의 막내딸도 아버지의 미움을 사서 집에서 쫓겨난다. 버림받거나 쫓겨난 딸들은 어떻게 되었을까. 죽을 자리로 내몰린 딸은 끝내 살아서 병든 아버지를 구원해낸다. 다시 말해 한국 고전서사의 부녀 관계란 버림받은 딸이 살아 돌아와 자신을 버린 아버지를 거두는 이야기로 형상화되어 있다.

이야기니까 그랬겠지만 어떻게 집에서 쫓겨나 사지로 떨어진 딸이 살아날 수 있었을까. 결혼해서? 그렇다면 이야기를 집에서 내쫓긴 딸이 남편을 만나 자신의 삶을 일구어가는 평범한 가부장 서사로 되돌릴 수 있다. 가부장의 위치를 남편으로 바꿈으로써 해결할 수 있다는 뜻이다. 하지만 결혼한 막내딸이 자신을 내쫓은 아버지를 찾아온다는 점에서 이 이야기는 단순한 가부장제 서사와 같지 않다. 오히려 가부장제 아래에서 '자기'를 빼앗긴 여성들, 아버지에게까지 버림받은 딸들이 폭력과 증오를 어떻게 극복해냈느냐 하는 질문으로 읽어야 한다. 이야기에는 그 질문에 대한 단서가 주어져 있다.

자기 복이란 뭘까?

옛날 어느 부잣집에 아버지가 딸 셋을 앞에 불러놓고 이렇게 물어봤다. "너희는 누구 덕에 사느냐?" 첫째 딸은 "아버지 덕에 살지요."라고 대답했다. 흐뭇해진 아버지는 둘째 딸에게도 물어보았고, 똑같은 대답을 들었다. 아버지는 막내딸에게 질문했다. 그러나 막내딸은 "내 복에 먹고살지 누구 복에 먹고살아요?"라고 대답했다. 화가 머리끝까지 난 아버지는 "네 복에 먹고 산다고? 그럼 네 말대로 한번 살아봐라." 하면서 딸을 내쫓았다.

아버지는 왜 그런 질문을 했을까? 그는 가부장이다. 그는 자신이 일구어놓은 터전 위에서 딸들을 낳았고, 자신의 애정으로 이들을 길렀다(고 생각했다). 딸들은 나 때문에 먹고산다! 온실 같은 나의 애정 속에서 이들은 생명을 유지하는 것이다. 나의 온실을 벗어나면 어떻게 될까. 죽겠지! 이렇듯 가부장인 나는 식솔들의 생사여탈권을 쥐고 있다. 그러니 이들이 온전히 나에게 감사하면서 그 공로를 인정해야 한다. 가부장의 생각이다.

첫째 딸과 둘째 딸은 아버지가 원하는 답을 해주었지만 막내딸은 그렇지 않았다. 왜 그랬을까? 적어도 먹이고 길러준 은혜만큼은 인정해야 하지 않을까? 막내딸은 도대체 무슨 배짱에서 그런 말을 했을까? 도대체 막내딸이 말하는 복이란 무엇일까?

사람이 태어나서 말을 하고 제 발로 걷기까지 부모의 도움은 절대적이다. 아버지의 입장에서 본다면 어머니 몸에 씨를 뿌려서 태어나게 해주고 갓난아기에게 먹을 것과 안전한 보호를 제공했다. 태어나고 자라게 해준 것보다 더 앞선 공덕이 도대체 무엇이란 말인가? 하지만 냉정하게 보자면, 부모가 자식의 인생에 개입하는 정도란 겨우 태어나는 길을 열어주고 자립할 때까지 길러주는 데 불과하다. 그것도 절대적이라고 할 수는 없다. 지극정성을 퍼부어도 죽은 아이가 있고, 버리려고 내놓아도 끝내 살아남는 아이가 있다. 부모가 아무리 간섭하려고 해도 손댈 수 없는 영역, 수복과 부귀, 이것은 전적으로 아이의 운명이자 하늘(天)의 몫이다. 이것은 태어나기 전부터 정해져 있다고 한다. 옛날 사람들은 인간의 생이 정해진 운명대로 펼쳐진다고 믿었다. 그래서 어른들은 이렇게 말씀하시곤 했다. "다 제가 먹을 것은 지고 나온다. 걱정할 필요 없다."

복: 운명, 주체

집에서 쫓겨난 막내딸은 산속으로 들어간다. 캄캄한 숲에서 헤매다가 숯 굽는 총각을 만나 그와 결혼한다.

막내딸은 '내 복에 산다'며 큰소리를 치고 집을 나왔다. 하지만 깊은 산속을 헤매는 그녀를 보니 다시 한 번 생각해보게 된다. 어느 것이 더 복 있는가. 부모 밑에서 안락하게 살다가 부모가 적절하게 맺어주는 짝을 찾아서 안락하게 사는 삶과 집에서 쫓겨나 먹을 것도 없이 전전하는 삶, 어느 것이 더 나은가.

하늘이 점지해준 '자기 복'이 부잣집 딸에서 부잣집 마나님으로 이어지는 복보다 과연 나을 것인가? 첫째 딸과 둘째 딸의 속셈은 이러했다. 아버지에게 밉보여서는 안 된다. 집에서 쫓겨난다면 대번에 죽을 자리로 떨어질 게 뻔하다. 하지만 아버지 밑에서 얌전하게 살면 좋은 집에 시집갈 수 있다. 막내딸은 '자기 복'을 택하다가 이렇게 불쌍하게 되어버렸다. 그렇다면 이 대담무쌍한 담력의 셈법도 들여다보자. 부자 아버지 밑에서 곱게 자라서 아버지가 점지해주는 남자에게 시집가는 게 과연 '내 복'인가? 칼자루는 아버지에게 있고, 남편에게 있다. 아버지는 나를 예쁘게 가꾸고 길렀지만 이야기에서 나타나듯 말 안 들으면 내칠 수도 있다. 그는 내 삶을 전적으로 장악했다고 생각한다. 천만의 말씀, 아버지가 아무리 노력한다고 해도 어쩔 수 없는 부분이 있는데도 그는 그것을 모른다. 아버지가 어진 은혜를 단비처럼 뿌린다고 해도 그것을 흡수해주지 않으면 자라지 못한다. 흡수한다고 해도 어느 방향으로, 어떻게 자랄지는 아버지 권한이 아니다. 그것은 전적으로 '내 복'에 달린 문제. 아버지가 어쩔 수 없는 부분, 아버지가 볼 수 없고, 아버지에게 보이지도 않는 부분, 그것이 '내 복'에서 연원하는 줄 그는 알지 못한다.

언니들은 좋은 집에 시집가서 남편 사랑을 받는다고 하지만, 남편의 사랑은 아버지보다 더 허술하다. 성적 욕망, 경제적인 부, 사회적인 위상, 나뿐만 아니라 내 자식의 생까지 새로운 가부장, 남편에게 얽혔으되 그의 사랑은 처녀 적 아버지가 보여준 전폭적인 애정에 비교할 수조차 없다. 그는 항상 흔들리고 있으며, 이는 아내 눈에는 매우 위태하게 보인다. 나의 존재가 이렇게 허약한 동아줄에 달려 있다니! 상황이 이런데도 언니들은 부잣집 딸로 태어나 부잣집에 시집가서 복락을 누리리라 기대한다.

앞날은 누구도 모른다. 사랑받을지, 소박당할지 누가 알겠는가. 내가 비록 초라하게 집에서 쫓겨나서 어두운 숲속을 헤매지만 어떻게 될지는 아무도 모른다. 미래의 예측불가함이란 모든 이에게 동일하다. 유일하게 기댈 수 있는 것은 나에게 주어진 분복이 있다는 사실뿐이다.

하늘이 나를 세상에 내놓을 때 복을 지고 태어나게 했다. 사람들은 자신들이 지고 온 복을 가지고 살아간다. 하늘이 정해준 복에 대해서는 부모도 어찌할 수 없는 법, 이쯤 되면 복을 운명이라는 말로 치환해도 될 법하다. 그럼, 타고난 복이 적다면 어찌 되는가. 가난하면, 건강하지 못하면, 못된 사람을 만나 불행하게 된다면 그게 어떻게 복이라 하겠는가. 두 가지 답변을 내놓을 수 있다. 첫째, 내 복은 남과 비교 불가하다. 나를 남과 비교할 수 없는 것과 같다. 비교 불가한 나의 고유성, 자신의 운명을 받아들이는 사람은 예속 상태를 벗어난다. 아버지로부터, 가족으로부터, 남편과 연인으로부터, 그리고 세상으로부터. 어떤 상황도 받아들이지만, 어느 누구로부터도 예속되지 않는다. 이 모든 것은 내 운명이고 내 복이기 때문이다.

둘째, 운명이 죽음이나 좌절이 아니라 복으로 상정되었다는 점을 분명히 하자. 매 맞는 아내를 상정해보자. 남편으로부터 매 맞고 살면서도 남편을 떠나지 못하는 이 어처구니없는 상황에 대해서는? 여자가 남자를 떠나지 못하는 이유는 여러 가지가 있지만 남편이라는 보호막 말고는 정신적으로나 물질적으로나 대안이 없기 때문이다. 남편에게 예속된 왜곡된 상황 속에서 여자는 자신이 맞을 짓을 했기 때문에 맞는다고 생각하거나, 혹은 매 맞는 상황을 감내함으로써 남편에 대한 자신의 존재감과 사랑을 확증하고자 한다. 그녀는 사랑하면서 점점 메말라간다. 자신을 극단적인 수동적 상태로 상정하면서 만들어지는 주체, 이게 복일까? 복은 '생'을 의미하며 그것은 풍요롭다. 이 점에 대해서 좀 더 자세히 살펴보자.

복: 생명과 풍요

숯구이 총각과 결혼한 막내딸은 남편이 일하는 곳으로 찾아갔다. 그곳에서 그녀는 숯가마의 이맛돌이 금덩이라는 사실을 알게 됐다. 막내딸은 남편에게 이맛돌을 빼서 팔자고 설득했다. 남편은 아내의 말에 따라 이를 시장에 팔기로 했는데, 금덩이의 가치를 알아본 늙은이가 거금을 주고 샀다. 부부는 큰 부자가 되었다.

복은 만남에서 시작한다. 그녀는 자신의 복을 믿고 집을 나왔다. 집을 나와서 처음으로 마주친 풍경은 죽음과 다르지 않았다. 대부분의 이야기는 깊은 산속으로 들어갔다든가, 깊은 산속에 버려졌다든가, 상자에 담긴 채 강물에 띄워졌다는 식으로 나타난다. 모두 모의적인 죽음을 상징한다. 그러나 죽을 자리에 떨어졌다 해도 끝내 살아난다. 주어진 복이 다하지 않는 이상 그녀는 살게 되어 있다. 어떻게? 바로 누군가를 만나면서 살 길이 열린다. 막내딸은 앞뒤가 깜깜한 산속에서 숯굽는 총각을 만나서 그의 아내가 된다.

여기서 두 개의 동사를 주목해보자. '산다'는 '만난다'라는 말과 긴밀하게 연결되어 있다. 사람은 혼자서 살아갈 수 없으며, 항상 누군가와 만나서 온기를 나누면서 살아가게 되어 있다. 사랑을 나누면서 사람이 태어나고 가족이 생기며, 물건과 재화를 주고받으면서 시장과 공동체, 그리고 문명이 생겨난다. 이들은 모두 사람과 사람이 만나면서 생겨난 생명의 열매들이자 복의 결과이다. 다시 말해 누군가와 만나서 복을 창출한다. 복을 단순히 재화의 많고 적음으로만 치환한다면 너무 단순한 생각이다. 누군가와 만나면서 일이 벌어지고 부가 산출된다. 곧 복의 시작이다. 집에서 쫓겨난 아가씨는 총각을 만나서 아내가 되었다. 집에서 쫓겨나면 죽을 줄 알았는데, 남자를 만나 힘을 합쳐서 살림을 일군다. 살아났을 뿐만 아니라 하나였던 존재가 둘이 되었다. 죽음에서 삶으로, 하나에서 둘로. 이것이 바로 복이 아닌가.

복은 자기 능력을 발휘하는 가운데 터져 나온다. 아내는 남편이 일하는 곳에 놀러 간다. 가보니 남편의 숯가마 이맛돌이 금이라는 사실을 알게 된다. 남편은 그곳에서 일을 하면서도 이맛돌이 금임을 알지 못했다. 다른 사람에게는 없는 자신만의 자질, 예지력, 이것은 그가 하늘로부터 가지고 온 능력이다. 아내는 이맛돌을 빼서 장에 내다 팔자고 한다. 남편은 화들짝 놀라서 극력 반대한다. 우리가 숯을 구워서 먹고 사는데 이맛돌을 빼면 무엇으로 먹고 살겠는가. 아내는 남편을 설득하느라 무진 애를 쓴다. 여기서도 아내의 예지력이 유감없이 발휘되었다. 그는 조금도 당황하지 않고 빼낸 이맛돌을 가지고 어떻게 해야 하는지를 소상하게 일러준다. 장에 나가서 팔아라, 아무도 이 돌을 알아볼 사람이 없을 테지만 해가 저물 무렵이면 어떤 노인이 와서 값을 물어볼 것이고, 그때는 제 값대로 달라고 하면 된다고 말해주었다. 남편은 아내가 시킨 대로 했다. 과연 어떤 노인이 와서 금을 알아보고 큰돈을 치렀고, 덕분에 부부는 거부가 되었다.

그녀의 예지력은 거부가 되는 데 일조했다. 남들이 못 보는 것을 보고, 앞날에 어떤 일이 일어날지 미리 안다는 이 능력은 보통 사람에게서는 찾을 수 없는 신성한 자질임은 틀림없다. 예지력이 없는 사람은 어쩌라고! 평범한 사람은 복을 누리지 못한단 말인가. 신적 자질을 지녔다고 해서 복락을 누리는 것은 아니고, 예지력을 지녔다 해도 다 부자 되고 복을 얻지는 못한다. 잠깐 풍수사의 이야기를 덧붙여보자. 풍수사는 어디를 못자리로 하면 발복하는지를 잘 안다. 하지만 좋은 자리를 안다고 하더라도 그 자리에 적합한 덕을 가지지 못하면 좋은 못자리도 효험이 없다. 그러므로 이야기에서는 예지력의 신성자질보다 그것이 막내딸의 '능력'이라는 사실이 중요하다. 다시 말해 예지력은 막내딸의 복이고 덕(능력)이다. 막내딸은 자신이 가지고 태어난 복덕(능력)을 마음껏 활용해서 거부가 되었다. 누구나 남들이 가지지 못한 자신만의 능력을 지니고 태어나지 않는가. 어떤 이는 달리기를 잘하고, 어떤 이는 요리를 잘한다. 또 어떤 이는 노래를 잘 부르고, 어떤 이는 셈에 밝다. 각자 자기가 받은 능력을 발휘하여 자기 몸을 건사하고 식구를 먹여 살린다.

복을 만남과 능력 발현으로 정리한다면 복의 윤곽이 대략 드러난다. 바로 그의 '생명'이다. 단순히 '생명', '산다'는 정도만 가지고 복이라고 한다면 하찮게 여겨질 수도 있다. 모름지기 '복'이라고 한다면 막내딸처럼 대처에 기와집을 짓고 여러 종들을 거느리면서 호화롭게 살아야 하는 게 아니겠느냐고 반문할지도 모르겠다. 사람이 살면서 꿈꾸는 가장 화려한 모습, 이런 화려함은 섬약하여 부서지기 쉽다. 돈이야 있을 때도 있고 없을 때도 있다. 부자가 있으면 가난한 사람도 있다. 수부귀다남, 욕망의 시선에 잡힌 복이란 그야말로 우연에 종속되어 있다. 내 삶이 한 조각 우연에 매달려 흔들린다면 그야말로 불행하지 않겠는가. 이보다는 좀 더 강력한 복을 요청할 필요가 있다. 그 어느 순간에서도 요동하지 않는 강력한 복, 나에게 속한 복. 바로 내가 능력을 행사하고 있다는 '힘의 감각'이다.

복: 환대의 조건

부자가 된 막내딸은 아버지가 생각났다. 아버지는 막내딸을 쫓아낸 뒤 가산이 점점 기울어 거지가 됐다고 한다. 막내딸은 아버지를 찾기 위해 거지 잔치를 열었다. 잔치의 마지막 날, 거지가 된 아버지가 찾아왔다. 막내딸은 버선발로 뛰어나가 아버지의 손을 끌어 집으로 모신다. 목욕을 시키고 깨끗한 옷을 주면서 큰 잔칫상을 벌여 아버지를 기쁘게 맞이했다. 이를 본 아버지는 '네 복에 산다더니, 그 말이 맞다'고 인정해주었다.

막내딸의 발복에서만 끝난다면 그다지 어렵지 않다. 하지만 지독한 문제가 하나 더 제기되어 이야기가 길어졌다. 이야기꾼들은 기어이 버림받은 막내딸과 딸을 버린 아버지를 대면시킨다. 딸이 나가자 아버지의 집은 가세가 기울었고 급기야 거지가 되었다고 했다. 아버지는 이곳저곳을 전전하다가 드디어 부자가 된 딸의 집을 찾게 된다. 자신을 버린 아버지, 그를 본 딸은 어떤 표정을 지을까. 아버지가 원망스럽지 않았을까. 진실을 말했을 뿐인데, 격분하면서 자신을 내쫓은 아버지, 밉지 않았을까. 버림받은 딸의 마음에 트라우마가 짙게 남아 있지 않았을까. 하지만 이야기 속의 막내딸은 전혀 그런 기색이 없다. 오히려 아버지를 찾기 위해서 거지잔치를 열고, 찾아온 아버지에게 푸짐한 상을 차려 환대했다.

문제는 다시 복이다. 이제까지 복을 운명이나 생명이라는 차원에서 다루었다. 하지만 이제는 판을 바꿔서 인간의 마음, 사회, 윤리라는 지평으로 확장시켜야 할 때다. 어떻게 버림받은 사람이 버린 사람을 환대할 수 있을까. 여기서 복은 어떻게 적용되는가. 프로이트는 죽음충동을 말하면서 반복의 기제를 집요하게 따졌는데, 참으로 예리한 통찰이 아닐 수 없다. 사람은 끊임없이 자신의 상처를 되새김질하면서 상처를 쥐어뜯는다. 하지만 버림받은 장면을 되새김질하는 동안에는 시간이 흐르지 않는다. 당연히 변화도, 소생도 일어나지 않으며 상처를 물어뜯는 어린 소녀만 있을 뿐이다. 아버지의 격노한 시선에 사로잡혀 있는 '나'는 어른이 되었어도 아직 상처 입은 소녀에 불과하다. 조금도 성장하지 않았다. 아버지는 날 내쫓았지. 이 원망, 질문, 채워지지 못한 갈증, 욕망에서 벗어나지 못한다.

반복을 동력으로 하는 것은 마음만이 아니다. 天道도 지치지 않고 반복한다. 해는 동쪽에서 떠서 서쪽으로 지고 봄이 가면 여름 오고, 가을과 겨울이 되면 또 다시 봄이 돌아오고, 사계절의 순환은 어김이 없다. 하지만 이 무한반복 속에는 엄청난 변화와 생산이 이루어지고 있다. 죽음 충동은 죽음에만 머물러 있을 뿐이고, 무수히 상처를 쥐어뜯는 반복을 통해서 상처받은 주체만 오려낸다. 그러나 천도는 오르고 내리기를 반복하면서 무수히 많은 생명을 산출한다. 해는 매일 똑같이 떠서 지는 듯싶지만 그 사이에 풀과 나무를 자라게 하고 열매를 맺게 한다.

자기 복을 따르는 그녀도 풍성해졌다. 사지로 나가떨어진 막내딸은 결혼해서 아내가 되고 마침내 거부가 되었다. 그녀는 이제 쫓겨난 어린 소녀가 아니라 대궐 같은 집을 소유한 마님이다. 마님의 몸과 마음에는 예전 같은 어린 소녀의 잔재가 남지 않았다. 만물을 살리고 풍성하게 하는 천도의 힘이 버림받은 상처를 씻어내고 넘치는 힘과 여유와 너그러움을 갖추게 했다. 그녀 안에서 움직이는 복과 생명이 이렇게 만든 것이다. 아픈 과거는 흔적이 남았을지 몰라도 새 살이 돋고 건강하게 된 그에게 아무런 영향을 끼치지 못한다. 자신을 버린 자를 환대하는 능력은 바로 여기서 생긴다.

단, 이것 하나만 짚고 넘어가기로 한다. 천도의 무한반복은 아무 대가 없이 이루어지지 않는다. 솟아올랐다가 꺼지고, 꺼지면서도 다시 솟아오르는 이 거대한 천도의 순환, 천명을 쫓아가기 위해서는, 자신의 의도와는 상관없이 자신을 밀어내는 운명의 거대한 힘, 그 생명력을 감당하기 위해서는 엄청난 노력을 기울여야 한다.

노을 지는 강변, 하루의 원정을 끝낸 물새네 가족들이 밤섬을 향해 그린 듯이 조용히 다가가고 있다. 그러나 자세히 보면 맨 꼬래비에는 아기 물새도 끼어 있어 저 순연한 식구들의 운항을 깨뜨리지 않으려고 저 홀로 필사적으로 몸부림치고 있다.

-이시영, <저녁에>[20]

그린 듯이 조용히 흘러가는 물새네 가족, 이 천도의 자연스러운 흐름을 좇아가기 위해서 아기 물새는 필사적으로 몸부림 쳐야 한다. 이런 노력 없이는 그저 죽음에만 머무르게 될 뿐이다. 민담에서 막내딸은 자기 안에 내재된 복을 그저 따라가다가 자연스럽고 우아하게 발복한 것처럼 보인다. 이런 멋스러움은 충분히 매혹적이다. 하지만 그녀의 마음이 과거에, 죽음에 갇히지 않고 다시 소생하기 위해서는 매번 다시 솟아오르는 천도의 흐름, 자신 안에 내재한 순연한 복력, 그 생명의 힘을 따라가기 위해 '필사적으로 몸부림' 쳐야만 한다. 이는 민담이 말해주지 않은 비밀이다.

---

20   이시영, 『무늬』, 문학과지성사, 1994.

5장

죽음을 넘어, 초월로 超越

아침마다 정화수를 떠놓고 기도를 하던 여인의 마음은 사랑이다. 사랑하는 임과 가족을 위한 정성이 여인의 마음을 하늘과 닿게 하였다. 하지만 이렇게 애틋하고 헌신적인 마음만 있는 것일까?

여인은 자신의 목소리나 정념을 꾹꾹 누르고 가부장의 지배와 보호를 받아야 하는 존재였다. 세상의 폭력은 가려줄 사람이 없는 여인들에게 더없이 잔인했다. 그러므로 가부장을 잃은 여인은 세상에서 가장 불쌍한 존재로 여겨졌고, 대개 처절하게 밟히고 사라지며 한 마디 애도도 받지 못했다. 임을 만나면 나을까? 임이 있더라도 여인의 마음을 읽어주지 못한다면 그에 의해 가슴에 한이 맺힌다. '여자가 한을 품으면 오뉴월에도 서리가 내린다'는 말처럼 여성의 한은 자연의 조화로운 기운을 거스르고 흐트러뜨린다. 한이 크면 클수록 그것은 재앙이 될 것이므로 그녀들의 상처는 파괴와 죽음을 불러들인다. 그런 의미에서도 여인은 신을 닮았다.

절망 속의 인간을 구원할 수 있는 것은 사랑이다. 이 장은 사랑을 잃은 절망에서 신이 된 여인들과 사랑함으로써 신을 불러들이고 위로받은 여인들의 이야기이다. 어쩌면 여인들이 말하는 신은 귀신, 원혼, 혼백으로 불릴지도 모르겠다. 어쨌건 그녀들은 죽음을 넘어 힘을 펼침으로써 자신을 구원하거나 공동체를 정화시키니 우리는 그녀들의 시선으로 사랑과 신성(神性)을 마주보고자 한다.

이 장에서는 여신들처럼 살아간 수많은 여인들 중에서 다섯 명의 여인 이야기를 소개한다. 치술령 신모라 불리는 신라 박제상의 처, 제주도 송씨 집안 조상신이 된 광청아기처럼 신이 된 여인의 사연에서 성숙한 사랑으로 피어나지 못한 그들의 정념과 그로 인한 절망의 과정을 살피고, 그들의 삶과 죽음을 애도하고 신으로 좌정시킨 공동체의 의지를 짚어본다. 그리고 이와 연결하여 생의 열망과 참담한 고통 속에서 분노의 여신처럼 등장하는 임진왜란 전설 속의 여인, 신립의 원귀도 눈여겨보았다.

이들이 우리에게 신화와 전설처럼 상상 속의 모습이라면 좀 더 실제 삶의 모습을 담은 인물들의 이야기로는 이귀의 딸 이여순과 기생 분영의 사연을 들 수 있었다. 인조반정 공신 이귀의 딸 이여순은 이예순, 영일 등 그녀를 칭하는 이름마저 여럿인 데다 젊어서부터 살아 있는 부처라며 여신도들을 몰고 다닌 독특한 여인이다. 남편 친구 오언관과의 떠들썩한 스캔들에서도 묘하게 살아남아 자수궁에 들어가면서 광해군과 인조 대 궁중 여인들의 마음을 사로잡는다. 그녀는 성녀인가 권력의 비선 실세인가.

배신과 분노, 원한과 권력의 파고에서 피어난 이야기들과 달리, 기생 분영과 권익홍의 사연은 오롯이 두 사람만의 곡진한 사랑 노래이다. 사랑으로 고백되는 삶의 과정은 일흔이 넘은 여인을 빛나게 하였다. 하지만 권익홍의 죽음 이후로 펼쳐지는 분영의 사랑 이야기는 기실 죽은 임의 혼령을 불러낼 정도로 정념과 통곡에 몸부림쳤던 여인의 상태였다. 죽은 이를 그려낼 정도의 한과 정념이 어떻게 맑고 여유로운 노랫가락으로 흐르며 사랑으로 피어날 수 있게 되었는지 분영의 기억을 따라가본다.

돌이 된 여인, 박제상의 처

사랑의 환상, 그 집요함과 어리석음

1.

『삼국유사』 '내물왕과 김제상'[1] 조는 다음과 같은 두 가지 이야기로 구성되어 있다. 두 이야기는 다른 것처럼 보이는데도 항상 쌍을 이룬다.

이야기 하나.

고구려에 볼모로 끌려간 동생을 간절히 그리워하는 눌지왕을 위해 제상은 국경을 넘어 왕자 보해를 구하고 함께 탈출하는 데 성공했다. 눌지왕은 보해를 만나자 왜국에 잡혀간 동생 미해 생각이 더욱 간

---

1   『삼국유사』 기이편, 〈내물왕과 김제상〉 조에서는 '김제상'이라고 되어 있고 『삼국사기』 제
45권에서는 '박제상'으로 되어 있다. 이 글에서는 널리 알려진 대로 '박제상'이라는 이름을
따르고자 한다.

절해졌다. 그런 왕을 본 제상은 왕에게 하직하고 곧장 왜국으로 떠났다. 왜인이 뒤쫓을 것을 염려한 제상은 미해를 몰래 탈출시킨 후 체포당해서 갖은 고문을 받게 된다. 고문 중에 왜왕으로부터 자신의 신하가 되라는 회유를 받기도 한다. 이때 제상이 한 말, "차라리 신라의 개, 돼지가 될지언정 왜국의 신하는 되지 않겠다."는 말은 지금까지도 회자된다.

이야기 둘.

제상이 왜국으로 떠날 때 부인은 그 소식을 듣고 뒤쫓아 갔으나 끝내 그 남편 제상을 따라 잡지 못한 채 망덕사 절문 남쪽의 모래벌판에 누워 길게 울부짖었다. 그리하여 그곳을 이름하여 장사(長沙)라고 했다. 친척 두 사람이 겨우 그를 부축하여 집으로 돌아오려 했으나 부인은 펄쩍 다리를 뻗고 주저앉아 일어나려 하지 않았다. 부인이 다리를 뻗고 주저앉아버린 곳, 그곳을 벌지지라 이름했다. 오랜 뒤에도 부인은 그 남편에의 그리움을 억누를 길 없어 세 딸을 데리고 치술령 고개 위로 올라가서 바다 건너 아득히 왜국을 바라보며 힘이 다하도록 통곡하다 그대로 죽어갔다. 부인은 죽어서 치술신모가 되었다. 현재 사당이 남아 있다.

2.

사람들은 첫 번째 이야기보다 두 번째 이야기를 더 선호한다. 실제로 구비설화의 현장에서는 두 번째 이야기 위주로 전승된다. 사람들은 제상과 그의 아내가 간절하게 그리워했노라 상상한다. 하지만 문헌 중심의 상층부 담론에서는 두 이야기를 꼭 붙여놓는다. 첫 번째 이야기의 忠과 두 번째 이야기의 烈, 국가와 남편에 대한 변함없는 충성이 같다는 유교 이데올로기를 강조하기 위해서이다. 다시 말해 간절하게 그리운 부부의 사랑이냐, 국가를 사랑하기(이데올로기)냐가 전승의 맥을 가른다. 하지만 다르게 볼 수는 없을까? 그 사랑은 집요하고도 어리석은 사랑이라고.

충과 열, 이 두 사랑은 임으로 상정되는 그 대상이 지극히 높은 곳, 혹은 가 닿을 수 없는 곳에 자리하고 그 대상을 바라보며 목숨까지 내어버린다는 점에서 비슷하다. 사랑의 대상이 자기 목숨보다 높은 위치에 있으며, 그 사랑은 육체가 말라가도, 혹독하게 고문을 당해도 개의치 않을 정도로 강렬하다. 먼저 烈이라고 오해되는 여자의 사랑부터 점검해보자.

3.

그녀는 떠나가는 남편을 바라보다가 돌이 되었다. 얼마나 절절하고 아름다운 사랑이냐면서 감탄하는 사람이 있다면 그는 자신을 돌이 되어버린 여자가 아니라 임금인 내물왕이나 지아비인 박제상과 동일시하고 있다. 다시 말해 사랑의 대상에 자신을 위치시키고, 이토록 지독한 사랑의 대상이 되었다는 사실을 뿌듯하고 갸륵하게 여긴다. 하지만 이 시선의 의지는 어떤 부분을 도려내고 있다. 그녀가 그리움에 지쳐서 서서히 죽어갔다는 대목이다.

그리움은 왜 사람을 죽이는가. '산다'라고 함은 그에게 생명이 흐르고 있음을 지칭한다. 생명이 끊어진 사람은 주검이라 부르지 사람이라고 하지 않는다. 그렇다면 이 그리움이란 생명을 멈추게 만드는 반-생명이라 할 수 있다. 이 그리움을 해부할 필요가 있다.

먼저 제상의 아내가 세 딸을 이끌고 치술령 고개 위에 올라가 왜국을 바라보았다는 그 시선에 눈높이를 맞추자. 그녀의 시선은 잃어버린 남편을 바라보고 있다. 텍스트는 이 점을 매우 뚜렷하게 부각한다. 통곡으로 말라 죽어가는데도 아내의 시선은 남편에게 고정되어서 떨어질 줄 모른다. 생명체로서 그녀의 움직임은 거의 정지되어 있다. 반대로 그녀는 남편의 시선에 사로잡혀서 꼼짝 못 했을 수도 있다. 남편의 시선은 일거수 일투족, 더 나아가 마음의 일렁임 하나도 놓치지 않고 그녀를 감시한다. 그녀는 먹지도, 마시지도 못하고 아무런 움직임도 없이 서서히 말라서 죽고, 돌이 된다.

도대체 여자는 무엇을 보았던 걸까. 마침 『삼국사기』에 그 단서가 나온다. 이 책에 따르면 제상은 내물왕의 탄식을 듣고 집에도 들르지 않고는 곧장 왜국으로 향했다. 이 말을 듣고 포구로 달려 나온 아내는 남편에게 잘 다녀오시라고 외쳤다. 그러나 남편은 내가 명을 받들고 들어가는 것이니 다시 돌아올 것이라 기대하지 말라고 답했다. 상황을 보면 제상의 부인은 남편의 말에 이미 희망을 잃었다. 이 말을 들은 아내의 마음은 어떨까.

고아의식, 남자는 여자에게 이미 모든 것이 되었다. 남자는 여자의 과거요, 미래이고, 그가 없으면 살 의지도 희망도 없다. 이는 단순히 남편이 떠났다는 정도가 아니라 버림받은 아이의 상처, 고아의식과 유사하다. 사람들이 부축해주는데도 일어서지 못했다는 것은 위로받기를 거절하고 절망 속에 남아 있겠다는 의지의 표현이다. 이 의지 속에는 원망이 개입되어 있다. 나를 이렇게 혼자 버려두다니. 그 이유가 무엇인가. "넌 왜 날 버렸니? 내가 언제 널?"[2] 환상 속에서 그에게 캐묻고 그는 대답한다. 너에게 나 말고 뭐가 있는 거지? 어떤 관계야? 원인을 캐어묻는 질문은 끝없이 이어지고, 다시 돌아오리라 기대도 말라는 남편의 답변으로부터 질문보다 독한 대답이 연출된다. 이 끝없는 질문과 대답의 놀이야말로 사람을 돌로 만든 힘이 아닐까.

역으로 여자는 어떤 시선에 사로잡혀 꼼짝도 못 했을 수 있다. 한순간도 자신을 놓치지 않는 그 시선. 바로 몸과 마음뿐만 아니라 영혼까지 사로잡지 않으면 결코 만족하지 않는 가부장의 시선이다. 라캉은 환상 속에서 자신을 바라보는 시선, 곧 응시에 주목했다. 그에 따르면 응시는 본질적으로 "사악한 눈", "탐욕으로 가득 찬 눈"[3]이다. 그는 선량하고 은혜로운 응시를 찾아보려고 성경까지 뒤졌다고 했지만 그렇게 볼 수 있을 듯한 몇몇 단편적인 구절만을 발견했을 뿐이고, 결국은 자

2 　　　　허수경, 〈서늘한 점심상〉

3 　　　　라캉, 『자크 라캉 세미나 11—정신분석의 네 가지 근본 개념』, 맹정현·이수련 옮김, 새물결, 2008, 178~179쪽.

신의 논리맥락에 맞는 따뜻한 응시는 찾을 수 없다고 했다. 오히려 아우구스티누스의『고백록』에서 그 사악한 눈, 탐욕으로 가득 찬 눈에 대한 예시를 찾아낸다. 엄마의 젖을 물고 있는 동생을 바라보는 아이의 invidia(질시), 여기에는 동생을 산산조각내고 그 독이 자신에게 번질 정도로 표독스런 시선으로 동생을 바라보는 형의 응시가 들어가 있다. 여자는 자신을 온통 사로잡고 놓아주지 않는 가부장의 표독한 응시 속에 잡혀서 꼼짝도 못 하고 있다. "항상 너를 감시하고 있어. 나를 떠나서 네가 어디로 간단 말이냐?"

그 어느 쪽이든 결과는 같다. 여자가 남편이 사라진 곳을 바라보며 지어내는 환상의 성격은 떠나간 애인에 대한 '원한', 혹은 떠나온 애인을 향한 '집착'이라는 점이다. 무엇보다 심각한 문제는 원한과 집착에 둘러싸여 자기 자신뿐만 아니라 세 딸의 존재까지 망각했다는 사실이다. 아내는 딸들을 데리고 왜국을 향해 서 있다. 남편이 있는 곳을 바라보는 시선 속에는 자신을 쳐다보는 딸의 존재가 놓일 자리도 없다. 그녀는 세 딸의 존재뿐만 아니라 점점 말라가는 자신의 육체마저 소외시킨 채 모래지옥에 빠진 개미처럼 빠져나올 생각도 못 하고 있다.

사실 남편에게는 또 다른 사랑이 있었다. 바로 군주에 대한 충성. 이 충성이 단순한 윤리나 이데올로기가 아니라 사랑이었음은 텍스트의 곳곳에서 쉽게 발견된다. 앞서도 말했듯이 임금은 볼모로 잡혀간 두 아우, 곧 복호와 미사흔을 생각하면서 슬퍼하였다. 사랑하는 임의 얼굴에 슬픔이 어린 것을 본 그는 "신이 어리석고 불초하나 어찌 감히 명을 받들지 않겠습니까?" 말하고는 기꺼이 고구려에 있는 복호를 데리고 왔다. 하지만 임은 만족하지 못하고 여전히 어두운 그림자를 얼굴에서

떼어내지 못한다. 남편은 사랑하는 임을 위해서 죽음을 맹세하고 처자도 보지 않은 채 곧 왜국으로 향했다. 예부터 남자는 자신을 알아주는 이를 위하여 죽고 여자는 자기를 알아주는 이를 위하여 화장을 한다고 했던가? 박제상은 자기를 바라보는 자는 안중에 없고 자기가 바라보는 이에게 사로잡혀 목숨을 바친다.

〈사미인곡〉은 군주를 애타게 바라보는 이의 사랑과 원망을 곡진하게 보여준다. 자기를 버린 임금을 생각하는 충신의 마음은 떠나버린 남편을 바라보는 아내의 마음과 매우 닮았다. 나는 너에게 모든 것을 걸었다, 그러나 너는 나를 떠났다.

이 몸 생겨날 때 님을 따라 생겼으니
한평생 연분이며 하늘 모를 일이던가
나 하나 젊어 있고 임 하나 날 사랑하시니
이 마음 이 사랑 견줄 데 전혀 없다
평생에 원하기를 함께 살자 하였더니
늙어서야 무슨 일로 외로이 그리는가
엊그제 임을 모셔 광한전에 올랐는데
그 사이 어찌하여 하계에 내려오니
올 절에 빗은 머리 흐트러진 지 삼 년일세
연지분 있다마는 누굴 위해 곱게 할까
마음에 맺힘 시름 첩첩이 쌓여 있어
짓는 것이 한숨이오 지는 것이 눈물이라
인생은 유한한데 시름도 끝이 없네
무심한 세월은 물 흐르듯 하는구나

계절이 때를 알아 가는 듯 다시 오니
듣거니 보거니 느낄 일도 많고 많다[4]

　　인용한 부분은 〈사미인곡〉 서사(緖詞) 부분이다. 자신이 임을 따라
생겨났으니 한 생의 연분을 하늘이 모르겠느냐고 했다. 화자는 하늘
이 정해준 연분의 실로 임과 자신을 단단히 묶어놓았다. 이 연분의 끈
은 하늘에 연원을 두고 있다는 점에서 박제상 부인이 남편에게 걸어두
었던 사랑의 실과 유사하다. 나는 젊고 임은 나를 사랑하시니 이 마음
과 이 사랑, 견줄 데가 전혀 없다. 사랑 안에서 나와 임은 온전히 하나
라, 하지만 이 세상에서 사랑이란 실로 한숨뿐이다. 화자는 없는 임을
그리워하면서 눈물짓는다. 추위와 더위, 만물의 다양함, 듣고 보는 모든
데서 외롭고 쓰라린 느낌만 일어난다. 매화의 암향, 곱게 수놓은 옷, 북
극별, 겨울날 처마에 깃든 햇빛, 자연의 모든 휘황찬란한 변화도 모두
임이 부재하는 깊은 시름 속에 잠긴다. 이렇듯 서사 이후 전개되는 모
든 주제는 '원망(怨)'으로 모인다. 각 단락을 춘원(春怨), 하원(夏怨), 추원
(秋怨), 동원(冬怨)이라 이름붙인 데는 타당한 이유가 있다. 다음은 결사
(結詞)이다.

하루도 열두 때 한 달도 설흔 날
잠깐 동안 생각 말아 이 시름 잊자 하니

4　　정재호·장정수, 『송강가사』, 신구문화사, 2006, 144~145쪽.

226 · 악녀의 재구성

마음에 맺혀 있어 골수에 사무치니
편작이 열이 온들 이 병을 어찌하리
어와 내 병이야 이 임의 탓이로다
차라리 죽어져서 범나비 되리라
꽃나무 가지마다 간 데 족족 앉았다가
향 묻힌 날개로 임의 옷으로 옮기리라
임이야 나인 줄 모르셔도 내 임 좇으려 하노라[5]

임을 잊으려 하나 마음에 맺히고 뼛속에 사무쳤다. 이 상사병은 다 임의 탓이다. 화자는 훌쩍 몸을 버리고 범나비가 되고 싶어 한다. 꽃에 앉았다가 향 묻은 날개로 임의 옷에 옮아주려고. 임은 날 몰라본다 해도 나는 임을 좇으리라고 다짐한다. 그리움으로 서서히 굳어져가는 제상 부인의 내면이 바로 충신이 임금을 사모하는 노래 안에 거울처럼 비추어져 있다. 상대가 호응해주지 않는다고 해도, 남편이 나를 버리고 갔다고 해도, 몸을 벗어버릴 각오를 하면서 상대를 사로잡으려 한다. 이처럼 강렬하게 타오르는 정념, 이것이 몸을 굳게 만들고 죽음을 불러들이는 원동력이다. 사실 죽음 따위는 별 의미가 없다. 죽으면 나비가 될 테니까. 나비가 되면 더 좋지 않나. 임에게로 날아갈 수 있으니까. 원망과 집착의 언어는 끝이 없다.

참으로 집요하고 어리석고 끔찍한 사랑의 환상 아닌가. 그는 발밑에서 딸들이 죽어가는 것도 모르고, 주변에서 생생하게 피어나는 온갖

---

5   앞의 책, 147쪽.

자연물을 한숨으로 시들게 만든다. 환상 속에서는 범나비의 날갯짓만 시리도록 아름답다.

4.

그런데 돌이 되어버린 여자가 신이 됐다고 한다. 이를 어떻게 해석할 것인가? 먼저 박제상의 경우를 들어 해명해보자. 조선시대 유학자들이 박제상을 절의의 상징이라 칭송하는 것은 당연하다. 유가 이데올로기는 조선의 벼리(綱)이다. 이를 통해 국가부터 가정까지 질서가 서게 되었다. 박제상은 몸소 이데올로기를 구현하여 청사에 이름을 남기게 되었다. 불후의 명예를 얻게 된 것이다. '신'이라 하여도 부족하지 않다. 그렇다면 치술신모가 된 제상의 부인에 대해서는? 박제상 부인이 신이 되었다는 모티프는 상층부 담론에서는 전혀 언급되지 않으며, 하층의 민간담론에서만 전한다. 그녀를 신으로 섬긴다 함은 죽음을 살라먹을 정도로 뜨거운 정념을 공동체가 소유하고자 했다는 뜻이다. 공동체는 그 정념이 자기 고을의 풍요를 가져다준다고 여겼음에 분명하다.

다소 희한하게 보이기는 하지만 현재까지 전승되는 안동 하회별신굿을 떠올리면 이해 못 할 것도 없다. 이 별신굿의 주인공은 17세에 과부가 된 무진년생 의성 김씨다. 제주는 깃대에 신을 모시고 마을로 내려온다. 이를 좇아 탈을 쓴 광대들 한 무리가 지나가는데 선두는 무등을 탄 각시며, 이것이 무동마당이다. 강림한 여신을 본 마을 사람들은 옷을 벗어 걸면서 소원을 빈다. 이후 주지춤, 백정놀이, 할미놀이, 파

계승놀이, 양반·선비놀이, 그리고 신방과장에 이르기까지 별신굿에는 넘실거리는 성적(性的) 에너지가 충만하다. 특히 보이지 않는 곳에서 은밀하게 치러지는 신방과장은 분출하는 성의 특성을 잘 보여준다. 각시와 청광대의 모의적인 혼례에서 이 청광대는 마을 사람 중 자식이 없는 남자가 도맡는다. 각시광대와 초야에 치르는 모의적 성관계를 거치면 이 남자는 자식을 얻는다고 한다. 이처럼 무동마당부터 신방과장까지 굿은 17세 과부 서낭신, 그 원혼을 위로한다는 목적하에 진행된다. 다시 말해 마을 사람들은 미처 펴보지도 못하고 죽은 과부의 원혼, 죽음도 살라 먹을 정도로 분출하는 정념에 편승해서 활력을 잃어가는 마을에 불을 지피고자 했던 것이다.

치술령 신으로 모셨던 사람들의 의도도 이와 같을 것이다. 몸이 서서히 굳어져 돌이 되어버릴 정도로, 그리고 죽음을 넘어서까지 자기를 버리고 떠나간 임을 끌어안으려는 집념, 이 악착같은 정념의 힘을 빌려 시들어가는 공동체에 생의 활력을 불어넣고자 한다. 그렇다면 그 신적 에너지의 순도는 의심해봐야 할 듯하다. 앞서 설명했듯이 남편에 시선을 못 박으면서 펼쳐놓은 환상들은 버림받은 고아의식에 알 수 없는 원망들, 〈사미인곡〉으로 방증한다면 차라리 몸을 벗을지언정 그 부재하는 임을 끝내 움켜쥐려는 갈망을 연료로 하고 있다. 여기에는 자신에게 매달리는 세 딸이나, 자신을 감싸는 생령들의 아름다움이 깃들 자리가 전혀 없다. 마침내 자신의 생명까지 차갑게 굳어버리게 했다. 죽어서 신이 되었다고는 하나 살아서 만물을 거두어 먹이고 기르는 생명의 공능(功能)과는 거리가 멀다. 미처 펴보지도 못한 과부의 정념에 편승한 욕망의 불길 속에 누군가는 또 말라가지 않을까.

사람들은 아름다운 환상에 매혹되고 욕망에 휩쓸려 살아간다. 이
것이 그들의 삶-생명이다. 이 삶은 언제나 결핍된 대상으로 결핍을 채
우려는 욕망의 몸부림에 기대고 있다. 하지만 신으로 화할 정도로 거센
욕망의 물결 속에 누군가는 말라간다. 어디서부터 잘못됐을까.

참고문헌

일연, 『삼국유사』, 이동환 역주, 삼중당, 1983.
정재호·장정수, 『송강가사』, 신구문화사, 2006.

김정은, 「『삼국유사』와 구비설화에 나타난 〈치술령〉 전승의 두 양상」, 『온지논
　　총』 24, 온지학회, 2010.
엄기영, 「'박제상 이야기'의 수용 양상과 그 의미─인물형상을 중심으로」, 『민족
　　문화연구』 39, 고려대 민족문화연구원, 2003.
이승수, 「죽음의 수사학과 권력의 상관성─傳係 敍事를 중심으로」, 『대동문화연
　　구』 50, 성균관대학교 대동문화연구원, 2005.

라캉, 『자크 라캉 세미나 11─정신분석의 네 가지 근본 개념』, 맹정현·이수련
　　옮김, 새물결, 2008.

광청아기

나를 버린 자, 대대로 나를 섬기게 되리라

본풀이란 신의 출생으로부터 신으로서의 직능을 차지하여 좌정할 때까지의 내력담을 일컫는 말로 무당이 굿에서 노래로 부른다. '본'은 근본을 뜻하고 '풀이'는 '해석, 설명하다'라는 뜻의 명사형으로, 학술적으로는 서사무가(敍事巫歌)라는 용어로 많이 쓰이나 실제 굿의 현장에서는 본풀이라는 명칭을 주로 사용한다. 특히 제주도 지역에서는 무당과 청중 모두 본풀이라는 용어를 사용하는데 신의 일생과 위업에 대한 내용이라는 면에서는 동일하지만 신에 대한 위계 구분은 분명하다. 즉 신의 성격에 따라 일반신본풀이, 당신본풀이, 조상신본풀이로 나뉘는데, 우주적 차원의 사건을 담당하는 신격이나 인간의 생로병사, 인간의 재수와 소망을 관장하는 신격 등이 일반신본풀이의 주인공이라면 마을의 숭앙 대상이 된 신격이 당신본풀이의 주인공이다. 한편 조상신본풀이는 한 집안의 행운을 보호해주는 신이 모셔지게 된 내력을 풀이하는 내용으로 구성되는데, 여기서 '조상'이란 조부모, 증조부모 등 혈연조상(血緣祖上)을 일컫는 경우도 있지만 대부분은 혈연조상이 아닌 뱀, 원혼 등을 지칭하게 된다. '광청아기 본풀이'는 제주도 무가, 그중에서도 조상신본풀이에 해당하고, 조상신은 혈연조상이 아닌 경우라 하겠다.

광청아기 본풀이는 제주도 동김녕 마을 송씨 집안에서 모시는 무속적 조상인 광청아기의 내력을 풀이하는 서사무가이다. 육지 광청고을 허정승의 딸인 광청아기가 제주도 동김녕 송씨 집안의 조상신으로 섬겨지게 된 연유는 무엇일까. 광청아기의 이야기는 송씨 집안 송동지 영감과의 만남에서 시작해 결연, 이별, 재회, 죽음을 거쳐 신으로 좌정하는 것으로 끝난다.

그와 그녀의 만남과 결연

그, 송동지 영감은 제주도 김녕리에 산다. 그는 이미 자식들을 여럿 둔 영감이다. 그리고 그녀, 광청아기는 육지의 광청고을에 산다. 그녀는 허정승의 딸로 부모의 명이 내리면 곧 혼인을 하게 될, 그야말로 꽃다운 처녀이다. 출륙금지령으로 제주와 육지의 왕래가 자유롭지 못했던 시대적 특성을 감안하면 이 둘은 언뜻 만나기도 쉽지 않은, 게다가 그다지 어울리지 않는 어색한 그림을 이룬다. 그런데 둘은 만났고, 인연을 맺었다. 식상한 말로 이들의 만남은 우연일까, 운명일까.

송동지 영감은 사또의 명으로 서울에 진상을 가게 된다. 송동지는 진상을 마치고 돌아오던 길에 광청고을 허정승의 집에서 하루 유숙하게 되는데, 밤이 늦도록 잠이 오지 않아 집 안을 서성이다가 불빛이 비치는 방 앞에 선다. 창문 밖으로 어여쁜 아가씨가 내다보자 당황한 송동지 영감은 황급히 돌아서는데 오히려 아가씨가 할 말이 있으니 안으로 들라고 권한다. 뛰는 가슴을 어쩌지 못하고 방에 들어선 영감 앞에 아가씨는 술상을 차려놓고 심심풀이나 하자고 제안한다. 그녀가 제시한 심심풀이란 새각시 놀이라는 것인데, 술을 마시며 서로 옷을 바꿔 입는 놀이였다. 요즘 말로 하자면 술을 마시면서 게임을 하는 것인데, 게임이 진행됨에 따라 서로 옷을 하나씩 벗어 갈아입는다니. 그것도 처음 만난 남녀 사이에, 게다가 나이 지긋한 양반 영감과 이제 막 여인 태가 나기 시작한 양반집 규수 사이에 말이다. 대단히 대담하고 도발적인, 그러면서도 송영감으로서는 거절하기 쉽지 않은 젊은 처녀의 은밀한 유혹에 그들의 하룻밤은 "꿈결같이 지나"갔다.

둘의 만남과 결연에 있어 더 먼저, 더 적극적으로 임한 쪽은 광청아기이다. 광청아기는 송동지에게 "나는 광청고을 안 궁녀로, 장차 부모의 명령대로 혼인하여야 할 몸"이니 혼인 전에 "그 행동을 한번 하고 싶다"고 대담하게 이야기한다. 술에 취해 어느새 서로의 옷으로 바꿔 입고서 상대의 눈을 바라보니 둘은 "인연이 꼭 들어맞는 듯"하다고 하였다. 사실 젊고 생기 넘치는 광청아기의 로맨스 상대로 나이 들고 소심한 듯한 송동지 영감은 그다지 어울리는 것 같지 않다. 광청아기의 결연 상대로서 송동지 영감의 유일성은 미약해 보이고, 우연적인 만남을 기반으로 하기에 얼마든지 대체 가능한 남성들 중 한 명인 듯하다. 이렇듯 마음에 두고 보아오던 정인도 아닌 송동지 영감과 광청아기의 만남은 우연에서 출발하였지만 결연을 통해 꼭 들어맞는 인연이라는 모호한 확신을 남기게 된다.

그와 그녀의 예정된 이별

다음 날 아침 송동지는 몰래 자신의 처소로 돌아와 '장차 이 일이 어찌 될 일인고' 하는 걱정을 떨치지 못한다. 육지 출입이 자유롭지 못한 제주민으로서, 무엇보다 귀한 정승댁 따님과 하룻밤을 보냈으니 현실로 돌아와 이런저런 걱정이 끊이지 않는 것은 당연지사. 송동지는 허정승의 집을 떠나 제주로 돌아가기 위해 포구에 이르러서도 꿈인지 생시인지 모를 어젯밤 일을 곱씹었다. 송동지 영감은 아마 얼떨떨하면서도 설레고, 설렘 끝에는 두렵기도 했으리라. 처음부터 송동지와 광청아기의 이별은 이미 예정된 것이었다. 송동지는 진상이 끝나고 육지와 출입이 엄격히 제한되는 제주로 돌아가야 할 몸이고, 광청아기는 궁 안의, 부모의 혼인 명을 기다리는 존재이기 때문이다. 그들이 원래 속해 있었던, 하룻밤의 인연을 뒤로 한 채 돌아가야 할 두 공간은 물리적으로뿐 아니라 제도적으로 완전히 분리된 장소이다. 그들 사이의 바다는 넘어서기 쉽지 않은 둘 사이의 경계를 강렬하게 형상화한다.

이미 일가를 이루고 제주도라는 출입이 제한된 장소에서 내리 살던 중년의 남성과 곧 혼인을 앞둔 내륙의 젊은 처녀가 공유할 만한 접점지대는 찾기 힘들다. 특히 나이 든 남성과 젊은 여성의 결합이라는 측면에서 둘의 관계는 흔히 전해지는 이야기 유형들과는 구분된다. 즉 고귀한 신분의 늙은 남성과 미천한 신분의 젊은 여성이 남성의 관심 표현으로 인연을 맺었다가 뒤따른 남성 인물의 일방적인 관심의 철회로 관계 단절의 위기를 맞고, 또 다시 여성 인물의 적극적인 관계 회복 의지에 의해 종국에는 부부의 인연을 이어가는 여타 설화들과는 사뭇 다르다. 또 예지몽 등의 이유로 일부러 늙고 미천한 특정 남성을 찾아가 혼인을 감행하는 젊고 고귀한 신분의 여성 인물 이야기들과도 맥락이 상이하다. 즉 광청아기는 자신의 젊음으로 상대 남성의 늙음을 상쇄시켜주는 대가로 신분 상승을 도모할 이유가 없고, 뚜렷한 예지력을 근거로 송동지 영감과 결연을 주도할 명분도 없었다. 그럼에도 불구하고 광청아기가 송동지 영감과 결연을 이끈 것은 어쩌면 곧 헤어질 운명이 주는 자유로움 때문이었는지도 모른다. 다시 만날 수 없다는 것. 그것은 오래 마음에 품어둔 정인에게는 더할 수 없이 잔인한 운명이겠지만, 남녀유별이 엄격한 시대의 청춘이 이성에 대한 호기심과 관심을 날것 그대로 드러내 보일 수 있는 절호의 조건일 것이기 때문이다. 이렇게 예정된 이별은 역설적이게도 그들의 결연에 전제조건이 되었다.

그들의 재회와 그녀의 죽음

제주에 돌아온 송동지는 다시 진상을 가게 된다. 진상을 마치고 광청고을 허정승 댁에 찾아가 밤이 되기만을 기다린 송동지는 날이 저물자 광청아기 방에 달려 들어간다. 첫 만남과 결연에서는 머뭇대고 주저하던 송동지였지만 광청아기와의 은밀한 밀회를 잊지 못한 그는 이번에는 재회의 기회 앞에 주저하지 않고 아기씨에게 달려갔다. 그런데 송동지를 맞이한 광청아기는 예전의 매력적이고 도발적이며 어여쁜 아기씨가 아니었다. 다시 만난 광청아기의 흰 얼굴은 검어졌고 배는 큰 항아리처럼 불렀으며 얼굴은 그치지 않는 눈물로 범벅이 되어 있었다. 아기씨는 "이 일을 어찌하면 좋겠냐"며 송동지 영감의 도포자락을 잡고 날이 새도록 놓아주질 않았다. 송동지와의 하룻밤 로맨스는 어느새 아름다운 추억이 아닌 위험한 불장난의 실체를 드러낸 것이다. 그녀의 임신과 그로 인한 그녀의 변화. 꿈에도 그려오던 로맨스는 산산이 부서지고 예기치 못했던 현실에 송동지는 정신이 아득했을 것이다.

송동지는 광청아기가 잠시 도포자락을 놓은 틈을 타 창문 밖으로 달리기 시작하였다. 그는 아기씨에게도, 허정승 댁에도 아무 말 없이 포구를 향해 줄행랑을 쳐 배 안에 앉았다. 아마도 그는 두려웠으리라. 더 이상 매혹적으로 자신을 유혹하던 젊고 아름다운 여성이 아니라 임신으로 얼굴도, 몸매도 망가져버린 그녀에 대한 실망감 따위는 생각할 겨를이 없었을지도 모르겠다. 만삭의 몸이 되어 자신에게 눈물로 매달리는 처녀. 잠시도 도포자락을 놓을 수 없을 만큼 절실하게 매달려오는 그녀. 온몸으로 '책임'을 말하고, 눈물로 '구원'을 요청하는 그녀에게 그는 자신은 '책임'을 질 마음도, '구원'을 할 능력도 없음을 도주로 답했다. 잠시의 틈을 타 창문으로 뛰어나갈 만큼 회피가 절박했던 송동지는 자신의 비겁한 뒷모습 따위는 부끄러워할 여유가 없었을 것이다. 필사적으로 매달리는 만삭의 처녀가 혼인을 약속할 수 없는 남성에게 어떤 존재로 비치는지 광청아기가 계산할 여유가 없었던 것처럼.

하지만 광청아기는 포기하지 않고 임신 사실이 발각돼 아버지 손에 죽느니 송동지 영감을 따라가기로 한다. 그녀는 간단히 짐을 꾸려 포구에 와서 송동지가 탄 배를 찾았다. 광청아기는 사공에게 송동지 영감을 만나러 가니 배에 오르는 발판을 놔달라고 한 후 배에 조심스레 오르는데 사공이 그녀가 배에 채 닿기 전에 발판을 안으로 거둬들여 바다에 빠지고 만다. 사공이 발판을 거둬들여 그녀가 승선하는 것을 막은 것이, 그리고 종국에는 그녀를 죽음에 이르게 한 것이 의도적이었는지 실수였는지 텍스트는 분명하게 말해주지 않는다. 하지만 뱃사람들 미신에 임신한 여자가 배에 타면 재수가 없다는 속설이 있었다는 점을 상기해볼 때 제주까지 먼 길을 가야 하는 사공이 만삭의 광청아기를 기꺼이 태워줄 마음은 없었다고 보아야 할 것이다. 본풀이는 송동지에게 광청아기가 배에 오르다가 물에 빠지는 장면이 자꾸 눈에 보이는 듯하여 "이상한 일이로다" 하고 생각하였다고만 기술하고 있다.

　미혼의 딸이 임신했다는 사실을 알게 되었을 때 아버지가 보여줄 처형의 위협, 하룻밤 결연의 결과 상대 여성이 임신을 했다는 것을 알게 된 남성의 책임 회피, 그리고 그녀(들)에 대한 사공으로 대표되는 뭇 남성들의 냉대와 무시. 이는 광청아기가 필사적으로 집 밖으로 도망쳐 송동지를 따라가고자 했던 절박한 이유와 결국 죽음이라는 극단적인 결과로 귀결된 참담한 실패의 배경을 설명해준다. 자신이 임신했다는 사실이 발각되었을 때 집안에서 어떤 처분을 내릴지 그녀는 의심 없이 확신한다. 혼전 임신은 전통사회에서, 그것도 이름 있는 가문에서 가부장이 허용할 수 없는 집안의 수치이고 이는 곧 처벌로 이어질 개연성이 크다. 집안에 남아 출산이 임박한다면 아버지에게 자신의 행실이 발각될 것이고, 아버지는 그녀를 용서하지 않을 것이다. 이제 그 절명의 순간이 얼마 남지 않았다고 생각했는데 거짓말처럼 송동지가 그녀를 다시 찾았고, 그녀에게 이제 송동지는 대체할 수 없는 유일한 남성이 되었다. 자신의 거취를 함께 의논하고 앞날을 도모할 수 있는 단 한 사람이기 때문이다. 이제 그는 그녀에게 있어 위기에서의 탈출구, 구원자의 지위에까지 오르게 된 것이다. 도망친 그를 따라가기 위해 그녀가 배에 오르려 하자 발판을 당겨 그녀를 죽음에 이르게 한 사공의 행위는 그녀가 대바구니를 찬 채로 미역 같은 머리가 흩어져 물에 빠진 채 구조를 외칠 때도 별다른 반응을 보이지 않고, 물때가 좋아져 송동지가 출발하자고 하자 태연하게 배를 띄우는 것으로 이어진다. 아버지와 송동지, 그리고 사공은 서로 긴밀하게 연결된 사이는 아니지만 광청아기를 이 세상에서 밀어내는 데 암묵적으로 동조하고 있다. 여성의 본성적 욕망이 존중받지 못하는 가부장제 사회에서 일탈을 꿈꾸던 광청아기는 그렇게 처벌되었다. 어딘가 석연치 않은 방식으로.

원귀와 여신 사이

죽은 광청아기의 혼령은 송동지를 따라왔다. 아마도 할 말이 남아 있기 때문이리라. 제주로 돌아온 송동지는 포구에서 자신을 마중 나온 막내딸이 갑자기 머리를 풀어헤치고 자신에게 달려들자 크게 놀라는데, 딸이 "나는 광청고을 광청아기이다."라고 말하자 그제야 자신의 잘못을 깨닫는다. 송동지의 딸에게 빙의한 광청아기는 자신의 정체를 밝혔을 뿐 원망의 말이나 한탄은 쏟아놓지 않았다. 그저 "긴 바다 긴 소리로 어서 놀자"고만 하였다. 혼령이 되어서도 홀홀 털어버리지 못하고 송동지 앞에 선 광청아기가 한 말은 오직 자신의 이름과 "놀자"는 것이었다. 하지만 악을 쓰며 구구절절 한을 풀어놓지 않아도, 광청아기의 존재를 확인한 것만으로도 송동지 영감은 그녀의 원한과 자신의 잘못을 온몸으로 알아챘을 것이다.

송동지는 이에 제주 무당을 불러 성스런 굿으로 원한을 풀어주며 자신의 셋째 아들을 광청아기의 양자로 올린다. 양자로 자신의 아들을 바치는 것은 대대로 제를 올려 광청아기의 죽음을 기리고 기억하겠다는 의미이다. 즉 집안의 조상으로 광청아기를 받아들이고 자손 대대로 받들겠다는 약조인 것이다. 송동지는 자신에 대한 원한으로 저승으로 가지 못하고 원귀가 되어 자신의 딸의 몸에 의탁한 광청아기를 위해 성스런 굿으로 그 아픔을 위로하고, 자신이 죽더라도 대대로 집안에서 어른으로 모심으로써 잊히지 않게 하였다. 광청아기는 육체적 죽음을 맞았으나 이제 송동지 집안에서는 후손들의 기억을 통해 기려지고 사라지지 않게 된 것이다.

광청아기는 송동지과의 결연으로 뜻하지 않은 임신을 하게 되었고 그 임신으로 인해 곤경에 처했으며, 그의 외면으로 결국 죽음에 이르렀다. 송동지는 광청아기가 만삭의 몸으로 자신을 뒤쫓다 바다에 빠져 죽는 모습의 환영이 그저 환영이 아니었음을 알게 되었고, 죽어서도 편안히 떠나지 못하고 자신에게 그 존재를 드러낼 수밖에 없음에 죄책감과 더불어 두려움을 느꼈을 것이다. 광청아기에게 자신의 아들을 양자로 세운 것은 그러한 송동지 영감의 자각과 반성의 증표이다. 출산에 임박하여 죽음을 맞게 된 광청아기에게 죽음은 자기 자신과 더불어 자식을 통한 존재의 연속성 모두 차단당한 채 완전히 소멸되는 것을 의미하는데, 송동지가 이를 이해하고 양자를 올려 그녀를 위로하고자 했던 것이다.

송동지가 해원굿과 양자로 자신에게 사과하고 위로하자 광청아기는 송동지 가문과 양자에게 복을 내리는 것으로 답했다. 송동지 영감 댁은 삽시에 큰 부자가 되었고, 양자로 바친 아들은 무과에 급제하여 광청아기 혼령으로 말미암아 동김녕 송씨 가문은 대대로 번창할 수 있었다고 신화는 말한다. 광청아기는 이렇게 자신의 성씨와 다르고, 살아서 한 번 가본 적도 없는 섬에 내리 살고 있는, 게다가 정식으로 혼인한 남성의 집안도 아닌 송씨 가문의 조상신으로 좌정하게 되었다. 가슴에 맺힌 원을 풀지 못해 원귀가 되어 그 딸에 빙의해 송동지 앞에 나타났고, 송동지의 사죄와 위로에 복을 내려 답했다. 자신을 외면하면 원귀가 되어 나타나고 자신을 섬기면 확실한 보상을 내려주는 것으로, 그렇게 그녀는 신성(神性)을 획득했다. 이제 그녀는 송동지 영감의 도포자락을 잡고 하염없이 울던 나약한 아기씨가 아니다. 한 집안의 조상신으로 존재 전환을 이루었다. 광청아기가 송씨 집안의 조상신으로 좌정하고 있는 것은 집안의 가장 높은 어른이자 집안의 길흉을 관장하는 신으로서 위엄을 떨치고 있음을 의미한다. 광청아기가 송씨 집안을 장악하는 신으로 그 집안에 남은 것은 어쩌면 송동지 영감에 대한 가장 확실한 복수인지도 모르겠다. 용서하고 화해하고자 했다면 깨끗하게 사라져주지 않았을까. 피해자가 가해자에게 할 수 있는 최고의 보복은 그가 가해자임을 잊지 못하게 하는 것일 터이다. 광청아기는 조상신이 되어 송씨 집안에 군림하면서 자손 대대로 자신을 버리고 상처를 주었던 내력을 반복해 구연함으로써 잊을 수 없도록 하였다. 정성껏 섬기면 복을 아낌없이 주는 인자한 여신의 얼굴로.

참고문헌

현용준, 『제주도 신화』, 서문당, 1996.

신동흔, 『삶을 일깨우는 옛이야기의 힘』, 우리교육, 2012.

신립의 그녀

여인의 분노가 탄금대의 비극을 만들다

여자는 어떤 남자에게 반하는 것일까? 『박씨부인전』의 남편 이시백은 조선시대 일등 신랑감이었고, 『구운몽』의 양소유는 당대 최고의 여덟 미인들과 사랑하여 혼인한 인물로 그려진다. 소설은 이들이 15세 정도에 이르자 풍채는 두목지요, 문장은 이두(이백과 두보)를 압도하고 필법은 왕희지, 지혜는 손빈이나 제갈공명과 같고 초패왕처럼 용감했다고 말한다. 옛 사람들도 이상적으로 생각한 인물은 하나의 장점만이 아니라 모든 이들이 가진 장점을 두루 모아놓은 백화점식 인물인가 보다.

하지만 완벽한 이상형을 향해서만 열정이 솟는 것은 아니다. 고려시대 허공(許珙)은 달밤에 거문고를 타고 있었더니 이웃 처녀가 담장을 뛰어넘어 왔다고 했다. 『어우야담』을 보면 조선 세조대에 노회한 공신으로 권력을 휘두르던 정인지도 젊은 시절에 밤늦도록 낭랑한 목소리로 책을 읽었더니 옆집 고관대작의 딸이 담을 넘어와 안아달라며 위협했다고 한다. 『용재총화』에서는 말을 타고 지나가던 한 선비의 모습을 보고 그 아내 되는 이를 부러워했던 여인이 결국 정녀(貞女)만이 뽑을 수 있는 나무를 뽑지 못했다는 일화를 들려주며 딸들에게 문무백관의 행렬을 구경하지 말도록 간곡하게 권유한 아버지가 나온다. 곧 선하고 아름다운 얼굴, 운치 있게 악기를 연주하는 낭만적인 자태, 외국어로 된 책을 술술 읽는 지적인 목소리, 말을 타고 달리는 늠름한 모습, 관복을 입고 선 지배자다운 모습…… 어느 하나의 매력이라도 이를 보는 순간 뭇 여인들의 가슴은 뛰었다.

그렇다면 이러한 남성들을 사랑한 여인들은 어떻게 되었을까? 담을 넘어 허공의 앞에 선 처녀는 예의가 아니라는 공의 부드러운 타이름에 얼굴을 붉히고 돌아설 수밖에 없었다. 미소년 정인지에게 안아주지 않으면 소리를 지르겠다고 위협했던 처녀는, 날이 샌 후 어머니께 고하고 혼례를 올리자던 소년의 말을 믿고 돌아갔으나 이후 다시는 그를 볼 수 없었을 뿐만 아니라 곧 소년네가 집을 팔고 이사를 가버렸다는 소식을 듣게 되었다. '그대는 고관 집 딸이며 나는 홀어미의 가난한 집 아들이니 그대같이 아름답고 귀한 여인을 아내로 맞이하기는 매우 어려울 것'이라며 희망을 주고 '오늘 정을 통하고 그대가 다른 사람에게 시집간다면 내게도 한이 될 것'이라던 소년의 말들이 단지 순간을 모면하기 위한 거짓임을 알게 된 처녀는 마음에 상처를 입어서 죽고 말았다.

이후로도 이야기 세계에서 담을 넘어 선비들의 앞에 서게 된 여인들이 줄줄이 나온다. 가법이 엄하여 평소 문밖으로 나가본 적이 없었던 처녀라도 몸과 욕망을 지닌 인간이므로 뜬금없이 솟는 정념에 답답

할 수 있었다. 달이 밝고 은하수가 반짝거리고, 옥 같은 이슬이 떨어지고 바람까지 천천히 불어와 가슴을 상쾌하게 하는 어느 밤, 맑고 고우면서도 절조 있는 목소리에 이끌린 그녀들은 어느새 담을 넘어 '사랑해달라'고 말했다.

> 공은 얼굴빛을 바꾸고 꾸짖으며 말했다.
> "당신은 시집도 가지 않은 재상집 딸로, 부모의 교훈을 받들어 행실을 닦으면서 부지런히 여공을 익혀서 가훈을 실추시키지 않는 것이 옳거늘, 어찌하여 밤에 담을 넘어와서 외간 남자를 몰래 엿보시오? 이게 도대체 무슨 도리요? 이것은 집안을 더럽히는 난잡한 행위이니 어찌 부끄럽지도 않소? 내 이제 당신의 부모를 대신하여 당신을 가르칠 것이니, 당신은 마음을 바꾸고 허물을 고치도록 하시오."
> 그리고 서첨으로 그녀의 종아리를 때리니, 피가 흘러 얼룩이 졌다. 그리고 호되게 한 차례 꾸짖고 나서 다시 따뜻하게 위로하고 그녀를 내보냈다.
>   - 『양은천미』[6]

생에 처음으로 용기를 낸 떨리는 고백이었다. 하지만 조선시대 조광조, 심수경, 김안국, 상진 등을 주인공으로 내세운 이야기들에서 월장한 여인들은 단지 거부당할 뿐만 아니라 회초리를 맞고 부모 대신이라며 훈계까지 듣고는 눈물을 흘리며 쫓겨난다. 때로 그녀들은 부끄러워하는 데에 그치지 않고 평생 자신의 잘못을 기억하고 그에게 은혜를

---

6   『양은천미』, 이신성·정명기 공역, 보고사, 2000. 이하 『양은천미』 출처 모두 동일.

갚고자 노력하는 인물로까지 그려진다. 『양은천미』의 여인은 훗날 정 승이 된 자신의 아들들이 상진(尚震)이 며느리를 간통했다는 소문을 듣 고 이에 대해 상소를 쓰자, 아들들에게 피 묻은 옷을 보이고 젊었을 때 상진에게 종아리를 맞았던 사연을 들려주면서 적극적으로 그를 변호 한다.

치마를 걷고 담을 넘게 한 열정은 교정되어야 했다. 부모 허락 없 이, 아니 남자의 허락 없이 그를 사랑해서는 안 되었다. 여인의 정념은 수치스러운 것이니 선비에게 절대 사랑한다고 먼저 말해서는 안 되는 것이다. 교양 있는 집 딸이라면 열이면 열 모두 그 룰을 따라야 했다.

말 달리던 이희갑을 담 넘어 보고 첫눈에 반했던 처녀는 사모하는 마음에 병들어도 홀로 삭일 수밖에 없었다. 딸을 아끼던 부모의 곡진 한 부탁과 이희갑의 아량으로 처녀는 죽는 순간 잠깐 그를 다시 만났 을 뿐이다. 이희갑은 죽어가는 그녀를 안고 숨을 불어넣으며 살리고자 애썼지만 그녀가 끝내 눈을 감고 말았기에, 그는 염습을 직접 한 후 '이 희갑의 첩 수원 백씨의 관(韓山李義甲妾水原白氏之柩)'이라고 쓴 후 여인 을 자기 집안 선산 끝자락에 급히 묻었다. 나중에 이를 알게 된 아버지 는 아들을 혼내기는커녕 그의 처신을 칭찬하며 집안에 좋은 일이 생길 것이라 공언한다. 여인은 비록 죽었으나 사모하던 그로부터 첩이라는 명칭을 받고 선산 끝자락에 묻혔으니 죽어서도 명예롭고 행복하리라는 것이 이씨 집안의 자부심이었다.

선택은 여인인 내가 하는 것이 아니라 그가 하는 것이고, 평가는 개인이 아니라 가문이 하는 것이다. 여인의 몸과 정념은 철저히 가려 져야 했다. 가리지 못하고 발설하는 것은 용서받지 못할 죄이다. 인간으로 가질 수밖에 없는 정념은 누르다가 죽더라도 부정해야 했다. 만약 죽어버린다면 그 한(恨)을 위로해주는 것만으로도 감사한 일이었다. 그것이 양반 사회, 남성 사회의 룰이었다. 그 규칙을 따라야 집안이 편안하고 사회의 질서가 유지되는 것이라 믿었다. 정념을 누른 그녀들은 『양은천미』의 여인처럼 가족으로부터 존경받으며 위기에 몰린 이를 구원할 정치적 힘까지 행사한다.

여인을 구한 신립과 그녀의 고백

여인의 고백은 이처럼 금기시되는 것이었다. 그렇다면 고백이란 모두 다 금지된 것인가? 정념이 아니라면 고백도 가능한 것일까? 구비로 널리 전승되다가 『양은천미』 같은 조선후기 문집에 드물게 실린 신립(申砬, 1546~1592) 전설에는 이와 조금 달리 자기 마음을 고백한 여인이 나온다. 그녀는 외딴 산속에 홀로 있는 젊은 처녀이다. 여인은 부잣집 딸로 남부러울 것이 없었으나 갑자기 집안에 악귀가 들었는지 부모형제와 남녀노복이 하나둘 차례로 사망하고 만다. 홀로 남아 죽을 날만 기다리던 차에 젊은 무인(武人)이 우연히 길을 잃어 산골로 찾아왔다. 그가 훗날 충장공(忠壯公)이란 시호를 받게 된 신립이었다.

여인은 비극적인 집안의 곡절을 이야기하며 자신도 이제 귀신에게 당할 터이니 손님을 머물게 할 수 없다고 거절했다. 하지만 패기가 넘치던 신립은 요망한 귀신이 있다면 자신이 죽이겠다며 오히려 여인을 위로하고 머물렀다. 밤이 되자 홀연히 하늘과 땅에서 소리가 나더니 방문이 절로 열리며 허연 관이 선 채로 들어왔다. 신립이 병서를 읽으니 관은 한참을 서 있다가 방을 나갔는데, 따라가보니 후원의 무너진 담 속으로 들어가버렸다. 잠시 후 다시 집채가 흔들리더니 죽은 사람의 모습이 신립 앞에 달려들었다. 하지만 공이 놀라지 않고 단정히 앉아 움직이지 않으니, 송장 역시 달아나 집 용마루의 들보 위로 들어갔다. 날이 밝자 신립은 이물들이 사라진 곳을 찾았다. 후원의 벽돌을 파헤쳤더니 하얀 닭 한 마리가 나왔고, 들보 위에는 지네가 있었다. 공이 이것들을 칼로 베어 불에 던져버리니 즉시 타버렸다. 미물들이지만 오래되어 귀신처럼 나타났는데, 사람들이 몰라서 놀라 죽었던 것이다.

여인은 죽을 위기에서 벗어나고 부모형제의 원수도 갚게 되자 신립에게 말로 다 할 수 없는 감사의 마음을 갖게 되었다. 하지만 여인의 몸으로 어떻게 보답할 길이 없기에 용기를 내어 신립에게 말했다.

> "공의 은덕은 강과 바다도 오히려 얕을 정도여서 갚을 수 없습니다. 원컨대 한 몸으로 공을 따라 수발을 받들어 조금이나마 은혜의 만분의 일이나마 갚고자 하오니 더럽다고 저를 버리지 마소서"
>
> - 『양은천미』

하지만 신립은 장부로서 할 일을 한 것뿐이라며 여인의 청을 거절했다. 자신은 이미 아내도 있고 무인이기 때문에 혹은 처가에 가는 길이므로 다른 여인을 거둘 여력이 없다고 거듭 말했다. 여인은 첩이 아니라 시비가 되어 마당을 쓸더라도 좋으니 데려가만 달라고 애원했으나, 신립은 끝내 거부하고 그녀에게 의남매를 맺자고 하면서 여인을 누이라고 불렀다.

드디어 신립이 길을 떠나며 이별의 말을 하자 여인은 눈물을 흘리면서 "공의 깊은 뜻은 잘 알겠으나 나의 일신이 의탁할 곳이 없으니 제발 공께서는 다시 생각해주세요."라며 부탁했다. 하지만 신립은 다시 그녀를 누이라 부르며 잘 지내라 인사하고 길을 나섰다. 여인은 계속 거절을 당하자 부끄럽고 한스러워 지붕으로 올라가 떠나는 신립을 부르며 몸을 날렸다. 신립은 돌아보다 여인이 뛰어내리는 모습을 보고 놀라 돌아왔지만, 그녀는 이미 목이 부러져 절명한 상태였다. 그는 여인의 시신을 수습한 후 집으로 돌아갔다.

신립을 죽인 여인

여인이 신립에게 더없는 감사를 느끼다가 그를 원망하면서 죽은 이유는 무엇일까? 이를 알기 위해 이야기의 후반부를 들어보도록 하자. 신립은 좋지 않은 기분으로 처가에 도착했다. 신립의 장인은 그의 얼굴을 보더니 집으로 오는 길에 크게 원한 살 일을 했냐고 물었다. 신립이 산골에서의 일을 말하자 장인은 크게 탄식을 하면서 '자네는 뒷날 그 여인 때문에 죽을 것이고, 죽어서도 신체가 없어 옷가지로 장례하게 될 것'이라며 한탄했다.

세월이 흘러 신립은 왕의 두터운 신임을 받으며 무장으로 승승장구했다. 임진란이 일어나 일본군이 동래를 격파하고 거침없이 북상하자 대소신료들은 충주를 마지막 보루로 삼아 적을 막고자 했고 신립에게 이를 위임했다. 신립은 병사 사천 명과 군관들을 이끌고 충주로 향했다. 조정에서 최고의 명장을 보내니 충청도 지역에서 함께 싸우고자 합류한 사람들이 수천이었다.

충주의 조령은 산세가 험해 예로부터 매복을 하면 적에게 치명타를 입힐 수 있는 전략적 요충지였다. 신립 장군 역시 조령에서 매복하고 작전을 세웠는데, 밤중에 홀연히 여인의 형상이 공중에 나타나더니 장군을 부르고선 조령에서 적을 맞으면 패하니 탄금대에서 배수의 진을 치고 싸우면 승리하리라고 일러주었다. 장군이 반신반의하자 귀신은 자신을 밝히며 옛날 장군이 구해줬던 여인으로 이제야 은혜를 갚게 되었다고 설득했다. 장군은 자신을 도와줄 호국령이라 생각하여 귀신의 말을 들었다. 신무기로 무장한 대규모 적병을 맞아 배수의 진을 치고 벌판에서 싸운 신립 부대는 전멸했다. 병사들은 모두 죽고 신립 역시 물에 뛰어들어 시신조차 찾지 못했다. 탄금대의 패배 소식을 듣자마자 선조는 한양을 버리고 긴 피난길에 오른다.

결과를 보면 여인이 확실히 신립의 거절에 원한을 품은 것이다. 감사와 원망을 오가는 여인의 태도 변화가 이 전설의 매력 포인트로, 연구자들 역시 그녀가 왜 원한에 찼는지에 대해 설명하고자 했다. 그리하여 여인의 변심과 복수는 기득권을 지닌 사대부가 경직된 윤리관에 갇혀 도움이 필요한 여인을 인간으로서 구원해주지 않은 데 대한 원망이라고 해석되었다. 그런데 곰곰이 생각하면 단순히 한 사람에게만 원한 맺힌 것이 아닌 듯하다. 여인은 신립의 목숨을 빼앗았을 뿐만 아니라 수천의 병사, 조선의 왕과 신료, 백성들의 생명을 모두 위협했기 때문이다. 그녀는 왜 그리 크게 분노했으며, 그 분노는 무엇을 의미하는 것일까?

누가 왜 분노하는가?

"공이 어느 해 어느 달 어느 날 어느 곳 어느 집의 일을 기억하지 못하시는 지요? 제가 그때 스스로 죽은 여자입니다. 제가 공의 후은(厚恩)에 감격하나 갚을 길이 없기에 이제 대군이 서로 싸울 즈음에 조그만 성의나마 갚고자 감히 이것을 말씀드리니 원컨대 공은 의심하지 마시고 속히 결행하소서."

- 『양은천미』

조선의 성 규범은 남녀와 계급에 따라 매우 세밀하고 차별적으로 적용되었다. 사대부 여성이 정념을 버리고 정절을 목숨보다 소중히 여기도록 교육받은 데 반해 하위 여성들은 상층 남성의 성희롱과 폭력에 속수무책이었다. 하위 남성이 상층 여성을 품는 것도 금지되었는데, 사람들이 사회의 차별적인 계급과 규범을 받아들이는 것은 적어도 이러한 질서를 받아들임으로써 삶을 유지할 수 있기 때문이었다. 마음을 자유롭게 고백하고 정념에 따라 행동할 수 있는 것이야말로 권력이었다. 이러한 힘의 관계는 이야기 세계에서 고백과 거절, 반성과 처벌로 반복되면서 힘 있는 자들의 질서를 공고하게 보여주었다.

그런데 현실에서는 외적이 침입하자 왕과 대부들이 너나없이 도망가고 백성들은 어육처럼 죽어나가거나 포로로 잡혀갔다. 전쟁 이후로도 나라 재정을 이루던 전정(田政), 군정(軍政), 환정(還政)의 수취제도가 문란해져서 실제 토지를 소유하지 않는 이들에게도 세금을 물리거나, 죽은 사람에게도 군포를 징수하여 가족과 마을을 압박하고, 모래 섞인 쌀과 고금리 때문에 백성들이 환곡받기를 거부해도 강제로 배분하는 등 온갖 부정부패가 만연하였다. "금준미주(金樽美酒)는 천인혈(千人血)이요, 옥반가효(玉盤佳肴)는 만성고(萬姓膏)라"[7]를 읊은 이몽룡의 시처럼, 가난하거나 천한 사람들은 욕망을 거세하고 말을 아끼면 살 수 있는 게 아니라 죽도록 수탈당해야 했고, 죽어서도 자손에게 세금을 얹어주는 애물단지가 되어버렸다.

　이런 세상이기에 때로 집을 떠나 도적이나 유랑민이 되거나 새로운 세상을 꿈꾸며 종교에 심취하는 등 기존 윤리와 가치관에 의문을 갖거나 저항하는 사람들이 늘어났다. 결국 홍경래의 난(1811)이나 농민들의 항쟁이 곳곳에서 일어날 수밖에 없었다.

　그러다 보니 이야기 세계에서도 균열과 저항이 나타나기 시작했다. 구전으로 널리 알려진 상사뱀 전설에는 월천 조목(趙穆, 1524~1606)에게 반한 이방의 딸이 상사병으로 죽어가자 그 아비가 월천에게 딸을 한 번만이라도 만나달라고 부탁한다. 월천은 내키지 않은 걸음으로 처녀를 찾아가 손에 천을 감고 얼굴을 만져주었지만, 자신을 천하게 여겨 닿기도 꺼리는 모습을 본 처녀는 절망하며 죽었다. 그녀는 상사뱀이 되어 월천에게 나타났다. 월천은 뱀을 없애지 못해서 평생 함에 넣어 가지고 다녔고, 이야기에 따라서는 그 자손들이 월천 사후에 뱀이 든 상자를 열었다가 집안이 망했다고도 한다.

　인간의 기본적인 고통을 호소하는 이들의 목소리는 귀 기울여 들

7　　황금술잔에 담겨 있는 좋은 술은 백성들의 피요, 옥쟁반에 담긴 맛있는 고기는 만백성의 기름이라. - 『춘향전』

어야 했다. 『계서야담』에서도 서른이 넘은 환관의 처가 자기 처지를 비관하며 한 번만 만나달라는 편지를 이웃집 서생에게 보낸다. 서생은 유부녀의 불쾌한 유혹이라 여겨 편지를 환관에게 보이고 꾸짖었더니 그날 밤 여인은 자살하고 말았다. 이에 서생의 친구는 싫으면 안 만나면 그만이지 굳이 가정문제를 일으켜 여인을 죽게 했다며 그의 박절함을 비난했고, 서생은 그해 가을 무너진 담에 깔려 죽었다.

옛사람들은 여인이 남자를 알지 못하고 죽으면 처녀귀신이 되어 사람들에게 좋지 못한 영향을 끼칠 것이라 믿었다. 여성의 삶을 가부장 남편의 지배와 보호 아래 두었기에 혼인하지 못하는 여인들을 최소한의 인간적 삶도 보장되지 못한 자들로 여긴 것이다. 기본적인 삶의 욕망과 권리까지 모두 부정당한 이들의 고통을 알아주지 못할 때, 그들은 당연히 사회를 원망하고 저주할 것이고 그 저주와 원망은 재앙을 부른다는 것이 조선시대 사람들의 생각이었다. 그래서 나라에 천재지변이 일어나면 조정에서는 환과고독(鰥寡孤獨)과 같은 불쌍한 사람들에 대한 구휼이나 억울한 옥살이를 살폈고, 가뭄이 오래되면 시집가지 못한 궁녀들의 한을 풀어줘야 한다며 일부를 출궁시키기도 했다.

그래도 여성의 정욕은 사사로운 느낌을 준다. 여인에 대한 남성의 모진 행동이 잘못이라도 개인적인 차원에서 응보를 받을 뿐 사회적 갈등과 파국으로까지 나가지는 않는다. 그래서일까? 신립의 여인은 정욕까지 버렸다. 그녀는 신립의 처첩 되길 바라지 않고 시비가 되어 마당을 쓸더라도 새롭게 삶을 살아가고자 했다. 첩첩산골 큰 집에서 그를 따라가는 것 외엔 젊은 처자가 살 수 있는 길도 없었다. 그래서 부끄러움을 무릅쓰고 자신의 사정을 밝히며 수차례 애원했지만 결국 돌아오는 것은 그의 거절과 '누이'라는 허명뿐이었다. 결국 신립의 귀신 퇴치는 여인의 사정을 헤아린 것이 아니라 하룻밤 묵을 집에 놓인 장애물을 해치운 것일 뿐이었다.

귀신이 된 여인이 돌려준 남자의 허허로운 말

신립 전설이 우리를 당황하게 하는 것은 감사와 분노, 환대와 적대를 오가는 여인의 극단적인 태도 변화 때문이다. 당연히 감사할 일에 그렇게까지 분노를 폭발시킬 필요가 있었을까? 그녀는 왜 이성적이거나 진솔하지 않았을까?

정욕을 배제한 그녀는 여인으로서의 행복이 아니라 인간으로서의 의리와 생존을 영위하고자 했다. 육욕을 버린 시점에서 여인의 처지는 절박한 민중의 모습을 그대로 투영하고 있다. 그들이 기득권에 감사하지 않는 것은 생존을 보장받을 수 없기 때문이다. 사회의 약속을 지키고 살았지만, 삶은 내일을 기약할 수 없이 죽음을 향해 간다. 잠깐 도움 준 이는 삶의 욕망을 불러일으킨 듯했지만, 기실 죽음의 시간을 아주 조금 연장해줄 뿐이었다. 결국 오늘 죽으나 한 달 후 죽으나 죽음은 어차피 같다. 좀 더 고통받을 시간을 연장해주면서 거짓 가족이라는 허울로 감사함까지 요구하는 그 남자와 사회. 그래서 여인의 고백 거절에 따른 저주와 원망은 한 개인에게만 머무는 것이 아니라 사회를 향한 분노와 폭력으로 발현된다.

여인의 분노를 신립 같은 양반들은 결코 이해할 수 없었지만 민중들은 십분 공감하였다. 그래서인지 이야기도 구비로 광범위하게 전승되었지만 기록된 것은 별로 없다. 하지만 신립의 장인같이 소외자의 고통을 살필 수 있는 인물들은 공동체의 위기를 감지하였을 것이다. 그녀의 한은 개인인 젊은 무사 신립이 아닌 공인인 신립 장군에게, 나라와 나라 간 전쟁으로 무대를 옮긴다. 귀신은 더 철저히 분노하고 파괴할 수 있는 시간과 공간을 기다린 것이다.

그녀는 거짓말을 한다. 보통 한 맺힌 귀신들이 원님을 찾아가 억울함을 절절이 호소하는 것과 달리, 여귀는 나라와 신립 장군을 걱정하고 아군의 승리를 기원하는 것처럼 거짓 연기를 했다. 그리고 그녀의 거짓에 천혜의 요새도 소용없이 모두가 전멸하였다. 수천 명의 장병이 죽고 그 가족들과 그에 의지하던 조선인 모두가 뿔뿔이 생존을 위해 도망가야 했다. 그 결과 임금이 도망갔고 이를 기화로 궁궐이 불탔다. 궁궐의 방화는 노비문서가 보관된 장예원과 이조에서 시발되었다니, 성난 조선 백성들의 손으로 불탄 것이다. 선조는 백성들이 왜적으로 변장하여 사람들을 해친다는 소문 때문에 피난길에서도 항상 불안해했다.

순종적이어야 할 백성들이 임진란에 양반이나 왕가에 행한 폭력을 윤리나 패륜으로 말할 수 있을까? 한양을 버리고 의주까지 도망간 임금은 명의 원군을 치하하며 용맹한 자국의 장수와 의병장들을 숙청했다. 기득권이 자신의 의무를 망기했을 때, 백성들의 원망과 저주는 분노와 복수, 전쟁과 혁명으로 발전하게 된다.

신립의 여귀 이야기는 사실이 아니다. 사실인 듯 증거물과 역사적 해석을 덧붙이는 것을 우리는 전설이라고 부른다. 전설은 역사와 증거에 대한 판단이기에 이를 전하는 사람들의 가치관에 따라 찬반양론이 격돌하기도 한다. 신립의 이야기도 그렇다. 그의 이야기는 임진란이 훨씬 지난 어느 때에 민중들의 지지를 받으며 구연된 것이다. 왜 신립은 졌을까? 전쟁으로 인한 고통은 누구 때문인가? 설화의 향유층은 신립을 포함한 기득권이 소외된 자들의 생존 열망과 고통을 돌보지 않아서였다고 명확히 말한다. 그리고 수천의 병사들처럼 기득권에 침묵하며 따랐던 이들에게도 책임을 묻고 있다. 탄금대의 귀신은 분노한 여신처럼 자국의 장수와 군사들을 절멸시키고 사라졌다.

참고문헌

강진옥, 「원혼설화의 담론적 성격 연구」, 『고전문학연구』 vol 22, 2002.

신동흔, 『삶을 일깨우는 옛이야기의 힘』, 우리교육, 2012.

최기숙, 「불멸의 존재론, '한'의 생명력과 '귀신'의 음성학」, 『열상고전연구』 제16집, 2002.

홍나래, 「설화 속 시혜적 성관계에 내포된 주체의 도덕적 불안과 감정의 구조화 문제—〈權斯文避雨逢奇緣〉(『청구야담』), 〈丹巖閔公鎭遠〉(『계압만록』)를 중심으로」, 『한국고전연구』 33집, 한국고전연구학회, 2016.

이귀의 딸 이여순

여인들을 매혹시킨 화족華族 영애令愛의 파란만장한 삶[8]

사대부가 여인의 불교 수행 스캔들

때는 광해군 6년인 1614년, 지금 경상남도 함양 지역인 안음현 산중에서 수상쩍은 두 사람이 체포되어 서울로 압송되었다. 바로 전해에 광해군과 그의 지지 세력인 대북파는 강변칠우(江邊七友)라고 멋스럽게 이름 붙인 명문가 7인의 서얼들이 은(銀)상인을 살해하자 이를 빌미로 영창대군파를 소탕하며 한바탕 조정을 흔들었는데, 구실이 되었던 7인 중 박치의(朴致毅)란 자가 도망쳐서 행방을 감추자 조정에서는 지방관들에게 특별히 의심스러운 인물들을 추포하도록 했다. 이런 상황에서 어디선가 도시 냄새가 나는 남녀가 덕유산 자락에 와서 불법을 닦는다

---

[8] 이 글은 다음 논문을 바탕으로 썼다. 홍나래, 「17세기 이여순(李女順) 소문의 힘과 가부장 사회의 대응」, 『한국고전연구』 30집, 한국고전연구학회, 2014.

고 하니 주목을 끌 수밖에 없었다. 더욱이 이 두 사람을 힐문했더니 남자 황(晃)의 본명은 오언관(吳彦寬)이고 여인은 그의 아내 영일(迎日)이라면서 결혼할 때의 일이나 노비들에 대해 자세히 말하긴 했지만 간간이 어긋날 때가 있었다. 이를 이상하게 여긴 관리가 조정에 사정을 보고하자 조정에서는 의금부 사람을 보내 즉시 이들을 잡아 올렸다.

그런데 더욱 난감한 문제는 이들이 조정에서 추국을 당하면서 밝혀진다. 오언관의 아내라는 여인이 사실은 사라졌던 조정 대신 이귀(李貴)의 딸, 이여순(李女順)이었기 때문이다. 이여순은 김자겸의 아내였으나 남편이 사망한 후 행방이 묘연해졌는데 남편 친구인 오언관과 함께 산속에서 부부 행세를 하다 잡힌 것이다. 당시는 『대전후속록』과 같은 법률서에서조차 사족부녀가 음행하여 풍교를 문란하게 하면 간부와 함께 교형에 처해버리겠다고 명시한 조선 중후기이다. 성종 대의 어우동뿐만 아니라 그 뒤에도 승려나 친인척, 노비와 간통하다 적발된 사대부 여인들은 여지없이 사형당하거나 소문이 밖으로 새어나가기 전에 가장들에 의해 살해되기까지 했다. 더욱이 오언관은 사대부 집안의 얼자였기 때문에 불교에 탐닉하여 서얼과 부부 행세를 한 여순의 행각은 명문 사대부의 망신을 톡톡히 시킨 사례로 대신들이 들고 일어날 만했다.

설상가상 이귀는 이전부터 정인홍(鄭仁弘)이 향촌에서 막강한 권력을 휘두르고 의병을 사병화한다고 비판하면서 당대 실세인 대북파와 대척점에 서 있었다. "이귀라는 자가 모임에 와서 흉악한 말을 많이 내뱉었는데, 기억할 수 있는 것은 욕설뿐이었다"(『고대일록』)거나 "이귀는 평생에 상소하는 것으로써 장기를 삼는다. 말은 그른 것을 얼마든지 꾸며댄다."(『혼정편록』)는 것처럼 정인홍을 비롯한 대북파에게 이귀는 따지기 좋아하고 언제나 득의양양 거리낌이 없으면서 상대를 욕하는 인물로 찍혀 있었는데, 이는 그가 지닌 정치적인 힘을 두려워했기 때문일 것이다. 대북파는 계축옥사를 일으킨 후 1614년 영창대군을 죽이면서 서인 세력을 모두 제거하고자 했으니, 그들에게 이여순 사건은 이귀를 숙청하는 데에 더할 나위 없는 호재였다.

"…기유년(1609, 광해군 원년) 봄에 신이 파직되어 집으로 돌아와 딸의 병이 위중하다는 소식을 듣고 찾아가 보니, 그 시어머니와 형제자매가 모두 그 방에 있었는데, 언관이 또한 와서 병을 간호하며 의원과 약을 주선하여 친척과 다름이 없었습니다. (중략) 신이 딸에게 말하기를, '남녀의 분별은 인도(人道)의 큰 한계선이다. 저 사람이 비록 네 남편의 친밀한 벗이라 하지만 여자의 도리가 이래서는 안 되는 것이다.' 하고, 인하여 말을 다해 꾸짖었습니다. (중략) 신이 사람을 시켜 수일을 찾아보았으나 알 도리가 없었습니다. 그 뒤에 경상 감사가 형조에 보고한 것을 들으니, 안음현 산중에서 오언관이 그 아내와 나정언(羅廷彦)의 첩으로 더불어 동시에 체포되었다 하였습니다. 신의 딸이 항상 언관 및 나 목사의 첩으로 더불어 친분이 있었으니, 그 거취가 반드시 같을 것이라고 의심이 되어 즉시 사람을 보내어 비밀히 탐문해 보니, 그 아내라는 것이 바로 신의 딸이었습니다. 신은 신의 딸이 집을 버리고 나간 것이 통분하며 또 언관이 형벌을 모면하기 위하여 신의 딸을 가리켜 아내라고 한 정상이 통분하였으므로 곧 소를 올려 죄주기를 청하였고, 인하여 신이 가르치지 못한 죄를 자청하였습니다."

- 안방준(1573~1654), 『혼정편록』에서 이귀의 변[9]

도승지 한찬남이 아뢰기를, "…이귀는 바로 식견이 있는 사람인데도 딸이 중과 간음하게 내버려두어 가문을 더럽히고 욕되게 했는데도 태연하게 부끄러운 줄을 모르고 있습니다. 심지어는 생불(生佛)이라 자랑까지 하면서 가묘(家廟)에 고하지도 않고 그로 하여금 스스로 목숨을 끊게 하였으니, 너무나도 춘추대의(春秋大義)의 멸친지훈(滅親之訓)에 어둡고, 염치가 없으며 국법을 업신여긴 것입니다. (중략) 집안을 잘 다스리지 못한 데 대해서는 해당되는 율이 있습니다. 청컨대 이귀는 중히 추고하여 다스리고, 예순은 속히 왕옥에 옮겨 율에 따라 형을 제대로 시행하여 인륜의 처음을 바로잡아 음란한 풍조를 막으소서."

- 『광해군일기』 1619. 12. 3.[10]

딸 때문에 수세에 몰리자 이귀는 딸이 15세에 혼인하고 그 후 10여 년간 잘 만나지도 못했다고 변명했지만, 실상은 전부터 여순이 오언관과 가까이 지내는 것을 걱정하고 급기야 가출하자 사람을 시켜 찾아보는 등 평소 행실이 남과 다른 딸에게 특별히 주의를 기울였다. 하지만 그의 염려처럼 딸이 풍속을 문란하게 한 죄로 국문을 받게 되자 이귀의 정치적 입지는 매우 위태로워졌다. 그는 딸이란 출가외인이라고 주장하거나 사위가 남달리 불도에 정진한 인물이었다는 점과 딸이 그런 남편을 잘 따랐다는 점, 오언관이 딸을 찾아왔을 때에나 함께 시골에 갔을 때에도 시동생이나 노비, 나정언의 첩 등과 항상 함께 있었다

---

9   한국고전종합DB.

10   한국고전종합DB. 이하 『광해군일기』 출처 모두 동일.

는 점을 은근하고 지속적으로 드러내어 딸이 외간 남자와 결코 단 둘이 머물지 않았다고 끝까지 변호했지만, 비슷한 시기 간통죄로 잡혀온 사대부가 여인들이 벌을 받게 된 상황에서 여순의 죄 역시 결코 가볍지 않았다. 이귀는 딸 때문에 문외송출(관직을 삭탈당한 후 도성 밖으로 쫓겨나기)까지 격렬히 논해지자 자신과 가문을 위해서라도 딸을 포기할 수밖에 없었다. 그는 할 수 없이 임금에게 죄를 먼저 청하고 여순에게도 자결을 종용했는데, 이는 정치적 한계 상황을 돌파하기 위한 최후의 수단이었다. 아버지가 더 이상 지켜주기 힘든 딸, 이귀의 몰락을 바라는 기라성 같은 대신들 앞에 홀로 놓인 그녀의 앞길이 막막하기만 하다.

생불(生佛)이라는 소문과 마음을 사로잡는 매력

『광해군일기』에 따르면 1614년 8월 19일, 광해군은 서청에 나아가 오언관, 이여순, 그리고 함께 잡혀 온 나정언의 첩 정이를 친히 국문하였다. 그들의 말은 하나같이 간음한 것이 아니라 불법을 닦기 위해 집을 떠났다고 말했지만, 왕은 서얼에다가 간음한 혐의를 입은 오언관을 엄하게 국문하여 죽여버린다. 운이 없게도 오언관이 개명한 이름 황(晃)은 예종대왕의 이름과 같았고, 도망간 서얼 박치의도 잡히지 않은 터라 심문 중에 맞아 죽은 것이다. 이귀는 딸 때문에 관직을 박탈당했고 대신들은 이후 이귀의 딸 여순에게도 법대로 벌을 주라고 줄기차게 청했다. 그런데 이상하리만치 왕은 이귀의 딸이 '정절을 잃었다'고는 언급해도 그녀를 더 이상 심문하려 들지 않았다.

"죄인 영일(英日)이 감히 남편이 아닌 오언관(吳彦寬)과 함께 산곡으로 도망하여 그 행실을 잃은 실상이 이미 전정(殿庭)의 추국에서 밝혀졌으니, 이는 곧 행실을 잃은 일개 부인입니다. 율문에 의하면, 사족(士族)의 부녀로 음욕을 자행하는 자는 그 처벌이 교수형에 처하는데 (중략) 금부로 하여금 법에 의해 국문하여 그 죄를 결정하게 하소서." 하니 답하기를, "이미 유시하였다. 영일의 일은 차차 결정하겠다." 【이후에는 다시 영일(英日)을 고문(考問)하지 않았다.】

- 『광해군일기』 1614. 12. 4.

지금 영일(英一)은 오언관(吳彦寬)과 함께 산골짜기로 도망가 추잡한 행실을 한 것이 분명히 드러났는데도 금부에서는 용서하는 명단 안에 초입(抄入)하여 사면을 받게 해서 석방하였습니다. 바라건대 금부의 당상과 낭청은 추고하고 영일은 법사로 하여금 법대로 시행하게 하소서… (중략) "영일은 여러 차례 대사(大赦)를 겪었으니 석방하는 것이 무엇이 해롭겠는가. 함부로 논의하지 말라."

- 『광해군일기』 1615. 7. 16.

왕은 별다른 이유도 없이 여순의 처벌을 미루다 급기야 사면해버린다. 조정대신들은 '사족들이 실행(失行)하고 윤기가 모두 무너지는 것이 영일에 대해 징계한 데서부터 시작될 것이다'라며 분노했고 사간들은 사직을 청했다. 여순에 대한 형벌을 제대로 시행하라는 대신들의 압박이 1619년까지 이어졌으나, 왕은 그때에도 '서서히 결정하겠다'고만 답했다. 그러나 왕은 결코 여순에게 죄를 묻지 않았고 그녀를 선왕의 후궁들이 거처하는 자수궁으로 보냈다. 도대체 광해는 왜 여순을 살렸을까?

이예순[11]은 다른 사람의 마음을 꿰뚫어보는 법을 얻었다고 선언했는데, 몸에서는 기이한 향내가 나고 영묘한 광채가 방에 가득한지라, 어떤 사람은 그를 생불이라고 칭하였다. (중략) "제가 생각하건대, 옛날 석가는 왕의 태자로서 나라를 버리고 성을 뛰쳐나가 설산에서 고행한 지 10년 만에 세간에 주재하는 부처가 되었습니다. 지난 겁에 여자의 몸이었던 문수는 제 몸을 돌아보지 않고 도에 참여해 마침내 정각을 이루었으며, 원왕부인은 왕후로서 구법하기 위해 먼 길에 떠났으나 스스로 도달할 수 없게 되자 심지어는 스스로 사서 고행을 했는데, 그녀는 곧 관음의 전신이었습니다. 이 밖에도 역대로 고행했던 자들은 이루 다 헤아릴 수 없이 많은데, 당나라 때에 이르러서는 불법이 크게 일어나지 않았지만 문벌가의 부녀자들이 비구니가 되어 출가해 어떻게 죽었는지 알 수 없는 자를 또한 많았습니다. 고금이 비록 다르지만 뜻이야 어찌 다를 수 있겠습니까?"

-유몽인, 『어우야담』[12]

이여순은 15세에 김자겸에게 시집을 갔는데, 자겸은 불도에 뜻을 두어 부부생활보다는 아내와 벗 오언관과 함께 불도를 닦았다. 남편이 먼저 죽게 되었지만 벗에게 아내를 찾아와서 함께 불도를 논하라고 부탁할 정도로 오언관과 여순은 내외하지 않고 함께 도를 닦으며 공부한 사이였다. 『어우야담』을 저술한 유몽인(1559~1623)은 이귀와 동문수학한 사이로 이 사건에 대해서 『조선왕조실록』과 다른 현장의 분위기를

---

11   유몽인은 『광해군일기』와 달리 그녀의 이름을 이예순(李禮順)으로 표기했다.

12   유몽인, 『어우야담』, 신익철 외 역, 돌베개, 2006. 이하 『어우야담』 출처 모두 동일.

전달해주고 있는데, 그에 따르면 여순은 오언관으로부터 불가의 책들을 배웠고 다른 사람의 마음을 꿰뚫어 보는 법을 얻었다고 선언했으며, 몸에서 기이한 향내가 나고 영묘한 광채가 방에 가득했기 때문에 사람들이 그를 생불로 여겼다는 것이다.

이여순과 함께 잡혀와 심문을 받은 나정언의 첩 정이 역시 '많은 사람들이 귀하게 여긴다는 소문을 듣고 정성을 다하여 만나보았다'고 했다. 정이는 여순을 만난 이후 잡혀올 때까지 3년간 한시도 그 곁을 떠나지 않았다. 여순을 만나려고 정성을 쏟은 사람들은 거의 사대부 여성들 혹 그 주변의 여성들이었을 것이다. 사대부 남성들의 시각에서 여순은 남편 친구 그것도 서얼에서 중이 된 자와 사사로이 만나는 문란한 여성이었지만, 여성들의 입에서 입으로, 명문 사대부가의 안채에서 여순은 불법을 설파하고 사람의 마음을 꿰뚫으며 인물의 빛과 향이 예사롭지 않은 신비한 위인이라고 소문이 났던 것이다. 여순을 가까이 본 정이는 그녀에 대해 "제때에 밥을 먹지 않았고 더러는 20일 동안이나 물도 마시지 않았지만 조금도 주리고 피곤한 모습이 없었으며 혹 한 달이 되도록 잠을 자지 않"거나 "온몸에 향기가 풍겼으며 깜깜한 밤에도 대낮처럼 광채가 발산된" 신비한 수도자, 보살과 같은 성인이라고 치켜세웠다.

여성들이 여순의 소문에 민감하게 반응하고 그녀를 신비화하게 된 것은 임진왜란 이후 기존의 신앙과 관념을 새롭게 해석하고 일깨워줄 누군가를 절실히 바랐기 때문일 것이다. 전쟁으로 임금은 의주까지 피난을 갔지만 남아 있던 백성들은 학살당하거나 왜군에 부역을 하면서까지 살아남아야 했다. 이러한 전쟁 체험은 기존 가치관에 대해 회의하게 만들었으며, 이는 여성들이나 천인들도 마찬가지였다. 지배층의 무능과 무책임에 고통받던 시대, 여순에 대한 소문은 유가의 경직된 도덕성이나 여성관을 비웃듯이 자유롭게 유영하며 수행하는 여성보살의 이미지와 초월적인 메시지로 가득 차 있었다. 여인들은 이여순이라는 독특한 인물의 삶에 자신들의 억눌린 자아발현의 욕망을 투영시키며 이여순 생불 소문을 적극적으로 확산시킨 것이다.

이제 가사 옷 황진으로 더럽히니 祗今衣上汚黃塵
어찌하여 청산은 사람을 허락지 않는가? 何事靑山不許人
감옥은 다만 사대(신체)를 가둘 수 있을 뿐, 圜宇只能囚四大
금오(의금부)는 나의 원유를 금하기 어렵도다 禁吾難禁遠遊神
　　　　- 여순이 감옥에서 남동생에게 지어주었다는 절구(『어우야담』)

조선시대 의금부에서 중죄인을 다룬 기록『추안급국안』에는 이여순과 비슷한 시대를 살았던 끗치라는 관비(官婢)의 사연이 고발되어 있다. 1615년 이미 두 딸의 어미였던 관비 끗치는 간통으로 집에서 쫓겨나게 되자 이웃의 양반 김홍원(1571~1645)에게 자신을 첩으로 들이라면서, 관비 출신인 자신이 대북파인 조정 대신 한찬남(韓纘男)의 처와 알고 광해군의 후궁 임씨의 궁녀들과 교분이 있다며 협박했다고 한다. 당시 여인들의 인맥은 궁중에서는 후궁이나 상궁, 궁녀에 이르고 밖으로는 사대부 처첩과 공사노비에 이르기까지 다양하게 구성되어 있었으며, 상호 관계망을 통해 정보를 전달하고 여론을 형성하며 적극적으로 그 힘을 행사하고 있었던 것이다.

궁궐에는 신료들보다 훨씬 많은, 그러나 보이지 않게 존재하면서 왕에게 은근하고 친밀하게 여론을 전달하는 인물들이 있었으니 그들이 바로 왕후비빈을 비롯한 수백의 궁녀, 여인들이다. '기이한 향내가 나고 영묘한 광채가 방에 가득하다'고 할 만큼 신비한 매력을 지닌 여순은 세간의 많은 여인들이 한 번쯤 만나보고 싶었던 소문 속의 주인공이었다. 불법을 온몸으로 수행하고자 자신의 신분을 과감하게 버리고 떠났던 수도자가 의금부에 잡혀 와서도 죽는 것이 오히려 사는 것이라며 당당하게 불교적 생사관을 피력했다는데, 그런 여순의 소문을 듣고 본 궁중 여인들은 어떤 생각을 했을까?

비선실세가 된 자수궁(慈壽宮) 비구니

조선왕조는 선대의 후궁들을 모여 살게 하고자 자수궁을 두었는데, 이곳은 곧 부처를 모셔 복을 비는 곳이 되었다. 광해군 역시 인왕산 기슭 주변 민가를 헐어 자수궁을 넓게 건축했으며, 현종(1661) 때 혁파되기 전까지 이곳은 한때 오천 명의 여승이 살았을 정도로 커졌다고 한다. 사관들은 자수궁을 역사할 때마다 왕이 새로 궁을 지어 부처를 받드는 장소를 넓힌다고 비판했지만, 선대의 제왕들 역시 그 어머니와 아내, 그리고 궁녀들의 지극한 불심과 종교 활동을 금할 수가 없었다. 오직 왕만을 바라보며 권력의 소용돌이 속에 휩쓸리는 궁중 여인들의 마음을 불교가 위로하고 감싸주었기 때문에 왕후에서 궁녀들까지 여인들은 평소에도 불법을 가까이하고 홀로 지내게 되어서는 비구니가 되어 여생을 살기도 했다.

광해가 신료들의 반대를 무릅쓰고 여순을 자수궁으로 보낸 데에 궁의 여인들이 청했다는 기록은 물론 없다. 하지만 자수궁 궁인으로 살게 된 여순은 이후 궁중에 출입하면서 여러 궁중 여인들과 매우 친밀한 관계를 맺었다. 궁녀들이 여순과의 만남을 간절히 기대했으리라는 사실은 그녀가 광해의 신임을 받던 김상궁(김개시)과 모녀관계를 맺었을 뿐만 아니라, 소용 임씨가 고변을 받은 여순의 가족을 엄호해주어 인조반정 후 그 정상이 참작되었다는 사실에서도 유추할 수 있다. 후대에 기록된 『진휘속고』(장지연, 1862~1921)나 『청룡사지』(1972)에서는 이여순이 중전 유씨나 서궁에 유폐되었던 인목대비와도 가깝게 연결되었다고 말할 정도이니, 불법을 숭앙하던 궁중의 여성들에게 여순이 어떻게 보였을지는 짐작할 만하다.

이귀의 딸이 김자점의 동생 자겸(自兼)의 아내였는데, 일찍이 과부가 된 후에 정조를 잃고 절간으로 떠돌아다니며 아미타불을 섬겼는데, 앞설에는 자겸이 젊어서 불법을 좋아하여 죽을 때에 아내에게 권하여 말하기를, "삼가 불도를 닦으라."고 하였기 때문에 이씨가 마침내 머리를 깎고 중이 되어 산에 들어가서 숨어 살았다고 한다. 간음한 일이 발각되어 잡히어 심문을 당하게 되니 궁중에 들어가기를 원하므로 광해가 허락하였다. 일설에서 광해가 풀어주고 성중(城中) 자수궁(慈壽宮)에 있게 하였는데 이씨가 이것이 인연이 되어 궁중에 출입하니 대궐 안 사람들이 모두 생불(生佛)이라 일컬어 신봉함이 비할 데가 없었다 한다. 궁중에 들어가게 되어서는 김상궁과 사귀어 모녀 간을 맺게 되었다. 항상 말하기를, "아버지 이귀와 시숙 자점의 충성을 불행하게도 대북(大北)이 질시하여 항상 모해를 받는다…" 하였다. 나날이 억울한 것을 호소하고 또 자점을 후원하여 뇌물을 쓰는데 부족하면 김상궁에게서 꾸어서 다른 궁인에게 주고 또 다른 궁인에게 꾸어서 상궁에게 바치니, 이렇게 돌린 것이 수천 냥이므로 모든 궁인들이 기뻐하여 모두 자점을 성지(成之)라 자를 부르며 의심하지 않았다. 이렇게 되니 광해가 유상(惟翔) 등이 아뢰는 말을 듣고 매양 잡아 신문하고 싶어도, 상궁과 개똥이[介屎] 등이 말하기를, "성지는 지극히 충성스러운 사람이며, 더구나 한미한 선비에 불과한데 무슨 권력이 있어서 다른 모의를 할 것입니까." 하니 광해가 웃으며 고개를 끄덕였다.《속잡록(續雜錄)》○ 일설이란 것은 《일월록(日月錄)》에 있는 것이다.

- 이긍익(1736~1860), 『연려실기술』[13]

그런데 남편 친구와 훌쩍 가출하여 아버지를 탄핵받게 한 여순이 인조반정 이후의 다양한 기록에서는 자나 깨나 친정아버지와 시동생을 걱정하는 인물로 그려져 있다. 이귀는 반정을 일으킬 것이라며 항상 고변을 받던 처지였는데, 그때마다 여순이 눈물로 호소하거나 시를 지어 바쳐 김상궁이 광해를 설득하게 만들었다는 것이다. 더욱이 여순의 시동생인 김자점은 훗날 인조의 후궁 숙원 조씨와 결탁해 소현세자와 강빈을 죽이는 데에 일조하는 등 만만치 않은 업적을 쌓아 두고두고 비난을 받게 된 인물인 만큼, 그와 연계해보면 여순도 권력자들을 잘 다루는 상당한 모사꾼으로 보인다.

'생사의 이치는 밤이 지나면 아침이 오는 것과 다를 바 없고, 죄를 범하지 않고 죽게 되었으니 죽는 것이 오히려 사는 것이다. 이에 여한이

---

13   한국고전종합DB.

없다'며 삶의 욕망에서 벗어난 것처럼 보인 그녀가 어떻게 인조반정의 숨은 공신으로 묘사된 것일까?

여순에 대한 정치적 평가는 차치하고서라도 후대의 기록을 통해 그녀의 궁중 일상을 엿볼 수 있다. 생불이라고 칭송된 여순은 단번에 궁중 여인들의 마음을 사로잡았다. 세속에 매이지 않은 듯 자유를 추구하며 도를 닦는 그녀는 성스러운 기운을 풍겼고, 사람의 마음을 꿰뚫으며 유려하고 설득력 있게 말하는 모습은 광해군 시기 수차례 옥사를 치르면서 생존이 불안해진 궁인들의 마음을 위로했다. 이내 궁중의 권력 실세 김상궁은 여순에게 강한 애착을 가지고 어머니와 딸로 서로를 부르기에 이른다. 궁에 가족이 없이 생활하는 궁녀들은 친근한 무리끼리 가족처럼 밀착되었는데, 여순은 김상궁과 모녀의 의리를 맺으면서 다른 이들과도 신뢰와 애정을 주고받은 것으로 보인다. 그리고 여순에 대한 궁녀들의 애정은 맹목적이기까지 해서 그들은 여순의 시동생인 김자점까지 '성지'라고 이름으로 부르며 신뢰했다. 뿐만 아니라 이귀나 김자점이 역모를 꾀한다는 위급한 고변에는 후궁들마저 두려움 없이 왕 앞에서 이를 무마시키는 데 앞장섰다.

반정 전후를 배경으로 야담에서도 이기축의 처 우씨처럼 가계 경영이나 정치적 판단 역량으로 남편을 성공시킨 훌륭한 아내 이야기가 부각되었던 만큼, 이여순의 시대는 여성들의 신분 상승과 함께 부에 대한 욕망도 강렬하게 부상한 시기였다. 궁에 있는 여성들 역시 재산을 증식하는 데에 상당히 열심이어서 이를 바탕으로 상호 부조하고 공동으로 불상을 조성하거나 절에 의례를 드리는 등 활발하게 활동하였다. 이러한 때에 이여순이라는 매력적인 종교 지도자가 자수궁으로 들어

오자 그녀를 정신적인 구심점으로 삼아 궁인들은 큰돈을 상호 융통하며 마치 '계'처럼 친목과 이익을 도모하면서 공동체를 더욱 긴밀하고 활발하게 움직였다. 인조반정 당시 김상궁이 정업원에서 불공을 드리고 있었을 정도로 불교를 중심으로 한 여성들의 교류는 빈번했고 경제적 규모도 상당했다.

더욱이 사대부 남성들의 불쾌한 시각과는 달리 여순은 집권 세력인 대북파나 반대세력인 서인계 여인들을 신앙의 메시지로 모두 아우르며 불안한 시국에 마음을 위로하고 공동체에 활기를 주었다. 이여순에 대한 여인들의 신뢰와 애정은 절대적인 신앙의 수준으로 발전하여, 이여순은 이 여인들을 통해 왕에게 영향을 미치는 데에까지 이른다.

반정 핵심 세력인 여순의 실제 가족들 눈에는 궁중 여인들을 열렬한 추종자로 몰고 다니는 여순이 어떻게 보였을까? 인목대비 폐모론에 반대하여 관직에서 쫓겨난 시동생 김자점이나 매번 역모 고변으로 목숨이 위태로운 여순의 친정 식구들은 그녀를 찾을 수밖에 없었을 것이다. 그녀는 속세의 인연과 은혜를 외면하지는 않았는데, 이귀가 도모했다는 반정은 뜬소문이 아니었고 김자점은 궁녀들과 뇌물로 결탁하여 입방아에 오르내렸다.

반정의 피바람은 여인들도 피해갈 수가 없었다. 중전 유씨는 폐서인이 되고, 여순을 딸처럼 여기던 김상궁은 성 밖에서 목이 잘렸으며 후궁 윤씨는 살해당하고 정씨는 자결했다. 이에 반해 이여순의 아버지 이귀는 반정 일등 공신이 되고, 오라비 이시백 역시 반정공신에다 훗날 영의정에 오르는 등 여순의 집안은 이후 크게 번성하게 된다. 시동생 김자점도 인조 재위 내내 승승장구하게 된 점으로 볼 때, 여순은 그 후로도 권력의 비호 속에 불법을 수행하며 살았을 것이다. 청룡사의 기록에 따르면 그녀는 제6대 중창주로 인목대비의 명을 받아 비명에 죽은 영창대군의 명복을 빌고 71세의 일기로 입적했다고 한다.

여순은 과연 반정의 주모자였을까? 광해군의 실정과 패륜을 비판하며 인조를 옹립한 반정 세력에게도 세상을 뒤흔든 반정 일등공신 집안 여인의 불교 수행 스캔들은 도덕적인 논란이 되었으므로, 이후 기록물에서 그녀를 반정의 치밀한 공조자로 부각시키며 심리적인 부담감을 해소할 필요가 있었다. 이에 역모로 위기에 몰린 아버지를 옹호하고 벼슬에서 밀려난 시동생에 대한 여순의 배려가 실제보다 한층 과장되어 반정의 미담으로 윤색되었을 가능성이 크다. 간통녀나 생불이라는 기존 여순에 대한 평가를 가족을 위한 반정공신으로 재평가하는 과정은 여순 주위의 여성들이 상호 관계망을 통해 정보와 여론을 형성하고 경제력을 구비하며 정치적으로도 영향을 미친 것을 조롱하고 경계하는 작업이기도 했다.

여순(女順), 예순(禮順), 영일(英一·英日·迎日), 그녀의 여러 이름들과 얼굴들

조선시대 사대부 여성의 이름이 세간에 알려진다는 것은 결코 좋은 일이 아니었다. 남녀의 내외가 엄격하였으니, 여성은 지위에 의한 호칭이나 난설헌·의유당과 같은 당호로 알려졌을 뿐이다. 야담에 이따금씩 등장하는 유감동, 어우동 같은 이들은 희대의 스캔들 주인공으로 처벌 대상이었기 때문에 이름이 알려진 것이지, 대개 사대부 여인의 경우 죄를 지어 국문장에 끌려나오지 않는다면 이름을 굳이 세간에 올릴 이유가 없었다. 이여순은 불가에 귀의한다며 이름을 '영일'로 개명했다는데, 이는 오언관의 죽은 아내 이름이라고도 한다.『조선왕조실록』에서야 공초 사건을 기록하였기에 이름을 명확히 하려 했지만, 그래도 이여순(李女順)과 영일(英一과 英日)을 섞어 쓰고,『어우야담』에서는 이예순(李禮順), 영일(迎日)로 표기하고 있다. 다른 이들의 문집에서는 들은 대로 이름을 기록할 뿐이었다.

여인들에게 그녀는 생불이고 지도자였으나 사대부 남성들에게 그녀는 유교와 정절에 관한 미풍을 해치는 풍속사범이었고, 인조반정 이후 기록자들에게 그녀는 지혜롭게 여인들을 조정한 숨은 반정공신이었다. 그녀의 삶의 굴곡과 이를 바라보는 세간의 시선처럼 그녀를 지칭하는 이름도 다양하게 남겨졌다.

종교인이던 이여순은 탈속적이고 자유를 추구했던 인물이었던 만큼 주변 여인들이 광해군파이건 인조반정파이건 상관없이 막역하게 지낸 것으로 보인다. 생불로까지 추앙되어 다양한 계급과 다양한 권력층의 여성 신도들을 거느린 그녀는 이를 기반으로 거침없이 불사를 행사하였고, 이러한 행보는 광해군과 인조반정 시기 불안했던 여성 신도들의 마음을 사로잡았다. 그녀는 시대의 욕망을 대변했던 자신의 매력으로 인해 폭풍전야와 같은 정국 속에서도 흔들리지 않고 지원 세력을 확보할 수가 있었지만, 그녀를 맹목적으로 사랑하고 따르던 이들은 반정과 옥사의 격랑 속에서 수없이 숙청되어 사라졌다.

참고문헌

박상진, 『궁녀의 하루』, 김영사, 2013.

신명호, 『궁녀』 2판, 시공사, 2012.

신익철, 「광해군 시절 여승 이예순(李禮順)의 일행」, 『문헌과 해석』 29호,
　　　 2004, 문헌과 해석사.

이혜순 외, 『한국 고전 여성작가 연구』, 태학사, 1999.

전국비구니회 엮음, 『한국 비구니의 수행과 삶』, 예문서원, 2007.

지두환, 『광해군과 친인척』, 역사문화, 2002.

홍순민, 「조선시대 궁녀의 위상」, 『역사비평』 No.68, 2004.

분영

이별 후 이야기

1. 사랑의 영점

인연이 닿아 '만났다'고 이야기하지만 무엇을 보고 '만났다'고 하는 것일까? 만남, 곧 사랑의 시작을 정확하게 표시할 수 있을까. 처음 본 순간 불똥이 튈 수 있고, 오랫동안 함께 생활하면서 정이 들 수도 있다. 〈바람과 함께 사라지다〉의 스칼렛 오하라처럼 버틀러가 등을 돌리고 나서야 비로소 상대의 소중함을 깨닫게 될지도 모른다. 이처럼 관계의 시작, 곧 만남의 시점과 양상은 가지각색이다. 그렇다면 관계가 끝났다 함은 어떤 뜻일까? 이건 좀 쉬운 것 같다. 그 즉시 마음을 접는 사람도 있고, 길게 미련을 두는 사람도 있겠지만 마음에서 떨어질 때라고 정리할 수 있겠다.

여기, 분영의 사랑이 있다. 기생이었던 그녀는 평생 잊지 못하는 남자가 있다고 고백했다. 그는 정읍 수령을 했던 권익홍. 익홍과 분영의 사랑은 남자가 죽은 다음에 시작되었고, 유명(幽冥)의 세계에서 펼쳐진다. 그리고 사랑 이야기는 남자를 마음에서 떠나보낸 후 비로소 펼쳐진다.

이야기는 순창군 사또 신치복의 사랑방에서 시작되었다. 오랜 지병으로 위독한 상태까지 갔던 신치복은 무료함을 달래고자 분영을 불러서 노래를 청했다. 그녀는 지금 일흔 하나, 곱게 늙은 얼굴에, 자태는 풍만하고 피부에 윤기가 흘렀다. 웃으며 말할 때는 조용하면서도 상냥했다. 그녀의 목소리는 '운율이 맑고 깨끗하며 듬직하고 여유가 있었다'고 했다. '노래 삼긴 사람 시름도 하도할샤'[14], 시름 많은 사람이 맺힌 것을 소리로 풀 때 노래가 나온다. 노래란 숨겨진 마음 한 자락을 엿볼 수 있는 방편, 분영의 소리가 맑고 깨끗하고 듬직하고 여유롭다 했으니 그는 자신의 한을 속으로 맑고 깨끗하게 걸러낸 사람이겠다. 신치복은 그녀의 소리에 감탄하면서 늙은 기녀의 마음 깊숙한 곳에 감추어둔 시름의 정체를 넌지시 캐묻기 시작한다. 기생도 정 둔 사내가 있어 죽을 때까지 잊지 못한다는데 정말 그러냐고.

"그렇사옵니다. 쇤네에게도 평생 잊지 못할 사내가 있사옵니다."
"그게 누군가?"
"안국동 사는, 정읍 현감을 지낸 권익흥이 그분이옵니다."
"그를 잊지 못하는 까닭이 무엇인가?"
"권공은 키가 커서 구부정한 데다 술을 꽤나 좋아하고, 풍채나 말재주가 그다지 남의 마음을 움직이지 못하는 분이셨지요. 우연히 쇤네를 보고는

---

14   "노래 만든 사람, 시름이 많기도 많구나." 신흠 시조의 한 대목.

기뻐하며 속정을 매우 두텁게 주셨습니다. 잠자리에서 가까이 할 즈음에도 달리 친근함을 나타내지도 않았고 특별히 잘해 준 것도 없었지요. 다만 괴이했던 것은 저희 두 사람의 동침이 하루도 이루어지지 못한 날이 없었다는 것입니다. 하루라도 서로 만나지 못하면 마음이 벌써 어수선해져서 즐겁지 않았습니다. 이만하면 저희가 서로 얼마나 간절히 사랑했는가를 아실 수 있겠지요."[15]

요즘에 유행하는 남녀관계 처세서를 보면 어떻게 사랑을 시작할까, 그/그녀를 어떻게 내게로 끌어들일까 하는 데 큰 무게가 실린 듯하다. 유혹과 밀당의 기술은 매우 세분화되어 있다. 카톡을 확인하고 답신하는 데 걸리는 시간을 세심하게 체크하고, 수 틀리면 언제든지 도망갈 수 있는 구멍을 만들어두면서 쿨한 척하기 위해 갖은 노력을 기울인다. 하지만 분영과 익홍의 사랑에는 이런 밀당의 기술이 보이지 않는다. 익홍은 남에게 호감이 갈 만한 외모와 체격을 갖추지 못했고, 여자를 호릴 만한 말재간이나 감각도 없다. 말도 못하면서 술만 마셨다. 잠자리에서 별다른 정을 표시하지도 못했다. 하지만 이들에게는 상대의 마음을 어림짐작하기 위한 부산한 계산법과 연애고수의 지식 총동원을 뛰어넘는 무언가가 있다. 그들은 서로 잘 맞는 사람임을 직감했다. 이들의 직감은 밀고 당기면서 상대를 간 보는 과정을 단번에 건너뛰고 있다. 그녀에게만 쏟아지는 눈빛, 그녀만이 알아볼 수 있는 속정은 단번에 분영을 사로잡기 시작했다. 분영만 그러한가. 익홍은 자신의 눈빛과

---

15   신돈복, 『(국역)학산한언 2』, 김동욱 옮김, 보고사, 2007, 93~94쪽.

감정을 그대로 흡수해버리는 분영을 몹시 기뻐하면서 그녀에게 빨려 들어가기 시작한다. 그들은 매일 동침했고, 하루라도 만나지 못하면 마음이 즐겁지 않았다. '은밀하고, 강렬하게', 그들의 관계를 나타내주는 단어이다.

사랑의 영점(零點), 이 애정의 밀도 속에서는 움직임이 없다. 한번 보자마자 서로의 존재를 흡수해버린 상태, 이야기는 여기서 시작하지 않는다. 사랑의 서사는 헤어지고 난 다음부터 시작한다. 익흥이 죽자 비로소 그녀는 급격하게 흔들린다. 춤추고 노래하는 잔치 자리에서도 억지로 자리만 차지했을 뿐 마음은 '이미 싸늘하게 식은 재처럼' 식어버렸다. 주변의 양반들은 그녀를 놀려대거나 유혹하면서 분영에게 추근댔지만 식은 마음이 돌아오지는 않았다. 그들은 익흥과 달을 보며 술잔을 주고받던 기억을 대신하지 못했다. 분영은 익흥과 나누었던 사랑의 기억, 그 밀도에 삶을 저당 잡히고 만 것이다. 분영은 울면서 반드시 꿈에서 만나리라고 확신했다. 그녀의 정념은 이제는 없는 과거를 강력한 실재로 만들어내기에 이른다. 이것이 익흥의 혼령을 끌어들여 만남의 서사를 창출해내는 힘의 원천이었다. 사랑이야기는 바로 여기서 시작된다.

2. 첫 번째 만남

귀신은 있을까, 없을까. 이 질문에 답하기 전에 어떤 조건에서 귀신이 존재하지를 묻는 것이 더 적합할 것이다. 귀신을 불러들이는 가장

원초적인 마음자리부터 짚어보자. 삶과 죽음은 서로 갈라졌는데, 무슨 수로 죽은 연인을 내 앞에 불러올 수 있을까. 분영과 익흥의 첫 번째 만남은 이를 위한 좋은 단서를 제공한다.

분영은 서소문 밖 무너진 다리 가에서 어떤 양반을 만나 노래 두세 곡을 불러주었다. 그와 함께 찾아간 집에는 마침 주인이 없었다. 계집종이 사랑채로 안내했다. 피곤한 김에 옆에 있는 이부자리에 잠깐 몸을 붙이고 잠이 든 사이 익흥이 찾아왔다.

…권 공이 모관에 해진 옷을 입고 큰 신을 끌며 대문을 열고 들어서더군요. 그리고는 제 등을 어루만지며 말했습니다.
'자네 왔는가?'
저는 안부를 물으며 예전 평소 때처럼 흐뭇함을 느꼈습니다.[16]

사랑하는 사람의 익숙한 손길에 분영은 비로소 '평소 때처럼' 마음이 가라앉고 흐뭇해지기 시작한다. 익흥을 잊지 못해서 매번 애통하게 눈물을 흘리던 현실은 헛된 가상이고, 그가 자신의 등을 어루만지는 꿈속이야말로 진실하다고 느낀다. 마음에서 원하는 일이 그대로 일어났다는 것, 이것만이 진실이고 실재이다. 꿈이었지만 아직 익흥을 놓아버리지 않은 마음에는 꿈과 현실의 구분이 없다.

익흥은 죽음 이후의 세계에서나 존재한다. 그의 혼령은 어디까지

---

16   앞의 책, 95쪽.

나 분영이 죽은 익흥에게 집중되었을 때 불러올 수 있다. 익흥의 혼은 발인 이후에 있었던 일을 잠시 외출했을 때처럼 심상하게 말하면서 "자네를 한시도 잊을 수 없었네"라고 고백했다. 하지만 죽은 지 오래된 그의 몸에서는 냄새가 난다. 이후 닭 우는 소리가 들리자 그는 말을 끊더니 뒤도 돌아보지 않고 질풍같이 달려 나갔다. 학처럼 날아가더니 점차 공중으로 아득하게 사라져버렸다.

음계 혼령을 불러내는 조건은 무엇인가. 죽음을 인정하는가, 어디부터 죽음이라고 인정하는가. 옛 사람들은 몸이 완전히 썩어서 형체가 없어지고 난 다음에야 죽음을 인정했다. 아직 한 조각 육신이라도 남아 있다면, 영혼은 거기에 깃들어 다시 나타날 수가 있다고 믿었다. 그렇다면 죽은 이를 끌어당기는 마음은 누구의 것인가. 이미 사라진 익흥의 혼령을 불러내 썩어들어가는 몸을 이끌고 다시 나타나게 만든 것은 분영의 욕망이다. 그렇기에 익흥의 혼령은 분영의 욕망이 듣고 싶어했던 말을 해준다. 그녀를 예전처럼 어루만지고 잊을 수 없었다는 고백을 하고 죽은 후에 자신이 겪었던 많은 이야기를 들려주었다. 익흥의 죽음은 분영과 그 사이를 가르는 장벽이 되지 못했다. 분영은 익흥의 죽음은 인정할 수 없었다. 아니, 분영의 마음이 아직 죽지 않았다는 편이 더 맞을 수도 있다.

분영은 익흥이 사라지자 통곡을 하다가 꿈에서 깨어났다. 분영은 그제야 훌쩍거리며 운다. '싸늘하게 식은 재'처럼 삭막해진 마음이 비로소 출렁이기 시작한다.

슬픔에 잠겨 일어나 앉아 있는데 등불은 이미 꺼졌고 함께 왔던 사람들은 다 가고 없었습니다. 주인도 그때까지 돌아오지 않았지요. 바람만 성긴 창틀 사이로 불고 빈 방은 고요했답니다. 다만 들리는 것이라고는 닭들이 쪼아대는 소리와 어지럽게 울어대는 소리뿐이었습니다. 날이 밝아 올 때까지 울다가 훌쩍거리며 집으로 돌아갔습니다.[17]

홀쩍거리는 분영의 마음에는 그리움만 가득 찬다. 익홍이 떠나고 난 뒤의 적막한 자취는 만났을 때의 따뜻함, 아늑한 사랑의 고백과 보기 좋은 대조를 이룬다. 익홍 생전에 나누었던 사랑의 밀도에는 리듬이 없었다. 그들은 날마다 동침했고 마음은 조금도 떨어진 적이 없었다. 그가 죽은 후 식어버린 마음에도 굴곡이 없기는 마찬가지였다. 익홍이 귀신의 모습으로 다시 나타나면서부터 비로소 그리움과 애절함이 번갈아 펼쳐지기 시작한다. 사랑의 서사는 익홍이 죽은 후에야 비로소 시작한다.

3. 두 번째 만남

남별궁에 큰 굿이 열렸다. 구경하러 가는 여염집 부녀자들이 천여 명이나 되었다. 쟁쟁 울리는 악기소리, 울긋불긋한 굿장의 장식들, 삶과 죽음의 경계선을 넘나드는 극적인 퍼포먼스, 흘러넘치듯 오가는 술과

---

17   앞의 책, 96쪽.

떡, 고기와 지짐, 남녀를 가리지 않고 한데 모인 큰 무리들. 이만한 구경
거리가 있을까. 분영도 여염집 여자처럼 꾸미고 구경하러 갔다. 이때 뜻
밖의 사건이 벌어졌다.

무당이 꽃을 흔들고 방울을 울리며 빙글빙글 돌다가 겅중겅중 뛰며 춤
을 추더군요. 그러다가 갑자기 수많은 구경꾼들을 헤치고 곧장 제게로 오
더니 두 손을 마주 잡는 순간 눈을 부릅뜨고 바라보며 허겁지겁 말했습
니다.
"자네는 분영이 아닌가? 자네 분영이 맞지?"
저는 깜짝 놀라 그 까닭을 헤아리지 못하고 있는데, 한참 뒤에 무당이 말
하기를
"나는 바로 권 정읍일세. 자넨 무슨 일로 여기까지 왔는가? 내 평생에 술
마시기 좋아하는 것은 자네가 잘 알 텐데, 어째서 내게 술 한 잔 권하지 않
는 겐가?"[18]

익홍이 찾아왔다. 어리둥절하던 분영은 남별궁의 굿을 익홍의 집
안에서 주관하고 있다는 사실을 알고서 한순간에 무너져버렸다. 무당
에게 빙의한 혼령은 바로 그가 사랑했던 남자이다. 익홍은 천여 명이
넘는 군중 속에서 분영을 알아보았다. 그는 사람들의 시선도 아랑곳하
지 않고 곧장 분영을 부르며 달려갔다. 분영은 무작정 자기에게 달려오
는 익홍을 보자 그만 대성통곡을 하고 말았다. 분영은 있는 돈을 다 털

---

18   앞의 책, 96~97쪽.

어 홍로주를 샀다. 독하고 부드럽고 맛 좋은 술, 큰 대접에 가득 따라 놓고 큰 돼지머리를 사서 칼을 꽂아 쟁반에 담아 자리에 올렸다. 말 한 마디 들을 때마다 술을 담은 그릇이 기울어지는 것을 보니 그의 혼령이 술을 마시고 있음이 분명했다. 사람들은 누구나 시큼한 냄새를 맡았다. 분영을 만난 익흥은 무당에게 빙의된 채 꽃을 흔들며 울었다 웃었다 하면서 이런저런 이야기를 늘어놓았다. 지나간 일 그대로였고 하나도 틀림이 없었다. 분영은 이렇게 말했다. "완연히 권공이 다시 살아온 듯했답니다."

무속이라는 종교제의가 주는 가장 강력한 힘은 바로 죽은 이와 직접 소통을 가능하게 하는 데서 온다. 비록 무당이 그를 대신했지만, 분영은 보이지 않는 익흥을 강렬하게 느낀다. 분영과 함께 있었던 일, 달빛 아래 술잔을 주고받던 기억, 죽은 후에도 잊지 못해 그리워했다는 고백, 둘 사이에서만 있었던 은밀한 일들이 무당의 입을 빌려서 펼쳐진다. 굿장에서 만난 익흥과 분영은 다시 한 번 애절한 사랑을 확인한다.

이런 강력한 실재감은 어떻게 생겨날까. 바로 마음이다. 마음 자체는 현실을 초월하는 하나의 物이다. 여기에 투입된 강력하고 집중된 에너지는 원하는 바를 기어코 만들어낸다. 그런데 누구의 마음일까. 분영의 마음일까, 익흥의 마음일까. 아니면 두 사람의 마음이 만나 사건을 일으킨 것일까. 분영의 이야기를 옮겨 적은 신돈복은 이렇게 덧붙였다. "무릇 사람의 마음에 맺힌 것이 있으면 비록 죽더라도 오히려 흩어지지 않다가, 생각하는 것이 절실하고 지극하면 또한 감응하는 바가 있게 된다. 예로부터 이러한 일은 많았으니 괴이할 것 없다."[18]

신돈복은 분영보다 익흥의 마음에 무게중심을 두고 있다. 죽은 후에도 식지 않고 분영의 주위를 돌고 있는 익흥의 마음이 무당에게 빙의해서 남별궁의 사건을 만들어내는 것이다. 사람이 죽은 뒤에도 마음은 여전히 남는다? 이상한 말이 아니라 과거의 통념이었다. 사실 여부는 알지 못하겠다. 하지만 신돈복이 아직 분영의 정념을 간파하지 못했다는 점만은 분명하다.

4. 세 번째 만남, 그리고 이별

사랑하는 이를 만나 부풀었던 마음은 그가 사라지자 땅 밑으로 꺼지기 시작한다. 비록 무당이 개입하였지만 꼭꼭 감춰두었던 마음이 밖으로 벌어져 어쩔 줄 모르는데, 사랑은 자취도 없이 사라져버렸다. 있었는데, 없다. 그 있음과 없음의 간극이 너무 가팔라 중심을 잡을 수가 없다. 어디에 마음을 붙여야 하는가. 익흥이 없는 현실에 안주하기에는 마음이 식지 않았는데, 느낌은 생생한데, 그를 붙들고 끌어안을 수 없다. 분영은 너무 괴로운 나머지 차라리 자결하고 싶다고 생각했다.

다시 밤이다. 달을 보면서 술잔을 기울이던 옛 추억은 항상 그녀가 발을 딛고 있는 현실, 곧 익흥이 죽고 없다는 현실을 까맣게 지워버리고, 그녀의 정념만을 또렷하게 부각시킨다. 집중된 정념은 다시 익흥을 끌어올 것이다. 아니나 다를까 관복을 차려입은 익흥은 방문을 열고

---

19   앞의 책, 98쪽.

그녀를 찾아왔다.

> 이튿날 저녁에 잠을 청했으나 잠을 이루지 못할 즈음, 문득 권공이 관복을
> 차려 입고 엄연히 방문을 열고 들어와 앉는 것을 보았습니다. 저는 그것이
> 권공의 정령임을 알았으나 기쁨을 이길 수 없어 털끝만큼도 두렵지 않았
> 습니다. 잠자리로 다가가 동침한 것도 예전에 평소 하던 그대로였습니다.
> 이렇게 왕래한 것이 몇 해가 되었습니다. 그 사이에 권공이 한 이야기에는
> 신령스럽고 괴이한 것이 매우 많았습니다만 다 이야기할 수는 없습니다.
> 그 뒤, 제가 세력 있는 가문에 들어가게 된 뒤로는 더 이상 왕래하지 않았
> 고, 가끔 꿈에 나타나기도 했으나 그것도 드물게 되었습니다.[20]

혼령인 줄 알면서도 너무 기쁜 나머지 조금도 두렵지 않다고 했다.
그녀의 기쁜 마음은 혼령을 만질 수 있는 '존재'로 만들어냈다. 살로 다
가온 익홍의 혼령은 생시와 다름없었다. 그의 말, 숨결, 손길, 모든 것
이 그녀의 몸과 마음에 익숙하여 조금도 낯설지 않았다. 그들의 사랑
은 그녀의 몸과 마음이 기억하는 대로 자연스럽게 움직였다. 다만 새로
운 점이 있다면 익홍이 들려준 기이한 이야기였다. 그는 신령스럽고 괴
이한 이야기를 매우 많이 들려주었다. 그가 이 세상 사람이 아님을 보
여주는 유일한 징표는 바로 그가 해주었다는 이야기이다. 하지만 분영
은 '다 이야기할 수는 없습니다' 하면서 말을 끊어버린다.

이렇게 몇 해 동안 익홍이 찾아왔다. 그 시간이 어땠는지는 이야기

---

20   앞의 책, 98쪽.

에 나타나지 않는다. 분영의 정념이 익홍의 혼을 부르면 그들은 여전히 사랑을 나누었을 것이다. 변화는 분영이 세력 있는 가문에 들어간 뒤에 찾아왔다. 그녀가 기생이기에 어쩔 수 없는 일이었다. 그보다 익홍이 더 이상 분영을 찾아오지 않았다는 사실이 중요하다. 가끔 드물게 꿈에서만 나타났다고 했다. 이전의 밀도와 비교할 수 없다는 뜻이다. 분영이 다른 사람에게 몸을 기탁했다는 사실 때문에 익홍이 돌아섰을까. 하지만 분영은 기생이다. 익홍과 변함없이 정을 나누었던 그 몇 해 동안 수절하고 다른 사람을 일절 받아들이지 않았다고 할 수는 없다. 그렇다면 이제야 등을 돌리고 떠나간 익홍의 혼령을 어떻게 받아들여야 할까.

혼령이 된 익홍과 만나고, 이별하고, 재회하는 모든 사건은 분영에게 정을 떼지 못한 익홍의 마음이 만들어낸 것도 아니고 두 사람의 마음이 합하여 빚어낸 것도 아니다. 이 모두는 바로 분영의 마음이 지어낸 幻이다. 분영의 정념이 익홍의 혼령을 끌어왔다. 혼령에게 살을 입히고, 그의 손길과 숨결을 그대로 재생시킨 것도 익홍을 기억하는 분영의 육체와 마음이다. 시간이 지나 분영의 삶에 변화가 왔다. 세력가에 들어가면 안정된 삶을 살 수 있다. 점점 늙어가는 그에게 안정된 삶은 절실했다.

하지만 그것뿐일까. 분영의 마음은 현실을 떠나 익홍과 만날 수 있는 유명의 세계를 헤매었다. 익홍을 만났던 세 번의 공간은 모두 꿈이었거나 굿판이었다. 현실은 뒤로 물러나고 타오르는 욕망만 죽음을 넘어서까지 넘실거렸다. 여전히 사랑의 영점을 갈망하는 마음. 그 영도의 순간만이 진실이고, 나머지는 보잘 것 없는 누추한 현실일 뿐. 익홍에게만 고정된 사랑의 영도에는 바람이 없다. 그만큼 변화도, 성숙도 없다. 그랬던 그가 이제, 현실을 받아들이면서 익흥에게만 집중되었던 마음을 거두어들이기 시작한다. 그제야 분영은 살 궁리를 하고 주변을 정돈하기 시작한다. 이를 익흥의 혼령이 자신을 찾아오지 않는다고 표현했다. 아니, 분영은 자신의 정념이 익흥을 끌어온 줄도 모를 것이다. 마음이 서서히 정리되어 이제는 익흥을 거리를 두고 바라보게 되었다는 사실도 알지 못한 채, 당대의 통념처럼 익흥의 혼이 발길을 끊었다고 생각할 것이다.

이제 다시 원점으로 돌아가보자. 분영의 마음속에 감추어둔 사랑이 무엇인지를 궁금해하는 신치복에게 그는 감추지 않고, 담담하게 권익흥을 이야기한다. 그리고 그를 "평생 잊지 못할 사내"라고 했다. 현실에 충실하면서 점점 옛 사랑을 놓아버렸다고 했지만 그의 흔적을 아주 지워버린 것은 아니다. 오히려 평생 잊지 못할 남자, 자기 평생에 값하는 사랑이었노라 고백한다. 여기에는 그의 부재를 견디지 못해 죽어서라도 그의 곁에 가고자 했던 몸부림치는 격정은 보이지 않는다. 몸에 배인 익흥의 손길, 마음으로 받아들인 남자의 깊은 속정, 그 정을 잊지 못해 사무치게 통곡했던 격정을 차분히 가라앉히기 위해서 얼마만큼의 시간이 흘러야 했을까. 죽은 이를 평안히 태허로 돌려보내고 솟구쳤던 정을 맑게 하기 위해서는 무엇이 필요했을까. 이제 시름 많은 그녀의 사랑은 온갖 굽이를 돌아서 '맑고 깨끗하고 듬직하고 여유'로운 노랫가락으로 흐른다.

참고문헌

신돈복, 『(국역)학산한언 2』, 김동욱 옮김, 보고사, 2007.

박성지, 「귀신의 형성조건에 대한 시론」, 『한국고전연구』 23, 한국고전연구학회, 2011. 6.
박성지, 「조선 전, 중기 조상신담론을 통해 본 사대부주체 형성」, 『구비문학연구』 35, 한국구비문학회, 2012.12.

이야기를 대하는 두 가지 방식

intro.

이야기를 하고 듣는 장면은 매우 은밀하고 충만한 교감으로 가득 차 있다. 바쁜 하루가 편안하게 가라앉는 시간, 사람들의 마음은 일상을 벗어나 상상을 펼쳐보려 한다. "뭐, 좀 재미있는 이야기 없어?" 할머니를 조르는 아이들이나 옆지기를 쿡 찌르는 봉놋방의 어른이나 똑같다. 이야기를 하는 사람은 못이기는 척 마지못해 "옛날 옛날에……" 서두를 떼고 사람들은 모두 이야기꾼이 인도하는 세계로 빠져든다. 눈에 보이지 않는 새로운 세계, 그 세계는 이야기꾼의 목소리와 정감을 입고서 생동감 있게 현존하게 된다. 이렇게 세상에 드러나게 된 이야기는 따뜻한 시선과 목소리로 충만한 공간을 만들어낸다.

이야기는 어느 한 개인의 소유물이 아니다. 이야기꾼은 누군가에게 전해들은 이야기를 자신의 내면으로 흡수한다. 서사의 리듬에 맞춰 이야기를 기억하고 그 장면들을 오래오래 마음에 새긴다. "내 복에 살지" 하면서 집을 나가버린 막내딸을, 첫날밤에 도망간 남편을 기다리다 재가 되어 삭아버린 색시를, 계모의 구박을 받고 죽어 '소쩍 소쩍' 우는 새소리를, 두고두고 마음에 새겼다가 이야기에 마음을 실어 다른 사람에게 전해준다. 이야기는 이야기꾼의 마음과 영혼에 머물렀다가 충분히 소화가 된 다음, 그의 입을 통해 다른 사람의 귀로 들어간다. 따라서 이야기를 듣고 말하는 인간은 이야기 공동체의 유대감에 단단하게 연결되어 있다.

이야기는 무엇을 말하는가. 그 공동체는 싫증내지도 않고 똑같은 내용을 반복한다. 지겹지 않을까. 하지만 여기에는 아무리 말하고 들어도 싫증나지 않는 쾌락이 있다. 잊고 있었던 존재의 근원, 향기로운 천상의 술과 과일, 사각사각 스치는 비단의 감촉, 상제를 모시고 궁중을 거닐었던 우아한 기억, 태을진군과 월궁항아, 완벽하게 아름다운 천상의 남과 여, 비록 속세에서 추악한 누명을 쓰고 뼈저린 고생을 하고 있지만 아직 버림받지 않았다는 확신, 하늘과 연결되어 있다는 안온함, 천상존재들이 나누는 우애와 호의 등은 우리가 지금 고생을 겪는 이유와 끝을 내다보게 하는 해방의 지식을 알려준다. 이들은 추악한 속세의 삶을 해석하고 감내하기 위해 꼭 필요한, 혹은 도저히 양보할 수 없었던 진실이자 쾌락이 아니었을까.

한 가지 더, 이 진실은 쾌락 이상일지도 모른다. 이야기에는 어떤 '조언'이 담겨 있다. 흔히 권선징악이라고 하여 구시대 유물 정도로 폄하하지만 그렇게 도매금으로 떠넘길 수는 없다. 이야기는 현실과 다르게 창조되고 승인된 세계이다. 조선후기 가장 인기 있었던 소설『숙향전』에서 어린 숙향은 전쟁통에 부모에게서 버림받고, 시기하는 이의 모함으로 장승상 댁에서 쫓겨나는 등 끔찍한 일들을 수차례 겪는데도 천상에서 예정된 시나리오에 따라 구원을 받는다. 지금의 눈으로 보면 순진한 세계관, 기계적 서사장치라고 폄하할 수도 있겠지만 당시로는 현실계의 끔찍한 전쟁과 아귀다툼을 극복하게 해주는 처방전이었을지도 모른다. 이런 처방전을 아무나 쓰나. 영적으로 각성된 도인이나 인생사에 통달한 현인이라야 내밀 수 있는 가장 오래되고 대중적인 지혜. 세상에만 파묻힌 시선은 이런 처방전을 볼 수도 없고 즐길 수도 없다. 이야기를 듣는 이들은 이 오래된 지혜를 거리낌 없이 흡수하고, 아낌없이 방출하면서 삶의 지침으로 삼았다.

이제 다음에 소개할 이야기는 이야기의 진실을 대하는 여자와 남자의 태도가 어떻게 다른지 보여준다.『청구야담』에 '失佳人數歎薄命: 아름다운 여인을 잃고 운수가 박함을 한탄하곤 하다'라는 제목으로 실려 있다.

1. 이야기를 진실로 믿는 여자, 이야기를 그럴 듯하게 하는 남자

야담은 업복이라는 남자를 소개하면서 시작한다. 남자는 양반가에 기숙하면서 이런저런 일을 처리해주는 겸종의 무리였다. 그는 아이 적부터 소설책을 잘 읽어서 사람들에게 매우 인기가 높았다. 인기의 비결은 그럴 듯하게 모방하고 실감나게 구연하는 데 있었다. 이야기를 구연할 때는 리듬을 타면서 장면에 따라 소리의 고저를 자유자재로 하기 때문에 노래를 듣는 것 같다고 했다. 우는 듯 웃는 듯, 열사의 형상을 모방할 때는 호방한 기상을, 미인을 묘사할 때는 가녀린 듯한 아름다운 자태를 지어냈다. 이야기의 장면들은 그의 표정과 소리와 눈짓과 손짓으로 생생하게 재현되었다. 이는 이야기의 세계를 한층 더 가깝게 다가오게 했으며, 그만큼 욕망을 자극했다. 사람들은 남자의 이야기를 듣고 영웅의 호방함에, 미인의 완미한 아름다움에 감탄했다. 그들은 모두 열광했다. 부자들은 업복을 초청해서 그의 이야기를 듣고자 했다.

그 열성팬 중에는 어떤 서리 부부가 있었다. 『청구야담』은 부부가 남자의 재주를 '탐혹'했다고 표현했다. 그들은 남자를 가족처럼 대우하였다. 그들에게는 딸이 하나 있었는데, 그녀는 단정하고 자색이 빼어난 미인이었다. 남자는 마음이 흔들려서 어쩔 줄을 몰랐다. 매번 여자에게 추파를 던지며 눈을 맞추고자 했지만 여자는 정색하고 일절 쳐다보지 않았다.

이 여자, 몹시 진지하다. 이렇게 진지한 여자는 이야기를 어떻게 바라보고 있을까. 여자도 남자와 그에게 열광한 사람들처럼 그럴 듯하게 생생한, 생동감이 넘치는 핍진함에 매혹되었을까. 그녀는 영웅과 미인이 풍기는 매혹, 일렁이는 욕망에는 그다지 요동하지 않았다. 그렇다고 이야기를 싫어하지는 않았다. 여자는 '그럴듯함'이라는 감각적 측면이 아니라 이야기의 '진실'에 몰두하는 쪽이었다. 버림받은 고아가, 모함을 받아 쫓겨난 여자가 구원자를 만나서 돌아갈 곳을 찾았다는 데 감탄했다. 또 질풍노도 같고 무질서하고 비참하기만 한 인간사 위에서 이를 주관하는 다른 차원을 볼 줄 알았다. 그곳에서는 이 세상과는 달리 모든 것이 질서정연하고 아름다웠다. 예정된 운명대로 차근차근 전개되는 인과응보에 감복했고, 죄를 지어 내쫓긴 월궁항아를 다시 천상계로 끌어오려는 따뜻한 우애에 감동했다. 이렇게 여자는 영웅호걸과 미인이 연출하는 감각적인 세계에는 어느 정도 둔감한 대신 이야기에 충만한 아늑한 정서와 유대, 지혜와 조언을 즐겼다.

그러면 남자는? 그는 이야기의 진실을 어떻게 바라보고 있을까. 그는 전해 받은 이야기를 자신의 마음으로 소화시켜서 입으로 전파하는 이야기꾼이었을까? 그는 이야기의 진실을 체현하고 있는가? 남자는 이야기의 진실 따위에는 관심이 없고, 이야기에 동화되어 있지도 않다. 이야기의 진실을 그대로 믿고 그 진실대로 세상을 바라보는 여자와 다르게 남자는 쾌락에 마음을 주고 있었다. 어디에 먹을 것이 있나 살피는 야수의 눈처럼 욕망을 집요하게 쫓아다닌다. 그가 유명한 이야기꾼이 된 이유는 이야기가 자신이 발을 붙이고 있는 현실, 곧 검종이라는 낮은 신분, 남의 호의에 기대어 숙식을 해결하는 비루한 처지를 벗어날 수 있게 해주기 때문이다. 남자는 영웅과 미인의 이야기를 구연하면서 열혈남아가 되기도 하고, 영웅을 유혹하는 미인이 되기도 하면서 남루한 현실을 잊을 수 있었다. 반면 이야기를 지탱하는 윤리, 어쩌면 고리타분하게 보일 수 있는 낡은 지혜, 곧 영웅은 충신이었고, 목숨을 버릴지언정 그 충을 놓지 않았다는 사실, 그리고 온갖 고난을 겪으면서 마침내 승리한다는 진실에는 마음을 쓰지 않았다. 그는 이야기의 진실이 아니라 쾌락을 쫓아갔다. 이것이 그럴듯한 구연을 할 수 있었던, 혹은 사람들을 강렬하게 유혹했던 자질이었을지도 모르겠다.

2. 이야기의 진실과 추악한 현실이 대립한다면?

남자에게 기회가 왔다. 서리 부부가 가족 성묘에 가는 날, 여자는 집에 혼자 남게 되었다. 밤이 되자 여자는 문을 단단히 잠갔다. 집 안을 두루 알고 있던 남자는 담을 넘어 그녀의 방으로 들어가는 일이 어렵지 않았다. 여자는 깊이 잠들었고 남자는 옆에 누워 그녀의 허리를 끌어안았다.

> "네 어떤 사람이뇨."
> 가로되, "아무이로라."
> 其女가 더욱 노하여 가로되 "네 우리 부모의 양육한 정의 지극함을 생각지 아니하고 도리어 구체(개 돼지)의 행실을 하느냐."
> 하고 玉鏡을 들어 친대, 업복이 받아 가로되
> "낭자의 벌이 달기 엿 같도다."
> 기녀가 더욱 분노하여 또 후려치니 면상이 상하여 가죽이 떨어졌으되, 업복이 오히려 유순한 말로 사리를 풀어 이르니 여자의 성품이 본대 유약하고 또 불쌍히 여겨 드디어 몸을 허하되 업복이 비로소 기꺼 일장 운우를 마친 후 기녀가 斂容(용모를 단정히 함)하고 가로되
> "이미 제 원을 마쳤으니 빨리 물러가라."
> 업복이 강잉하여 나가니라.[1]

이 남자가 여자를 겁탈하는 방식은 일반적인 무뢰한과는 약간 다

---

[1]   최웅 편, 『주해 청구야담 Ⅱ』, 1996, 국학자료원, 185~186쪽.

른 데가 있다. 남자의 정체를 안 여자는 거울을 들어 남자의 얼굴을 후려치고 엄혹하게 응징했다. 남자는 얼굴 살점이 떨어지고 피가 흐르는데도 불구하고 조금도 성내지 않고 천천히 부드러운 말투로 설득했다. 바로 이 지점이다. 여자에게 맞아 얼굴에 피를 흘리면서도 했다는 말, 무슨 말이었을까. 그 유순한 말과 사리는 무엇을 가리킬까.

바로 여자가 마음으로 받아들였던 이야기의 진실이었다. 천상에서부터 그녀만 바라보면서 품어왔던 간절한 염원, 그러나 죄를 지었기 때문에 여자와 엮이지 못했다. 이생에서 다시 만났으되 하늘에서 그랬던 것처럼 거리는 좁혀지지 않았다. 그러나 하늘이 그의 간절한 염원을 바라보고 한순간을 허용해 주었으니 바로 지금이다. 여자가 거울로 얼굴을 내리침으로써 천상에서 지었던 죄는 소멸되고 오히려 자신의 사랑을 입증할 수 있게 되었다. 그렇다. 그는 그녀에게 맞아 피를 흘리는데도 그녀를 원한다. 천상에서 이생까지, 뜨겁게 원했지만 차갑게 무시당했던 오랜 고난을 딛고 자신의 열렬한 사랑은 마침내 이 순간을 허락받은 것이다. 여전히 여자가 자신을 무시한다면? 피를 흘린 대가를 받을 것이고 하늘의 뜻을 거역한 셈이 되겠지……

이야기의 논리와 정조는 남자의 추악한 탐욕을 간절한 사랑으로 이상화시켰고, 결국 여자는 무장 해제되고 만다. 설득당할 수밖에 없었다. 여자는 오래전부터 남자의 눈빛을 알고 있었고, 이를 내내 무시했다. 이렇게 오래도록 마음에 진 부담에 자신의 저항 때문에 살점이 떨어지고 피가 흘러내렸다는 사실에 여자는 마음이 약해졌다. 이때를 틈타 남자는 교묘하게 이야기의 진실을 빌려 사랑을 설득하는 동시에 협박하는 것이다.

여자는 이야기의 진실에 빠져 현실에 둔감했을지언정, 아무것도 모르는 바보천치는 아니었다. 오히려 자신을 요구하는 남자의 욕망이 사랑이 아닌 더러운 탐욕이라는 사실을 잘 알고 있었다. 이때부터 여자는 이야기의 진실에 분열하기 시작한다. 이야기의 진실과 추악한 현실, 그 간극을 되새기고 성찰하지도 못한 채 몸은 이미 남자의 손에 넘어가게 되었다. 이를 어떻게 해석할 것인가. 이야기를 어떻게 이어가야 한단 말인가. 한바탕 일이 끝나자 여자는 조용히 머리를 가다듬고 네 소원을 풀었으니 나가라고 명령한다. 이미 엎질러진 물이다. 이야기의 진실은 작동할 수나 있을까. 아니면 모든 것이 말짱 사기꾼의 거짓말인가? 여자는 문제를 풀어야만 했다. 여자는 어떻게 됐을까?

3. 이야기 속으로 뛰어 들어간 여자, 이야기 밖을 겉도는 남자

다음 날 서리 부부가 돌아오자 남자는 마치 아무 일도 없었다는 듯이 그들에게 문안했다. 교활하게도 그는 딸을 달라고 말하지 않았다. 아쉬울 게 뭔가. 일이 이렇게 된 이상 여자가 고자질을 한다고 해도 결국 자신에게 시집올 수밖에 없을 것이다. 딸을 안 준다고? 도망가면 그만이다. 자신은 이야기를 팔아 얼마든지 사람을 유혹하고 돈을 벌 수 있다. 정절을 뺏긴 그 딸은 과연 어디로 갈까? 결코 밑지는 장사가 아니다. 그는 서리 부부에게 깍듯하게 인사하면서 자신의 세련된 이미지를 구기지 않으려 한다. 이에 반해 구석에 쭈그리고 앉은 여자는 참담한 얼굴에 수심이 가득, 비 맞은 배꽃 모양 가련하다.

남자는 이야기 속에 잠재된 욕망을 현실화시키는 데 능숙한 만큼 현실에서 벌어지는 권력관계를 계산하는 데도 뛰어나다. 이야기의 가상의 세계와 현실세계를 자유자재로 요리하는 비결은 단 하나, 욕망의 줄을 타고 있기 때문이다. 그는 이야기의 진실에 공감하거나 감탄하지 않는다. 이야기의 진실은 그의 마음과 영혼을 관통하지도, 마음을 만들지도 못했다. 그의 이야기에는 쾌락만이 화려하게 뿜어져 나왔다.

여자는 그렇지 못했다. 그녀는 남자만큼 유연하게 현실과 가상세계의 경계를 넘나들지 못했다. 여자는 이야기의 인물, 그들이 전개하는 말과 행위에 깊이 공감하면서 자신의 세계와 동일시하는 경향이 강했다. 그럴수록 이야기에서 현실로 되돌아오는 능력이 떨어졌다. 이야기가 끝나도 여자는 손쉽게 현실의 세계에 적응하지 못했고 어느 만큼은 현실세계에 둔감했다. 그만큼 여자에게는 이야기의 진실이 소중했다. 하늘과 자신이 연결되어 있다는 위로, 현재의 고난과 그 향방을 알려주는 진실, 더럽혀진 자신의 몸을 원래의 순수함으로 되돌이키는 강력한 환원력, 이야기의 진실은 자신의 몸밖에 탐할 줄 모르는 구역질 나는 남자가 아니라 여자가 오랫동안 마음에 품어왔던 태을진인과 거닐 수 있게 해주었다.

이전에 이야기는 삶의 폭력을 자신의 지혜로 부드럽게 정리해주었다. 이야기는 이야기꾼의 몸과 마음을 관통하면서 다듬어져 다른 사람들의 귀로 들어갔다. 그들은 또 다른 이야기꾼이 되어 오래오래 이야기를 되새기고 자신의 마음으로 소화시켜서 다른 이들에게 전할 것이다. 이처럼 이야기는 세계와 별도로 존재하는 것이 아니라 그 자체로 육화된 진실이었다. 세상에 폭력이 난무하더라도 이야기로 풀고 위안을 받은 사람들은 그런대로 생을 이어갈 수 있었다. 하지만 여자와 남자의 관계에서 현실과 이야기를 잇는 가느다란 유대는 찾아보기가 힘들게 되었다. 욕망을 충족한 남자는 계속 여자를 불러냈다. 여자는 완전히 노리개가 되었다. 몸을 더럽혀서 부모의 신뢰와 은혜를 배신한 꼴이 됐다. 운이 나쁘면 온갖 입질에 시달리면서 마을 공동체에서 쫓겨날지도 모른다. 남자는 고아가 된 숙향을 불쌍하게 여기는 도적과 거리가 멀었고, 태을진인은 더더구나 아니었다. 이 세계 역시 죄를 지어도 고생을 겪으며 속죄의 기회를 주는 이야기의 진실과 거리가 멀었다. 현실은 냉혹했다. 자신을 보호해줄 장치도 없는데 여자는 어디로 갈까. 추악한 현실과 이야기의 진실이 날카롭게 대립할수록 여자는 이야기의 진실을 놓지 못한다. 이 둘의 길항 속에서 그녀는 온 힘을 다해 이야기의 진실 쪽으로 나간다. 그녀는 미쳐버린 것이다.

업복이 물러 오매 더욱 잊지 못하여 일봉 서신을 가만히 낭자에게 보내니 대개 모일에 동원에 모임을 기약함이라. 기녀가 과연 언약 같이 이르매 혼자 말로 중중거리며 완연히 정신 잃은 사람 같거늘 업복이 가로되
"낭자의 거조가 어찌 이리 수상하뇨."
기녀가 가로되
"마침 들으니 요지 서왕모가 靑鳥使(파랑새 사신)를 보내어 말을 전하되 '네 사람의 달래고 협박함을 인하여 더러운 욕을 받아 方質(바른 자질)이 이미 이지러지고 業冤(전생에서 지은 죄로 이승에서 받는 괴로움)이 진실로 같힌지라. 이제 仙府로 돌아오고 길이 塵緣(속세의 인연)을 謝絶하라(끊으라)' 하고 사자를 보낸 고로 내 장차 따라 가려 하노라."
업복이 웃어 가로되

"使者가 어디 있느뇨."

기녀가 가로되,

"使者가 내 곁에 있다."

하고 공중을 향하여 언사가 자약하고 제 옥지환을 끌러 사람을 주는 형상
도 하며 사람의 신을 벗겨 제 발에 신는 모양도 하여 해망한 擧措가 천태
만상이로되 사람은 보지 못할러라.

업복이 가로되

"낭자가 뉘로 더불어 款洽(우정이 두터움, 극진함)하느뇨."

기녀가 가로되

"使者이니라."

업복이 크게 놀라고 두려, 나오니 이로부터 홀로 말하는 것이 다 사자로
더불어 수작함이러라.[2]

이야기의 세계에 자주 등장하는 적강(謫降) 모티프는 다음과 같은
골격을 가진다. 주인공은 원래 천상 선녀였으나 상제께 죄를 입어 이 세
상으로 적강하게 된다. 적강, 즉 이 세상은 천상세계의 유배지였다. 그
러나 세상의 괴로움을 받고 죄를 씻은 후에 다시 천상으로 올라가게
된다. 아마 그녀는 남자로부터 적강소설을 재미있게 들었던 듯하다. 적
강소설의 대표작, 『숙향전』은 17, 18세기 세책가 최고의 베스트셀러요,
전기수의 주 레퍼토리가 아닌가.

단정하고 진지한 여자. 법도를 잃었다는 자괴심, 가족, 마을 공동

---

2   앞의 책, 187~188쪽.

체와의 이별을 예감하는 마음은 이미 저승길에 올라가 있다. 이미 죽어버린 그녀의 마음은 적강소설의 세계로 날아가버렸다. 이것이 그녀가 자신을 위로하고 합리화할 수 있는 유일한 길. 원래 그녀는 선계에 속해 있다가 이 세상에 내려왔는데 이미 달래며 협박하는 자에게 욕을 받아 자질이 더러워졌으니 선계에서 지은 죗값은 다 받았다. 이제 다시 깨끗해져서 고향으로 돌아가는 일만 남았다. 자신이 깃들 곳을 소원하는 여자의 강렬한 욕망이 적강소설의 환상세계를 '실제'로 만들어놓았다. 그 보이지 않는 세계를 강한 집념으로 현실화시킨 것이다.

여자는 전생의 죄업을 갚았으니 이제 그만 올라오라는 서왕모의 전언을 듣고 그가 보낸 푸른 새를 따라가려고 한다. 자기 가락지를 풀어 사자에게 주고 그의 신발을 받아 자기가 신는다. 그녀는 사자에게 다정하게 말을 건넨다. 남자가 그러했듯 여자도 자신이 만든 세계를 '그럴 듯'하게 표현해냈다. 남자가 영웅호걸의 장쾌함을, 미인의 완미함을 핍진하게 구현한 것처럼 여자도 자신을 맞으러 온 사자에게 옥가락지를 건네며 다정하게 말을 주고받으며 신발을 벗었다. 이것을 본 남자는 두려워졌다. 여자가 구연하는 '핍진함'은 쾌락이 아니라 공포였다.

왜 그런가? 그는 이야기의 세계를 그럴 듯하게, 현실에 있음직하게 그려내는 정도에 그쳤지만 여자의 욕망은 이를 진실로 만들어냈다. 남자가 쫓아다닌 욕망의 세계는 권력과 쾌락의 욕망이 난무하는 생이었지만, 여자가 핍진하다 못해 진짜로 만들어낸 그 세계는 저승사자가 맞이하러 오는 죽음의 현장이었다. 그는 이야기의 세계, 그 진실에는 대충 눈을 감았다. 가상의 세계가 즐거운 이유는 부담을 주지 않아서이다. 하지만 이 거짓말을 진지하게 받아들이는 사람이라면? 가상의 세계를 또 하나의 진실로 받아들인다면? 한 세계에서 다른 세계로 나아가는 자는 반드시 이전 세계에 작별을 고해야 한다. 이는 곧 죽음을 가리킨다. 남자의 두려움은 바로 여기서 나온다. 그는 여자의 구연에서 죽음을 보았고 죽음을 두려워했다. 현실에서 그는 종복에 지나지 않으나 자신의 재주로 돈을 벌고 사람들을 매혹시키며 그의 신분으로 누릴 수 없는 총애를 받고 있다. 비록 가상세계에서 영웅이 될 수 있었지만 이 세계를 떠나서 그 세계로 진지하게 나아갈 생각은 없다. 쾌락만 즐기면 된다. 반면 그녀는 현실을 과감하게 벗어던지고 죽음으로 뛰어들어 그 세계로 가버렸다.

epilogue

마침내 여자는 마을에서 종적을 감췄다. 그의 부모가 두루 찾았지만 결국 실패했다. 『청구야담』은 남자를 두고 이렇게 말했다.

> "업복이 상해 自家의 신수가 박하여 이러한 가인으로 해로치 못함을 한탄하더라." [3]

남자는 여자에게서 죽음을 보고 두려워했지만, 이야기는 결코 여

---

3   앞의 책, 188쪽.

자에게 죽음을 선언하지 않았다. 오히려 여자가 그리던 선계로 갔다고 했다. 여자는 거기서 살면서, 이야기에 공감하는 사람들과 은밀한 정감을 나누며 진실을 이어갈 것이다. 하지만 남자는 자기가 지은 죄도 모르고 단지 자기 신세가 기박하여 가인과 해로하지 못하였노라 한탄했다. 이야기의 진실을 자신의 삶으로 받아들인 사람은 행복하다. 그는 하늘과 자연과 인간이 하나로 어우러진 지혜와 안락의 세계에 산다. 이야기를 전하는 사람과 받아들이는 사람은 천천히 진실을 몸으로 체화한 이들이었다. 그들은 온몸으로 진실을 말하고 받아들였다. 여자는 이야기와 현실의 간극, 그 비참함을 온몸으로 맞닥뜨리게 됐을 때 차라리 미쳐버릴지언정 이야기의 진실을 배반하지 않았다. 이야기도 여자를 배반하지 않았다. 여자는 이야기 속에서 자기 자리를 차지하고 생을 누리면서 지금도 자신의 이야기를 전한다.

남자는 그렇지 못했다. 그는 쾌락을 주는 한에서 이야기를 받아들인다. 그는 이야기의 진실을 진지하게 흡수하기보다 거리 두고 가볍게 유희한다. 이야기의 세계가 거리를 좁혀서 진지하게 다가온다면 끔찍할 것이다. 현실 세계와 이별하고 죽음의 강을 건너야 하기 때문이다. 이렇게 그는 삶에서 삶으로 전수되어 온 따뜻하고 두터운 유대감, 놓칠 수 없는 소망, 지혜, 이야기의 진실에서 분리되었다. 분리된 자는 우울하다. 욕망만 충족되는 이야기의 공간은 이미 '가상'이나 '허구'로 전락했다. 현실 속에서는 가인(佳人)과 인연을 맺을 수 없다. 가인은 그가 감히 뛰어들지 못하는 이야기 속에 있기에 밑도 끝도 없는 갈망의 대상이 되어 버렸다. 아마 그는 영원히 충족되지 못한 채 목마르기만 할 것이다. 닿을 수 없는 사랑, 그는 평생 우울할 것이다.

참고문헌

최웅 편, 『주해 청구야담 Ⅱ』, 1996, 국학자료원.

발터 벤야민, 「이야기꾼: 니콜라이 레스코프의 작품에 대한 고찰」, 『서사·기억·
　　비평의 자리-발터 벤야민 선집 9』, 최성만 옮김, 도서출판 길, 2012.

감사의 글

홍나래 · 정경민

•

　이 책이 나오기까지 누구보다도 박태식 신부님께 감사드린다. 책의 방향을 함께 이야기하고 출판사를 소개시켜주신 것뿐만 아니라 몇 번이고 포기하려던 고비마다 고민을 상담해주고 격려해주셨다. 원고를 쓰기 시작할 즈음 공부와 삶의 문제를 나누던 김정현 선생과 김은영 선생에게도 책을 통해 감사의 말을 전한다. 그녀들의 예술적 감각은 비록 이 책으로 함께하지 못했지만, 나에게 반짝이는 자극이 되었다.

　석사 박사 과정을 지도해주신 강진옥 선생님께 진심으로 감사드린다. 선생님께서는 느린 제자의 공부 길을 오래도록 따뜻하게 이끌어주셨고, 내 인생의 여러 문제들과 선택들에 아낌없이 조언해주셨다. 선생님께서는 한 편의 글을 쓰실 때마다 열정적으로 문제에 푹 빠져 계셨고, 삶에서 우러나온 작품 분석들은 누구에게나 감동을 불러 일으켰다. 선생님의 학문을 닮고 싶었던 제자는 부끄럽지만 이 책을 시작으로 부지런히 학문의 맥을 이어야겠다고 다짐해본다.

선학들의 업적과 어려운 여건 속에서도 묵묵히 연구하는 분들 덕분에 이렇게 생각을 이어 공부하고 글을 쓰게 되었다. 인문학, 특히 고전에 대한 중요성은 유행처럼 떠들다 가라앉기를 반복할 뿐 대학에서조차 선후배 학자들의 공간이 점점 좁아지고 있다. 그런 의미에서 이런 책을 흔쾌히 출판해준 들녘 출판사에 감사드린다. 오랜 기간 편집자들을 계속 바꿔가면서도 원고가 살아남아 책이 된 것은 유예림 편집자의 열정 덕분이다. 다시 한 번 고마운 마음을 전하고 싶다.

공부하는 딸과 며느리를 항상 지지해주시는 부모님들의 사랑은 말로 다 못할 지경이다. 모쪼록 부모님들께서 앞으로도 건강하시기를 기원하며, 조금이라도 성장하는 모습을 계속 보여드리고 싶다. 내 모든 글의 빛나는 평론가인 남편 강승우 씨에게 항상 감사하며, 원고를 쓰는 사이 훌쩍 커버린 아들 경수의 청소년기를 응원한다.

홍나래

•

먼저 함께 고전문학 연구자의 길을 가며 늘 힘이 되어준 두 공저자 선배들께 감사드린다. 두 선생님들과 문제의식을 공유하고 토론을 하며 이 글을 써내려간 시간들은 나에게 큰 용기와 힘, 그리고 기쁨을 주었다. 또 나의 학문적 토대이자 버팀목이 되어주시는 강진옥 선생님께, 이 책이 출간되기까지 누구보다 앞장서 애써주신 박태식 신부님께 고개 숙여 감사의 말씀을 올리고 싶다. 이 글은 이루 다 열거할 수 없는 많은 선학, 동학 연구자들의 연구업적에 힘입었다. 여러 연구자들의 노고와 명성에 누가 되지 않는 동료가 될 것을 새삼 다짐한다. 이 책의 출간을 기꺼이 수락해주신 출판사와 마무리 작업까지 꼼꼼하게 챙겨준 들녘의 유예림 편집자에게도 인사를 빼놓을 수 없다. 마지막으로 한결같은 응원과 격려로 보듬어준 가족에게 인사를 전한다. 늘 바쁘다는 자식의 핑계를 너그럽게 이해해주시는 양가의 부모님과 언제나 든든한 조력자가 되어준 남편, 그리고 누구보다 이기적인 엄마를 잘 참아준 아이들에게 진심으로 고맙다는 말을 하고 싶다. 도움을 준 모든 분들께 더 좋은 글로 보답하도록 하겠다.

정경민

찾아보기

（ㄱ）

가믄장애기 141

가부장/가부장제 29, 36, 86, 89, 100, 102, 104~105, 121~122, 142, 146, 148~149, 151, 176, 189, 197, 203~205, 206, 223~224, 238, 252

『강호기문』 62, 72, 73~74

『검안(檢案)』 87

〈경성일보〉 98

『계서야담』 19, 124, 252

『계신잡지』 62

계유정난 72, 113~114

계축옥사 258

『고대일록』 257

『고백록』(아우구스티누스) 224

『관물편(觀物編)』 201

광주 안(安)씨(손병사의 어머니) 31, 34

『광해군일기』 259, 260, 261

『구운몽』 146, 200, 242

『국조인물고』 128, 130, 131, 133, 136

권상유의 딸(權尙游女) 이야기(『청구야담』) 39

권익흥 273~274

귀신 35~43, 80, 90, 246~247, 249, 252(처녀 귀신), 253~255, 276, 279

귀태(鬼胎) 80~81, 84, 86, 88~89, 91~92

『기문총화』 19, 24, 125

『기재잡기』 101

김자점(1588~1651) 134, 266~269

㉦

'내 복에 산다' 202~203

㉣

단군신화 48
당금애기 82, 141
『대동기문』 85
대북파 256~258, 264, 269
『대전후속록』 257
도깨비, 도깨비불 79~81, 88(작란), 89(도깨
　　비불), 90~91
동성애 112, 145
〈동아일보〉 93~95, 97~99, 102, 104
『동야휘집』 124
『동패낙송』 173

㉤

『매옹한록』 82
〈매일신보〉 93~95
모성 23, 26, 28, 156
몽교(夢交) 83~86
미인 94~95, 98~99, 103, 105, 113, 116, 117,
　　290, 291

㉧

바리데기 141, 203
바보 온달과 평강공주 127, 137
『박씨부인전』(박씨전) 139, 242
박영(1471~1540) 100~101
『방한림전』 143, 145, 149, 151, 152
〈별건곤〉 99
병자호란 129~131, 134, 139
복 7, 157, 202~214
복요(服妖) 62
복장도착 59, 72, 74
『봉헌별기』 62

㉨

사대부 18, 26, 29, 39, 61, 63, 66~67, 84~86,
　　130, 136, 250, 263, 269, 270~271
사랑 70, 146, 149, 174, 176~177, 179~180,
　　183~184, 195, 197, 202, 206, 208,
　　221~222, 224, 225, 244, 245, 273,
　　275~277, 284~285, 293~294, 300
『사략(史略)』 126
〈사미인곡〉 225~226, 229
〈사방지〉(영화) 62
『삼국사기』 160, 162, 165, 168, 219, 222
『삼국유사』 159, 219
3·1운동 95, 98
『삼쾌정(三快亭)』 102
살해 86, 100, 256~257(여성)
　　간부~ 103

독살 93~94, 98~99

본부(남편, 가부장) ~ 94~96, 100~102, 104~106

자식 ~ 50~51

생명(력) 43, 45, 54, 176, 208, 210, 212, 213, 214, 229~230

서사무가(敍事巫歌) 231, 232

서얼(차별) 18, 24~25, 28~29, 128~133, 257, 260

서인(세력) 258, 269

성담년 82~83

성리학 43

성몽정(1471~1517) 81~85

성세창(1481~1548) 80

『세조실록』 64, 66, 71

섹슈얼리티 48, 53, 177, 179

『속대전』 86

『송자대전』 88

『숙녀지기』 148

『숙향전』 289, 297

스캔들 62, 66~67, 70, 72, 76, 93, 103, 147, 256, 270

신립 전설(『양은천미』) 246, 253

신립(1546~1592) 246~249

신분제(도) 25, 26, 29, 67, 87, 137, 147

신여성 103

심리록(審理錄)』 81

◎

암곰설화(『어우야담』) 48

양사언(1517~1584) 17~18, 28~30

양성인(兩性人) 62~63, 74, 76, 77

『양은천미』 244~246, 247, 250

양희수(영암군수) 19~22, 27

『어우야담』 48, 242, 262, 264, 271

『연려실기술』 74, 267

열녀 83, 87, 177, 181, 185

욕망 27, 29, 48~50, 53~54, 63, 70, 75, 76, 87, 119, 125, 171, 173, 174, 176, 182, 183, 186, 189, 194, 195, 196, 212, 230, 252, 253, 264, 268, 271, 278, 284, 290, 291, 298

남성 ~ 172

여성 ~ 53, 172, 195, 197, 238

성적 ~ 53, 54, 76, 87, 170, 206

『용재총화』 243

『용천담적기』 80

운명 40, 44, 50, 117, 123, 186, 192~195, 198~199, 205, 207, 212, 291

원한 36, 41, 224, 239, 249

유교적(유가적) 이념(이데올로기) 18, 28, 34, 35, 39, 69, 170, 221, 228, 264

유몽인(1559~1623) 262

이기축(1589~1645) 124~125, 127, 129, 133, 137

이데올로기 45, 177, 224

가부장 ~ 89

유교 ~ → '유교적 이념'

열 ~ 173, 176~177, 182

정절 ~ 62, 86, 174

효열(孝烈) ~ 14

이마무라 도모(1870~1943) 90

이산해(1539~1609) 84~85

이수광(1563~1628) 81~82, 84

『이순록』 69

이순지(1406~1465) 64, 70~72, 75~76

이시백(『박씨부인전』) 139, 242

이인(1896~1979) 96, 105

『이형경전』 139

인조반정 126~127, 266~269, 271

일직 손(孫)씨 31, 34

임진란 248, 254~255, 263

ㅈ

『장화홍련전』 6

적강(謫降) 297~298

『점필재집』 64, 66, 74, 77

정도전 28

『정수정전』 139

정인지(1396~1478) 62, 70~71, 242~243

정절   67, 86~87, 94, 173, 177, 179, 181,
        182~183, 250, 260, 271, 294

    ~ 이데올로기   → '이데올로기'

정체성   26, 27, 51, 104, 141

    성적 ~   62, 65, 66, 77

    여성 ~   26, 39

조선미인보감(朝鮮美人寶鑑)』 98

『조선왕조실록』 61, 63~65, 70, 262, 271

〈조선일보〉 95

『조선풍속집』 90

주체(주체성)   43, 44, 145~147, 148, 150,
        171, 205, 208, 213

    성적 ~   58

『지봉유설』 82, 84

지인지감(知人知鑑) 172~173, 181

『진휘속고』 266

집착 67, 75, 224, 227

ㅊ

『청구야담』   39, 124, 125, 173, 289, 290, 292,
        299

『청룡사지』 266

『청장관전서』 74

『초목필지(樵木必知)』 137

『추관지(秋官志)』 87

『추안급국안』 264

출가외인 41, 141, 259

친영제 132, 141

ㅌ

『태조실록』 68

『토정비결』 84

ⓟ

팔자 186, 188~195, 198
『패관잡기』 74
폭력 49, 50, 87, 203, 250, 254
『필원잡기』 64, 74

ⓗ

『혼정편록』 258
홍경래의 난 251
『홍계월전』 139~142
『흠흠신서』 101